Konstantin Helfrich

FEYN
Der Präsident III
–
Teil Drei
Rückkehr

Welt K

IMPRESSUM

Bibliografische Information der Deutschen
Nationalbibliothek: Die deutsche Nationalbibliothek
verzeichnet diese Publikation in der deutschen Nationalbibliothek; detaillierte bibliografische Inhalte sind im
Internet unter http://dnb.dnb.de abrufbar.

Lektorat: Melina Wendt (weltenzeilen)
Korrektorat: Eileen Altas (korrektoratia)
Cover & Buchsatz: Viktoria Sabo (covered-in-colours.de)

Bildnachweise Cover: stock.adobe.com | gopfaster,
jonnysek, MiaStendal, srckomkrit, Terablete und
freepik.com | macrovector, semihymc, Vuang

Herstellung und Verlag:
BoD – Books on Demand,
Norderstedt

ISBN: 9783759722744

FEYN

DER PRÄSIDENT III

KONSTANTIN
HELFRICH

TRIGGERWARNUNG

Dieses Buch enthält
potenziell triggernde Inhalte
zu folgenden Themen:

Folter, Gewalt, Mord, Mobbing,
Kannibalismus, sexuelle Gewalt, Depressionen,
Suizid, Drogenmissbrauch, Prostitution
und sexuelle Inhalte.

Für meine Schwester
Rebecca

Barbareanus ruft uns!

EIN PAAR WORTE

Für mich gilt: Kein Millimeter nach rechts. Nie wieder ist jetzt! Wer etwas anderes sagt und meint, er müsse Hass und Hetze verbreiten, hat bei mir und meinen Büchern keinen Platz. Wir müssen als Gesellschaft zusammenarbeiten, um unsere Demokratie, unsere Menschlichkeit und unseren Frieden zu sichern. Diese Bücher sollen ein sicherer Hafen sein! Antidemokratische Haltung wird hier keinen Nährboden finden, denn hier bestimmen die Werte Gleichheit, Gerechtigkeit und Zusammenhalt.

Teil Drei
Rückkehr

Kapitel

KAPITEL 40
Made Of Stone

Somewhere Else/No Special Place In Time

Er atmete ein, langsam grub sich frische Luft in seine verhärtete Lunge, es knackte in seinem Inneren.

Nicht fähig sich zu rühren, saß er da.

Alles war still um ihn herum. Nichts rührte sich.

Sie waren fort. Sie waren alle fort.

Sie hatten ihn im Stich gelassen. Er schrie, doch sein Mund öffnete sich nicht. Kein Ton war zu hören. Oder vielleicht hörte er sich nur selbst nicht mehr.

Wut brannte in ihm wie ein Feuer, lodernd schlug er um sich, doch seine Arme bewegten sich nicht. Er versuchte sich zu befreien, sein Gefängnis von sich zu stoßen.

Wie hatte sie es nur wagen können. Noch schaffte er es nicht hinaus. Noch.

Doch er wusste, der Fluch war gebrochen. Etwas war erwacht, tief in seinem Innern. Und irgendwo anders ebenfalls.

Er würde wieder auferstehen. Er würde sie alle wieder um sich scharen und er würde mächtiger sein als jemals zuvor.

Erneut schrie er, aus Zorn, Wut und Verzweiflung, und er sendete seinen Ruf aus und lockte sie zu sich. Er wollte Rache. Sein Zorn war nicht mehr zu bändigen.

Er wusste, was er brauchte. Hoffte, sie würden seiner Stimme folgen, hoffte, sie würden sich ihm wieder ergeben.

Sein Ruf war lang und er hallte wider. Manch einer mag das Rauschen des Windes vernommen haben, das so anders klang als sonst. Überall auf den Welten verkrochen sich Gestalten in ihre Höhlen, kauerten sich zusammen, voller Angst vor dem, was jetzt kommen würde.

Sie hörten das Verlangen nach Blut.

Das Blut würde ihn erwecken. Und es gab nichts, was ihn stoppen konnte.

Ein Knacken ertönte, sein Mund formte sich zu einem Lächeln. Und er sprach, zum ersten Mal seit hunderten von Jahren.

»Ich werde dich töten, Mutter. Und meine Rache wird grausam sein.«

Und irgendwo, tief im Dunkeln verborgen, öffnete Scott seine Augen und brüllte aus Leibeskräften.

KAPITEL 41
The Barn

29. September

Der Boden war nicht so weit entfernt, wie ich gedacht hatte, und doch blieb mir beim Aufprall die Luft weg. Neben mir keuchte Kara und irgendwo in der Nähe schrie Cliff. Einer der anderen musste einen Zauber angewendet haben, sodass wir uns bei der Landung nicht alle Knochen brachen.

Ich richtete mich auf, der Kies, der den Boden neben den Gleisen bedeckte, bohrte sich in meine Handflächen. Kara stemmte sich mit schmerzverzerrtem Gesicht in die Höhe, ihr Fuß schien verdreht zu sein und sie fluchte leise.

Ich lief zu den anderen hinüber. Peit hatte nur einen kleinen Kratzer auf der Wange und schien sonst unversehrt zu sein. Earl war ebenfalls nicht stark verletzt, das viele Blut auf ihm, das mich auf dem Zugdach erschreckt hatte, schien mehr von anderen zu stammen als von ihm selbst. Bei Fera wusste ich nicht, ob sie noch blutete, das Blut hatte ihr halbes Gesicht rot gefärbt, aber so, wie sie sich bewegte, schien es auch nicht ihres zu sein. Ich versuchte meine Gedanken nicht zu den Unschuldigen im Zug wandern zu lassen. Wie viele hatten für unsere Anwesenheit bezahlen müssen?

Cliff war blass und Earl besah sich sogleich seine Schulterwunde. Gaven umklammerte immer noch seine Hand, die das Messer von Fillgerts Auftragsmörder durchbohrt hatte, und fauchte Fera an, sie nicht anzufassen. Seine Haare hatten sich aus dem Pferdeschwanz gelöst und sahen, obwohl er sie geschnitten hatte, wieder zerzaust aus.

»Es ist nicht besonders tief«, sagte Earl, kramte eine kleine Dose aus seiner Tasche – Vee musste sie ihm mitgegeben haben –, nahm einen Finger voll Creme und fuhr über Cliffs Wunde. Nichts passierte.

»Warum passiert nichts?«, rief Cliff panisch.

»Ich glaube ...« Earl fuhr erneut über die Wunde. Eine dünne Schicht aus Haut zog sich nun darüber. »Ich glaube, die Klinge war vergiftet. Wir haben hier draußen nicht genügend Mittel, um deine Verletzung vollständig zu heilen.« Er half Cliff auf die Beine. »Kommt, wir müssen verschwinden. Wer weiß, wie viele Mörder hier noch sind.«

Er und Fera stützten Cliff, und wir überquerten den Kiesabschnitt und liefen auf eine Wiese, die vom Nebel fast ganz verschluckt wurde. Der Regen verschlechterte unsere Sicht und ich musste mir immer wieder über die Augen wischen.

Meine nasse Kleidung erschwerte das Gehen und in meinem Körper pochten leise Schmerzen, die ich zu ignorieren versuchte.

»Bleibt zusammen«, sagte Fera, und wir stolperten orientierungslos in den Nebel hinein.

Irgendwann hörte der Regen auf und der Nebel verzog sich. Meine Beine schmerzten und ich klaubte immer wieder kleine Scherbensplitter aus meinem Haar heraus.

Ich stützte Kara, die alle paar Minuten ihren Fuß und den Zug und jeden, der darin gesessen hatte, verfluchte.

Ich wusste nicht, wie weit wir gelaufen waren, doch schließlich gelangten wir zu einem kleinen Waldstück.

Wasser tropfte von den Blättern – ein beruhigendes Geräusch, das mich an zuhause erinnerte. Man konnte die Schienen von hier aus nicht mehr sehen.

»Dort«, sagte Gaven und deutete mit seiner heilen Hand auf eine Hütte zwischen den Bäumen. Tief sog er die Luft ein und nickte Earl zu. »Es ist niemand da.« Er war blass geworden. Zusammen mit Peit ging ich vor und drückte die Klinke hinunter. Die Tür war verschlossen. Erst jetzt bemerkte ich, dass ich auch verletzt war. Meine Hände waren aufgeschnitten, meine Schuhe vom Feuer angesengt worden und auch die Scherbe, die in meinem rechten Schuh steckte, machte sich nun bemerkbar. Wir brachen das Schloss auf und betraten die Hütte.

Es schien schon lange niemand mehr hier gewesen zu sein. Staub lag auf Regalen und einem Tisch, das Bett hatte keine Matratze und eine Ratte flitzte vor uns davon.

Wir legten den vor sich hin fluchenden Cliff auf den Esstisch und Fera verschloss die Tür von innen.

Earl zog Cliff das Oberteil aus. Seine Wunde hatte einen schwarzen Rand bekommen. Es schien, als würde sich das auströpfelnde Blut verhärten, und es bog sich in Form einer Pflanze aus der Wunde heraus.

»Verdammt«, sagte Earl, was Cliff nicht sonderlich beruhigte.

»Was ist denn?!«, brüllte er. Earl sah zu Fera hinüber, die aber nicht darauf achtete und stattdessen mich gegen die Wand drückte.

Kara stieß einen protestierenden Schrei aus. Sie hatte sich auf das Bettgestell gesetzt und wollte aufstehen, doch ihr geschwollener Knöchel ließ das nicht zu.

Fera funkelte mich an. »Was wollten die von dir? Und warum kannten sie dich?«

»Ich weiß es nicht!«, rief ich und drückte sie weg. »Ich hab den Typen nur ein Mal gesehen, Tage, bevor wir verstoßen wurden!« Ich hatte gar nicht schreien wollen. »Ich weiß nicht, was die wollten!«

»Fera, ich brauche dich hier!«, sagte Earl streng. Wie um sich zu beruhigen, strich sie sich über ihren Kopf, ehe sie sich Earl zuwandte, aber nicht ohne mir noch einen finsteren Blick zuzuwerfen.

Sie hielten beide die Hände über Cliffs Wunde. Wie aus einem Munde flüsterten sie Zauber, die jenseits meines Wissens lagen, und die Wunde verschloss sich, doch wieder floss Blut heraus und auch eine schwarze Flüssigkeit. Das sah nicht besonders gut aus. Cliff stöhnte schmerzvoll auf und bohrte seine Fingernägel in das Tischbein. Wunden zu heilen war ein aufwendiger Prozess, man brauchte dafür Hilfsmittel, Zauber und starke magische Kraft. So viel wusste ich. Doch all das fehlte uns an diesem Ort.

Earl zog einen Verband aus seinem Rucksack und wickelte ihn mehr schlecht als recht um die Wunde. Cliff blieb auf dem Tisch liegen und nachdem Earl ihm etwas zu trinken gegeben hatte, schlief er ein. Nun machten Fera und Earl sich daran, die Wunden der anderen zu verarzten. Earl trocknete unsere Kleidung so gut wie möglich, aber ich konnte sehen, wie viel Kraft es ihn kostete.

Draußen hatte es erneut zu regnen begonnen, es prasselte schwer auf das Dach und gegen die Fensterscheiben. Ich fühlte mich so erschöpft wie noch nie und wischte mir über die Augen, ich wollte nicht weinen. Nicht wenn all die anderen dabei waren.

Fera schiente Karas Fuß mit einem schwachen Zauber, sodass der Knochen steif wurde, und strich etwas von Vees Wundersalbe über den Knöchel. Earl bestrich Gavens Hand mit einem Öl und wickelte einen Verband darum. Das Messer des Ziegenbarts hatte kein Gift in sich getragen.

»Wenn wir zuhause wären«, sagte Earl und deutete auf Cliff, der zischend atmete, »dann wäre diese Wunde absolut kein Problem.«

Ich wusch mir die Hände – immerhin kam in dieser verlassenen Hütte noch Wasser aus dem Hahn – und zog mir den rechten Schuh aus, schnappte mir einen Verband und schlang ihn um die Wunde, die die Scherbe verursacht hatte, dann schlüpfte ich sofort wieder in den Schuh und steckte meine Hände in die Jackentaschen. Ich wollte nicht, dass sie noch mehr Magie und Creme wegen mir verschwendeten, wenn es nur ein paar Kratzer waren.

»Er kann nicht mehr mitkommen«, sagte Fera, während Earl eine Wunde an ihrem Kopf umwickelte. Anschließend wusch sie sich das Blut aus ihrem Gesicht und setzte sich dann ein paar Meter von Cliff entfernt auf einen Stuhl.

Earl band sich die Haare zusammen. »Ich weiß.« Er sah Peit an, der auf einem Stuhl zusammengesunken war und, seitdem wir aus dem Zug geflohen waren, nichts mehr gesagt hatte. »Peit.« Langsam hob er den Kopf und sah Earl an. »Meinst du, du kannst mit Cliff nach Hause gehen und ihn sicher zu Vee bringen? Er braucht dringend ihre Hilfe.«

Peit zögerte. »Was, wenn noch weitere Leute kommen?« Seine Stimme war voller Angst, man konnte es ihm nicht verübeln. Er hatte gerade miterlebt, wie stark Magie sein konnte und wie Leute ermordet wurden, was Magie alles innerhalb von ein paar Sekunden anrichten konnte, und er hatte nur eine halbe Hälfte gesehen.

Dennoch war es für einen Normalen noch einmal anders als für einen Magischen, der mit dem Wissen der Magie und mit Mord um sich herum aufgewachsen war. (Wahrscheinlich war es auch nicht normal, in der magischen Welt mit dem Wissen von Mord und Gewalt aufzuwachsen, aber der Krieg war nicht so lange her. Es gab immer noch viel Angst.)

Wenn ich darüber nachdachte, war heute tatsächlich der erste Tag, an dem ich jemanden sterben gesehen hatte. Hätte es mich nicht eigentlich mehr interessieren müssen, hatte ich einfach schon zu viel gehört? Ich hatte nicht gedacht, dass man so einfach verkraftete, dass jemand vor seinen Augen starb, doch offenbar schien es mich recht kaltzulassen. Oder ich stand einfach noch unter Schock, wer wusste das schon. Kara schien, ihren Knöchel umklammernd, in Gedanken versunken zu sein. Als ich mich neben sie auf das Bettgestell setzte, lächelte sie knapp und lehnte ihren Kopf gegen meine Schulter.

Earl setzte sich auf einen Stuhl mit nur drei Stuhlbeinen und wippte hin und her.

»Es tut mir leid«, sagte er. »Hätte ich gewusst, was passiert, hätte ich euch nicht mitgenommen.« Er wandte sich wieder Peit zu, um seine Frage zu beantworten. »Ich kann dir nicht versprechen, dass niemand mehr kommt. Aber es wird mindestens einen Tag brauchen, bis mein Bruder es erfährt und er neue Leute losschickt, oder sie uns finden. Es dürfte kein Problem für euch sein zu fliehen. Ich werde euch ein Auto besorgen.«

Peit nickte langsam. »Ich denke, das geht klar.« Ich glaubte, dass er es nur sagte, damit er sich die Chance nicht verbaute, mitgenommen zu werden.

»Wenn jemand noch mit den beiden mitgehen will, halte ich euch nicht auf.« Earl sah vor allem Kara an, doch sie schüttelte energisch den Kopf. »Ich werde nicht gehen.«

Vielleicht hätte sie sogar zugestimmt. Aber ich wusste, dass sie Angst hatte und nicht mit einem Verletzten und einem Normalen reisen wollte. Es war auch nur verständlich, auch ich war nicht besonders scharf darauf.

»Wir werden morgen weiterreisen«, sagte Earl. »Wenn es aufgehört hat zu regnen und Cliff sich ein wenig erholt hat.«

Er stand auf und betätigte einen Schalter am Herd und zur Überraschung aller flammte eine kleine Flamme auf. Earl lachte triumphierend.

Ich wollte am liebsten noch etwas sagen – dass ich nicht wusste, was die Typen gewollt hatten und irgendetwas. Doch ich wusste ja auch nicht mehr. Nur, dass ich mal diesen Ziegenbarttyp komplett betrunken geküsst hatte und ich verstand wirklich nicht, warum er mich umbringen wollte. War ich denn wirklich so schlecht?

Der Typ hatte gesagt, Fillgert hätte ihn geschickt. Warum wollte Fillgert uns töten und warum hatte der Typ gesagt, dass er mich wollte?

Was hatte das alles zu bedeuten? Sie hatten uns zwar töten wollen, aber sie waren auch gleichzeitig das erste Zeichen der magischen Welt, das wir bisher erlebt und das Earl, Fera und die anderen wahrscheinlich seit mehreren Jahren gesehen hatten.

»Sie müssen Tränke haben«, sagte ich und sah die anderen an. »Wenn sie hergereist sind, sind sie mit Tränken gekommen.«

»Blitzmerker«, sagte Fera und Earl stupste sie an.

»Wir könnten sie holen.« Ich stand auf. »Wenn wir jetzt losgehen, dann ...«

Earl unterbrach mich. »Nein.« Er hob die Hand.

»Wenn sie gestorben sind, werden sie jetzt schon geborgen. Wenn nicht, dann sind sie wieder weg. Wir hätten schneller reagieren müssen.«

»Ja, das stimmt«, sagte Gaven. »Wir waren ja nur abgelenkt dadurch, dass sie uns töten wollten!« Er schrie und warf einen Stuhl durch die Gegend. »DAS ERSTE ZEICHEN!« Er schrie abermals und schlug gegen die Wand.

Fera trat einen Schritt auf ihn zu. »Beruhige dich, Gaven!«

Gavens Fingernägel wuchsen, er fuhr sich durch das zerzauste Haar. »Ich. Will. Mich. Nicht. Beruhigen!« Mit jedem Wort schlug er auf die Wand ein. Das Holz der Hütte brach und ich hörte es in der Wand rascheln.

»GAVEN!« Earl sprang auf, packte ihn bei den Schultern und zog ihn an sein Gesicht heran. »Ja, es war ein Zeichen und es wird weitere Zeichen geben. Es hat begonnen, es wird einen Weg geben. Das ist nicht die Zeit aufzugeben!« Er schüttelte Gaven, der ihn reglos anstarrte, seine Augen verloren den irren Glanz und er sackte auf dem Boden zusammen.

Earl trat von ihm weg, schnappte sich einen Topf und reinigte ihn, schmiss anschließend Nudeln aus seinem Rucksack hinein und schaltete eine der Herdplatten an. Irgendwann ging der Herd aus und dann ließen er und Fera den Topf vor sich schweben und wechselten sich mit dem Erhitzen des Wassers ab.

Nachdem die Nudeln fertig waren, aßen wir sie schweigend. Draußen setzte ein Gewitter ein und Donner grollte, als Cliff wieder aufwachte und sich mühsam aufrichtete. Er konnte sich kaum bewegen.

Earl fütterte ihn mit einigen Nudeln, an denen er sich fast übergab, danach wollte er nichts mehr essen. In der Mitte der Hütte entfachte Earl ein Feuer und um uns zu wärmen, versammelten wir uns alle davor.

»Ist es immer so?«, fragte Peit. »Bei euch zuhause auf Toverun? Kämpfe und Mord?«

Cliff saß gegen Fera gelehnt da und konnte die Augen nur angestrengt offen halten. Er war in Earls Mantel gehüllt und Fera streichelte abwesend seinen Arm, ohne auf das zu achten, was gerade geredet wurde.

Earl schüttelte den Kopf.

»Es gab viele Kriege und Schlachten. Viele, von denen niemand weiß, dass sie passiert sind. Und es wird auch aufs Neue Kriege geben, aber es ist ein wundervoller Ort. So unbeschreibliche Schönheit habe ich noch nie gesehen und ich wusste es erst wirklich zu schätzen und habe die Schönheit erst erkannt, als ich hier angekommen bin.«

»Ich habe Angst«, sagte Peit und sah uns an. »Ich hab gedacht, ich sterbe in diesem Zug.« Er rieb sich über die Augen. Earl klopfte auf seinen Rücken. »Es kann sehr beängstigend sein«, sagte er. »Aber wir haben alle überlebt und wir werden alle überleben.« Er lächelte uns an. Ich glaubte, er hatte durch all das neue Hoffnung geschöpft und war nun bereiter denn je, alles dafür zu tun, einen Weg nach Hause zu finden. Er zwinkerte mir zu und ich musste an Illn denken, wahrscheinlich hatte er schon eine Nachricht geschickt und wurde nur aufgehalten. Ich war mir sicher, dass er Lanees Mutter alles erzählt hatte, und wahrscheinlich hatte er einfach länger gebraucht, um zu antworten.

»Wisst ihr«, sagte Peit. »Ich bin euch so dankbar. Für alles, was ihr mir gezeigt habt. Dafür, dass ihr mir eine andere Welt gezeigt habt und dass ihr mir gezeigt habt, dass es mehr gibt als nur dieses Leben, dass es Hoffnung gibt.« Er grinste und die anderen lächelten traurig. Ich wusste nicht, was ich sagen sollte, und ich glaubte auch nicht, dass ich derjenige war, der etwas sagen sollte.

»Wir danken dir.« Earl klopfte Peit auf die Schulter.

»Was meinst du mit Schlachten und Kriegen, von denen niemand etwas weiß?«, fragte ich neugierig. Warum sollte etwas wie eine Schlacht vor uns verborgen werden?

Earl grunzte unsicher und sah kurz zu Gaven hinüber.

»Toverun ist schon so alt. Es kann nicht alles berichtet werden. Eine kleine Schlacht kann der Untergang für viele Menschen sein, aber nicht bedeutend genug, um ein gesamtes Buch zu schreiben. Die Leute entscheiden sich nur dazu, über etwas zu schreiben, das des Schreibens lohnenswert ist. Es weiß nicht einmal jeder über die Schlacht der Drachen Bescheid. Die Welt ist groß, Fal, größer, als wir alle denken.« Er lachte und auch ich musste lächeln, doch ich wusste nicht, was ich davon halten sollte, dass man nicht mehr wusste über die Geschichte des Planeten, auf dem wir lebten. Aber wahrscheinlich war es wirklich zu viel zu berichten und man konnte gar nicht alles über die Vergangenheit lernen.

»Es war wirklich schlimm«, sagte Kara und hielt ihre zitternden Hände über das Feuer.

»Der Typ meinte, Fillgert hat ihn geschickt«, sagte Cliff matt, machte das Peace-Zeichen und kicherte in sich hinein.

»Ja, das wissen wir.« Fera tätschelte Cliff die Schulter.

Durch die Decke tropfte Wasser auf den Boden.

»Warum sollte er uns töten wollen?« Earl strich sich über den Bart.

»Er hat dich verstoßen!«, sagte Fera.

»Ja, aber wenn er mich hätte töten wollen, hätte er es schon viel früher tun können. Warum ausgerechnet jetzt?«

»Warum sollen wir wissen, was in dem gestörten Kopf deines Bruders vorgeht?«, knurrte Gaven.

»Er war nicht immer so«, sagte Earl und versank offenbar in Gedanken.

Den restlichen Tag verbrachten wir damit, uns Geschichten zu erzählen, Fera und Earl erzählten von ihrer Schulzeit und auch Kara und ich gaben unsere Lieblingsgeschichten zum Besten.

Peit stellte fest, dass die Schule dort gar nicht so anders war wie die Schule hier. Bis auf die Magie natürlich.

Es war eigentlich ein schöner Abend, irgendwann jedoch wurden wir alle still und hingen unseren Gedanken an den Tag und die Leute hinterher, die uns angegriffen hatten. Ich versuchte einen Zusammenhang herauszufinden, allerdings wollte es mir nicht gelingen. *Warum?*, war die einzige Frage, die sich in meinem Kopf wiederholte und mich, als wir uns auf den harten Boden hinlegten, nicht schlafen ließ.

KAPITEL 42
Skin

Lanee saß auf dem Bett. Sie hatte Angst, schon die ganze Zeit plagte sie sie. Sie hatte Angst vor diesem Ort und vor den Leuten hier, die alle Mörder oder Schlimmeres waren. Zwar war Stan derjenige, wegen dem sie hier waren, doch er verstand sie. Er fühlte genau dasselbe wie sie. Und nun hatten Fal und Kara sie auch noch verlassen, sie war verzweifelt.

Da öffnete sich die Tür und Stan betrat das Zimmer. Er trug einen Rucksack über den Schultern, seine Miene wirkte grimmig.

Sie sah wie automatisch auf seine Hand hinab. Die Haut wellte sich etwas nach oben wie Papier, das langsam verbrannte, und gab zusehends mehr von seiner gläsernen Hand frei. Es konnte nicht mehr lange dauern, bis seine gesamte Haut abgefallen war. Im Gesicht wurde sie schon immer dünner, und Stans Augen waren fast durchgehend rot unterlaufen, auch sie wurden mit jedem Tag glasiger und sahen mehr und mehr so aus wie vor seiner Verwandlung.

»Was hast du vor?«, fragte Lanee und in ihrer Stimme lag Angst. Würde er sie nun auch verlassen wie all die anderen vor ihm?

Ihr Herz klopfte laut, sie konnte nur noch schwer atmen.

»Wir gehen weg von hier.« Stan warf ihr ihre Tasche zu, die sie von ihrer Mutter bekommen hatte.

»Aber was ist mit Fal und Kara?«, fragte Lanee, während sie ihre Tasche nahm und über ihre Schulter schwang. Ihre Stimme klang schwach und nach Tränen.

Sie drehte sich von Stan weg.

»Sie haben uns verlassen, sie haben uns zurückgelassen. Sie sind jetzt Teil von denen. Wir müssen fliehen, solange wir noch können.«

Lanee nickte und dachte an die Worte ihrer Mutter, die an Fal gerichtet gewesen waren: »Lass sie nicht allein! Lasst euch nie allein!« Doch genau das hatte Fal getan. Er hatte sie und Stan zurückgelassen, in einem Haus voller Mörder und grausamer Leute.

»Okay.« Sie nickte. Stan nahm ihre Hand und führte sie nach unten.

Die Blicke der Leute hafteten an ihnen, doch Lanee versuchte nicht darauf zu achten. Die Angst hatte sie gepackt, wo sollten sie nur hingehen, was sollten sie tun.

Doch schon hatte Stan die Eingangstür aufgestoßen und war mit ihr hinausgestürmt. Ein Grinsen breitete sich auf seinem Gesicht aus.

»Siehst du. Ganz einfach.« Er zog sie weiter über den Schotterweg zum Waldrand hinüber.

Da sagte eine Stimme hinter ihnen: »Wo wollt ihr denn hin?« Es war Vee, sie trug ihr grünes Kleid und lächelte die beiden an.

»Wir gehen«, sagte Stan und stellte sich schützend vor Lanee. Vee seufzte und verdrehte die Augen.

»Das kann ich nicht zulassen, tut mir leid.«

»Ihr müsst uns gehen lassen, wenn wir gehen wollen«, schrie Lanee.

Vee sah sie über Stans Schulter hinweg an. »Das willst du doch nicht wirklich«, sagte sie. »Diese Welt ist kein schöner Ort. Man überlebt nicht leicht, wenn man nicht zu Hause ist.

Alles ist anders hier. Meine Schwester und ich hätten kaum überlebt, wären wir nicht zu Earl gekommen ...«

»Dann sind Sie halt eben schwächer als wir. Sie blöde Schlampe!«

Lanee zuckte bei der Beleidigung zusammen. Sie dachte daran, wie freundlich Vee zu ihr gewesen war, als sie hier angekommen waren.

»Und jetzt lassen Sie uns gehen.« Stan wollte sie nach hinten schleudern.

»Oh«, sagte Vee und in ihren Augen funkelte es kurz, als sie Stans magischen Versuch mit dem Schlenker ihres Zeigefingers abblockte. »Du nennst mich nicht Schlampe.«

Ohne auch nur mit der Wimper zu zucken oder eine Bewegung zu machen, fiel Stan nach hinten um. Ohnmächtig von Vees Zauber befallen.

Lanee schrie auf, fing Stan auf und legte ihn sanft auf den Boden. Tränen strömten über ihr Gesicht. »Was haben Sie getan!« Sie schüttelte Stan, der sich nicht regte, aber langsam ein- und ausatmete.

»Er schläft nur.« Vee kam auf Lanee zu. »Lanee. Versteh doch, ich will nur das Beste für dich und deine Freunde. Dort draußen könnt ihr nicht überleben.«

»Nein!«, schrie Lanee. »Ich glaube Ihnen nicht! Sie sind eine Mörderin!«

Vee lachte leise und kniete sich dann zu ihr. Lanee wich von ihr weg, doch Vee legte die Hände auf ihre Schläfen und schloss die Lider. Lanee konnte sich von einem auf den anderen Moment nicht mehr bewegen und Vee verschwamm vor ihren Augen. Sie sah einen Mann am Boden, er lag dort und schrie, während jemand über ihm stand und seine Hand auf und ab bewegte. Es knackte fortwährend und der Mann schrie lauter und spuckte Blut, als sich die Knochen seines rechten Armes durch seine Haut bohrten.

Dann erhob sich eine Gestalt aus dem Schatten des Raumes. Lanee sah sich um. Sie konnte Vees Gesicht und das ihrer Schwester an einem kleinen Fenster erkennen. Die Gestalt erhob sich und lief über das Blut am Boden. Es war Fillgert. Er sah auf den Mann hinunter und dieser sah in seine Augen. Tränen liefen über Vees Gesicht und sie packte die Hand ihrer Schwester.

Fillgert pfiff und aus dem Schatten kroch auf allen vieren eine Gestalt mit langen Beinen auf den Mann am Boden zu. Ihr Gesicht war verzerrt. Die Kreatur streckte lange Finger nach dem Mann aus und zog ihn in die Dunkelheit.

»Ein neuer Freund«, sagte die Kreatur und kicherte, während sie mit dem Mann im Dunkeln verschwand, und dann hörte man nur noch die Schreie des Mannes.

Lanees Blick wurde klarer und sie sah wieder Vee vor sich knien.

»Was war das?«, fragte sie erschrocken. Die Schreie des Mannes hallten in ihrem Kopf wider.

»Das war mein Bruder Nate. Er wurde von Fillgert gefoltert, weil er irgendetwas herausgefunden hatte, und meine Schwester Fera wollte Fillgert deswegen töten und unseren Bruder befreien. Sie hat es nicht geschafft und so wurde sie verstoßen. Ich kam mit ihr. Wir sind keine schlechten Menschen, Lanee, und das bist du auch nicht.«

Lanee sah zu Boden und ließ sich von Vee auf die Beine helfen.

»Ich will einfach nur wieder nach Hause.« Sie wischte sich übers Gesicht.

»Das will jeder von uns«, sagte Vee. »Deswegen müssen wir zusammenhalten. Es wird alles gut werden. Ich verspreche es dir.« Sie führte Lanee zum Haus zurück. Stan schwebte hinter ihnen her, seine Beine kratzten über den Boden. »Ich kann verstehen, dass du Angst hast. Das ist ganz normal.«

Lanee nickte. Es fühlte sich nun etwas sicherer an, zu wissen, dass wenigstens Vee keine brutale Mörderin war. Wenigstens irgendjemand, der noch für sie da war.

Sie brachten Stan in sein Zimmer, in dem er sich ausschlafen sollte.

»Dein Bruder«, sagte Lanee, während Vee sie durch die Gänge in den Gemeinschaftsraum führte, in dem Karas Vater mit ein paar anderen Leuten saß und sie anlächelte, als sie den Raum betraten. »Lebt er noch? Und was war das für ein Wesen?«

Vee lächelte traurig. »Ich kann dir beides nicht beantworten.« Sie setzte sich mit ihr an einen freien Tisch und reichte ihr eine Tasse Tee. Lanee trank einen großen Schluck. »Ich habe nur davon gehört, dass es einer der Rapplatuk, mit denen die erfolglosen Experimente durchgeführt wurden, sein könnte. Aber wie gesagt, sie waren meistens erfolglos. Also bin ich mir nicht sicher.«

»Aber Rapplatuks sind doch eigentlich friedliche Waldwesen.«

»O ja.« Vee nickte. »Das sind sie meistens.« Sie lächelte Lanee an, doch weitere Erklärungen gab sie ihr nicht.

Lanee atmete tief durch. Auch wenn die Angst sie von innen heraus auffraß, versuchte sie nicht wieder zu weinen.

»Aber was ich weiß, ist, dass ich Nate suchen werde, sobald wir hier rauskommen«, sagte Vee und zwinkerte ihr zu.

Lanee dachte daran, wie der Mann blutend am Boden lag. Sie konnte seine Schreie noch immer hören. »Ich hoffe, dass er noch lebt.«

Eep setzte sich zu ihnen, die Frau mit den langen schwarzen Haaren namens Maggie nahm neben ihm Platz. Lanee wusste nicht, was sie tun sollte, und schlürfte ihren Tee.

»Hey, wie geht es dir?«, fragte Eep sie.

Sie lächelte kurz. »Ganz gut.«

»Sie hat noch ein wenig Angst«, sagte Vee und Lanee wandte den Blick zu Boden.

»Sollen wir es ihr zeigen?«, fragte Eep, und Vee nickte.

Maggie verdrehte die Augen. »Ach, kommt schon. Muss das sein.«

»Ich denke ja.« Eep stand auf. »Komm, Lanee.«

Auch Vee erhob sich und nach kurzem Zögern folgte Lanee den beiden. Maggie blieb zurück, sie legte die Beine auf den Tisch und schlug ein dünnes, sehr zerlesenes Buch auf.

Vee und Eep führten Lanee einen Gang entlang, durch eine Tür, dann eine Treppe hinunter, und die Angst raubte ihr den Atem, aber sie blieb nicht stehen. An einer verschlossenen Tür machten sie halt. Ein paar Stücke aus braunem Holz waren in die Eisentür gerammt worden. Hinter der Tür war ein Scharren zu hören und ein leises Stöhnen, das klang, als käme es von einem verwundeten Tier.

»Was ist dahinter?«, fragte Lanee ängstlich, und zu ihrem Entsetzen öffnete Eep die Tür.

Er öffnete sie nur kurz, doch Lanee konnte trotzdem die Frau sehen, die auf dem Boden des kleinen Raumes saß und sie wütend anstarrte. Sie hatte lange braune Haare und große Augen.

Eep schloss die Tür wieder und sie hörten einen Schrei, dann krachte es und die Tür schepperte.

»Wer ist das?«, fragte Lanee.

Eep legte eine Hand auf das Eisen. »Das ist Lori.«

»Warum ist sie hier eingesperrt?«

»Sie ist krank«, sagte Vee. »Sie hat mehrere Leute getötet. Sie sieht sie nicht mehr als Menschen. In ihrem Kopf ergibt das alles keinen Sinn mehr. Sie schreit die ganze Zeit: Sie sind tot, sie sind tot.«

»Kann man ihr nicht helfen?«

»O doch, das kann man.« Vee lächelte ihr zu.

»Aber nicht hier, ihre Krankheit ist schlimm, aber nicht unheilbar. Wir wollten sie dir zeigen, damit du weißt, dass Fillgert Leute verstößt, die keine Kontrolle darüber haben, was sie tun. Wir sind keine schlechten Menschen.«

Lanee starrte immer noch auf die Tür. »Warum bricht sie die Tür nicht einfach auf?«

»Oh, das versucht sie.« Eep deutete auf die kleinen Holzstücke, die in die Tür gedrückt waren. »Das ist Blauweidenholz. Gaven hatte es bei sich, es unterdrückt die Magie. Bist du in einem Raum oder einem Haus, das nur aus Blauweidenholz gebaut ist, verlierst du im Laufe der Zeit deine Magie. Du kannst sie nicht mehr anwenden. Deswegen kann sie diese Tür nicht aufbrechen, sie unterdrückt ihre Magie.«

Lanee nickte. Sie hatte schon vom Blauweidenholz gehört und wie gefährlich es sein konnte. Auf Dauer schädigte es die Magie eines magischen Wesens.

»Könnt ihr sie nicht heilen?«

»Doch, aber nicht hier. Dazu fehlen mir die Mittel«, sagte Vee und machte sich wieder auf den Rückweg. Ihre Schuhe klackerten über den Boden. »Wenn wir zuhause sind, werde ich ihr helfen.« Sie blickte über die Schulter. »Ich kann es kaum erwarten, sie kennenzulernen.«

Eep folgte ihr und Lanee beeilte sich von den Geräuschen hinter der Tür wegzukommen. Am Ende der Kellertreppe hielt Vee ihnen die Tür auf und sie schlüpften hindurch.

»Wenn du magst, kannst du mir dabei helfen.« Vee strahlte Lanee an.

»Ich hab noch keine ärztliche Ausbildung«, sagte Lanee, musste jedoch lächeln. Vee zwinkerte ihr zu.

»Ein Praktikum kann gar nicht schaden.«

Ihre Mutter würde bestimmt ausrasten, wenn sie wüsste, dass sie hier mit einer Verstoßenen redete und sich so langsam mit ihr anfreundete.

Als sie abends im Bett lag, nachdem sie mit Eep, Vee und Maggie ein paar Kartenspiele gespielt hatte, lächelte Lanee immer noch.

Sie dachte gar nicht mehr an Stan, der in seinem Zimmer aufgewacht war und auf seine Hand starrte, von der sich unablässig die Haut schälte.

Er wischte sich eine Träne aus dem Gesicht und legte sich wieder hin. Es war es alles nicht wert gewesen, er hatte alles verdorben. Er drehte sich zur Wand und zum ersten Mal seit einer langen, langen Zeit wünschte er sich die Tage zurück, als nur er und Fal durch die Wälder geschlichen waren und die schönsten Orte und Tiere entdeckt hatten.

Es war alles verloren.

Alles verloren.

KAPITEL 43
Dear Diary

Hallie saß zwischen Enna, Niall, Ian und Georgina. In der verlassenen Hütte nahe am Waldrand waren sie ungestört. Hallie wusste selbst nicht, was sie dazu bewogen hatte, den anderen so etwas in den Kopf zu setzen, und doch fühlte sie eine Aufregung, die ihre Hände leicht zittern ließ. Sie mochte diese Art von Aufregung irgendwie.

»Fillgert hat heute Abend um fünf ein Treffen in dem kleinen Gasthaus am Waldrand«, sagte sie. Ihr fiel der Name des Gasthauses nicht mehr ein. Sie war wirklich sehr aufgeregt. Was sie vorhatten, verstieß gegen etwa fünfhundert Regeln. Während sie das dachte, vergaß sie komplett den Schulaufsatz, den sie über Fillgert schreiben sollte.

Alle Auszüge des Tagebuchs in *Der jüngste Präsident aller Zeiten: Wie Fargrim Fillgert Präsident wurde* hatten sie sich angeschaut und der Entschluss schien gefasst zu sein. Hallie war ein Jahr jünger als die anderen. Sie hatte sie ein paarmal in der Schule gesehen, aber sie hatte sich nie großartig mit ihnen beschäftigt. Sie hatte auch gehört, was mit diesem Ian auf dem Abschlussball der Abgänger geschehen war. Es interessierte sie eigentlich nicht besonders. Nie hätte sie gedacht, dass sie mal einer Gruppe Schulabgänger dabei helfen würde, das Tagebuch des Präsidenten zu stehlen, und noch weniger hätte sie gedacht, wie viel Freude es ihr bereitete.

»Sollen wir das wirklich tun?«, fragte Georgina. Sie schien sich nun tatsächlich ein wenig Sorgen zu machen.

»O Mann, Georgina«, sagte Enna. »Das wird voll krass. Stell dir doch mal vor, was in seinem Buch drinsteht. Das wird voll krass!«

»Ich bin mir nicht so sicher.« Georgina wandte sich an Hallie. »Bist du dir sicher, dass er weg ist?« Hallie nickte. »Meine Mutter arbeitet für Fillgert, sie kommt sogar mit ihm mit. Ich weiß es sicher.«

»Aber vor dem Tor stehen immer Wachleute«, sagte Georgina. »Das klappt nie.«

»Dann müssen wir sie ablenken.« Ennas Augen leuchten. »O Mann!« Sie stieß Georgina an. »Dann machen wir voll die Show für die, weißt du noch damals für Andy.«

Georgina lachte. »Ja, Mann, das war so heftig.« Sie dachte noch einen Moment nach, doch sie musste immer wieder grinsen. »Na schön, ich bin dabei.«

»Dann gehen wir rein«, sagte Hallie und wandte sich an Niall. »Ich kann dir den Weg zu Fillgerts Zimmer zeigen, dort wird er sicher sein Tagebuch aufbewahren.«

Niall nickte. »Gute Idee.« Er wirkte auch etwas nervös.

»Und was ist mit mir?«, fragte Ian.

Enna warf ihm einen abwertenden Blick zu. »Um ehrlich zu sein, hat dich niemand eingeladen.«

Ian schwieg, er schien nicht zu wissen, was er tun sollte.

»Er kann Wache halten«, sagte Hallie und fühlte sich wie in einem Buch. Ian warf ihr einen dankbaren Blick zu, Enna verdrehte die Augen. »Ihr wisst, dass das dumm ist, oder?« Hallie wollte sie nicht mal von ihren Plänen abhalten, aber irgendjemand musste ja etwas sagen. »Wir könnten in ernste Schwierigkeiten geraten.«

Enna zog die Brauen zusammen. »Ich dachte, du wärst auch dafür?«

»Das bin ich auch, aber ich denke, wir sollten uns darüber bewusst sein, was wir tun.«

»Wir tun das Richtige«, sagte Niall. »Wir müssen die Unschuld unserer Freunde beweisen. Uns wird schon nichts passieren.« Er grinste, aber Hallie sah, wie seine Mundwinkel zitterten.

Hallie richtete sich auf und in diesem Moment schwang die Tür der Hütte auf. Drei Leute betraten den Raum, sie schienen in Nialls Alter zu sein und grinsten die fünf an. Sie hatte in der Schule von ihnen gehört, sich aber immer im sicheren Abstand zu ihnen aufgehalten. Das waren Bryce und seine Lakaien Roger und Blair.

»Dylan meinte, ihr wollt den Präsidenten bestehlen«, sagte Bryce und hinter ihm kicherte Blair ihr ätzendes Lachen. Roger stand wie immer schweigend neben den beiden.

Niall sprang auf. »Ich wüsste nicht, was dich das angehen sollte, Bryce!«

»Na ja, es geht mich schon etwas an«, sagte Bryce. »Ich meine, es ist der Präsident. Und man sollte ihn nicht bestehlen oder bei ihm einbrechen.« Bryce deutete auf Ian. »Wow, sogar die Schwuchtel habt ihr dabei.« Die anderen beiden lachten laut auf. Ian stürmte an Hallie vorbei und warf sich auf Bryce, schlug ihm ins Gesicht und Blut strömte aus Bryce' Nase. Der warf Ian nach hinten, wodurch dieser krachend auf einem kleinen Holztisch landete.

»Ihr wollt also Stress?«, rief Bryce und holte aus.

Doch die anderen waren schneller. Hallie riss ihm die Füße vom Boden und Enna schleuderte Blair nach hinten. Roger wollte fliehen, doch Georgina hielt ihn auf und warf ihn auf Bryce, der, halb aufgestanden, erneut zu Boden ging.

Niall half unterdessen Ian auf die Beine, dann eilten sie alle an den sich Aufrappelnden vorbei und schlugen die Tür hinter sich zu.

Hallie drückte die Klinke fest mit der Hand, sodass sie heiß wurde und mit der Tür verschmolz.

»Das sollte sie aufhalten«, sagte Hallie, und die anderen sahen sie erstaunt an. Dann rannten sie durch die Gassen und konnten schließlich zwischen den Dächern hindurch das Präsidentengebäude sehen.

Hallie sah auf ihre Uhr. Es dauerte noch etwa eine Stunde, bis das Essen der Leute von Fillgert anberaumt war. Sie zog ihren kleinen Briefbeutel aus der Tasche, sie hatte eine Nachricht von ihrer Mutter bekommen. »Gehe jetzt zum Essen. Werde dir etwas mitbringen, wir sehen uns dann heute Abend. Hab dich lieb.«

Hallie lächelte, ihre Mutter wusste nicht, was sie vorhatte, und irgendwie stieg ihre Freude dadurch noch mehr.

Sie steckte den Beutel und den Zettel zurück in ihre Hosentasche.

Es war das erste Mal, dass sie so etwas tat, wahrscheinlich sogar das erste Mal, dass sie mit Gleichaltrigen abhing und etwas unternahm. Es war zwar etwas Illegales, aber ein bisschen Spaß musste ja auch sein. Sie war ein Teenager, da durfte man schon ein paar Sachen machen, die nicht besonders schlau waren, außerdem war sie sich sicher, dass sie nicht die ersten Teenager waren, die in das Präsidentengebäude einbrechen würden. Es war alles sicher, sie hatten es gut durchdacht. Das stimmte doch, oder?

»Sagen wir, ich finde gerade raus, du hast mich betrogen«, sagte Enna und prüfte ihr Aussehen in einem kleinen Taschenspiegel.

»Was?« Georgina sah sie fragend an.

»Na ja, dass du mit meinem Freund geschlafen hast.«

Georgina nickte zu Ian. »Na ja, das wär eher was für ihn.« Dann wandte sie sich wieder Enna zu. »Aber finde ich echt gut, wegen den Wachen, weißt du.«

Enna nickte allwissend.»Ja, Mann, das ist cute. Und wir improvisieren einfach, ja?«

Georgina kicherte.»Wird hart gut.« Sie machten einen einstudierten Handschlag und umarmten sich.

»Wie viel Zeit brauchen wir circa?«, fragte Niall Hallie und sie überlegte kurz.

»Sagen wir zwanzig Minuten.«

»Schafft ihr das?«

Enna und Georgina sahen sich an.»Ich denke, wir werden das hinbekommen«, sagte Enna und lächelte stolz.»Nervig kann ich auf jeden Fall sein.«

»Wem sagst du das«, sagte Niall, und Enna schlug ihm gegen den Arm, aber sie grinste weiter.

»Wenn irgendwelche Wachen oder sogar Fillgert kommen, versuchst du sie irgendwie aufzuhalten«, sagte Niall an Ian gewandt, der nickte.»Wir gehen hinten herum und schleichen uns dann rein.« Die anderen nickten einstimmig.

Die restliche Zeit verbrachten sie damit, den Plan auszuarbeiten. Enna und Georgina arbeiteten ein wenig an ihrem Streit, den sie den beiden Wachleuten vorspielen wollten, und die anderen mussten mit ihnen lachen.

»Sie gehen«, sagte Hallie, nachdem eine Gruppe das Präsidentengebäude verlassen hatte. Der Mond tauchte gerade hinter den Wolken auf.

»Dann los«, sagte Niall, und er, Ian und Hallie liefen los.

Es ging an einigen Hütten vorbei, dann bogen sie links ab, um hinter das Präsidentengebäude zu gelangen. Hier waren keine Hütten mehr, die ihnen Schutz boten. Sie rannten über die freie Wiesenfläche, während der Präsident und einige seiner Wachleute zwischen den Hütten auf der gegenüberliegenden Seite des Platzes verschwanden.

Alle drei drückten sich an die strahlend weiße Wand des Präsidentengebäudes und lugten um die Ecke.

Niemand hatte sie bemerkt. Da kamen auch schon Enna und Georgina über die vordere Wiese auf das Tor zu, das von den Fackeln an beiden Seiten erleuchtet wurde.

»Schau!«, sagte Georgina und deutete auf die Wachen. »Ich sagte doch, da stehen Wachen, wie mein Vater es gesagt hat.«

Enna stieß sie weg. Sie kamen den beiden Wachmännern näher, die ihre Unterhaltung unterbrachen und die beiden genervt beobachteten.

»Ich hab dir halt nicht mehr geglaubt, weil ich dir nichts mehr glauben kann!«, rief Enna und stieß Georgina zu Boden.

»Warum, Bitch!«, schrie Georgina, rappelte sich auf und gab Enna eine Ohrfeige.

Hallie hatte noch nie etwas so Faszinierendes gesehen.

»DU HAST MIT MEINEM FREUND GESCHLAFEN!«, brüllte Enna und zog ein Messer aus der Tasche, rammte es neben Georgina in das Gras.

»O mein Mächtiger«, murmelte Hallie. Sie wusste nicht mehr, ob die beiden es nun ernst meinten oder immer noch spielten. War das Messer auch Teil des Plans?

»AHHHH!«, schrie Georgina und rannte vor Enna weg. »Hilfeeee!« Die Wachen machten sich auf den Weg zu den beiden.

Enna ließ das Messer fallen und riss Georgina zu Boden, sie schlugen aufeinander ein und die beiden Wachen versuchten sie nun auseinanderzureißen.

»Jetzt«, sagte Hallie und rannte gefolgt von Niall und Ian dicht an der Hauswand entlang.

Sie erreichten die Tür. Die Wachen waren gar nicht weit von ihnen entfernt. Wenn sie sich umdrehten, würden sie sie sofort sehen. Hallie drückte die Klinke hinunter. Sie war verriegelt. Niall hielt seine Hand auf das Schloss und konzentrierte sich. Nur wenige Sekunden später klickte es, und die Tür schwang einen Spaltbreit auf.

Sie schlüpften hinein und drückten die Tür zu.

Keine Sekunde zu spät, denn in diesem Moment rissen die beiden Wachen Enna und Georgina auseinander und schickten sie weg.

Enna und Georgina trotteten davon und sahen besorgt auf die verschlossene Tür.

»Das waren aber keine zwanzig Minuten«, sagte Georgina. Enna fuhr sich über die Stirn. »Ich glaube, wir haben echt einen Fehler gemacht.«

In Enna stieg auf einmal die Angst hoch. Wie leichtsinnig hatten sie bitte gehandelt. Leute in ihrem Alter waren verstoßen worden, was sollte den Präsidenten davon abhalten, sie auch zu verstoßen?

Sie packte Georgina am Arm. »Lass uns verschwinden.« Nach einigem Zögern sagte sie: »Wir wissen nichts hiervon. Ich will wirklich gerne hierbleiben.«

Georgina war blass und schaute von Enna zur Tür des Präsidentengebäudes und wieder zurück. Dann nahm sie Enna bei der Hand, und sie beeilten sich nach Hause zu kommen.

Ein paarmal sah Enna noch zurück, doch sie versuchte nicht mehr daran zu denken – wenn sie nicht da gewesen waren, dann musste sie auch daran glauben, dass sie nicht da gewesen waren.

***

Die Luft im Präsidentengebäude war kalt. Hallie atmete tief durch. Sie fror. »Kommt«, hauchte sie und begann die Treppen emporzusteigen, die sich ohne Geländer nach oben wanden. Die anderen folgten ihr und redeten kaum ein Wort.

Sie spähten um die Ecken und Hallie fühlte sich mit jeder Sekunde unwohler. Sie hätten es nicht tun sollen.

Niall wischte sich den Schweiß von der Stirn. Es war so still, dass es unheimlich war.

Sie liefen durch den Gang aus Glas, ehe sie an eine Kreuzung aus drei Gängen gelangten und Hallie einen Moment überlegen musste. Niall forderte sie flüsternd auf, ein wenig schneller zu machen. Hallie entschied sich für links und sie huschten eine weitere Treppe hinauf, diesmal eine schmale. Die Treppe endete an einer Tür und diese führte in ein prunkvolles Schlafzimmer.

Die Wände waren in verschiedene zueinanderpassende Tapeten gehüllt, an einigen Stellen war darauf gemalt worden. Insgesamt erweckte das Zimmer den Eindruck eines fast vollendeten Gemäldes. Auf einer Kommode lagen Pinsel und Farbe. Offenbar bemalte Fillgert die Wand in seiner Freizeit selbst. Mondlicht erhellte den Raum, tauchte ihn in ein silbriges Licht. Es war einer der wenigen Räume, die nicht vollständig weiß waren. Pflanzen rankten sich an der Wand empor und standen in vielen verschiedenen Töpfen im Zimmer verteilt.

»Geh du nach unten und warne uns«, sagte Niall zu Ian, woraufhin dieser widerwillig das Zimmer verließ. »Na dann los. Suchen wir nach diesem Tagebuch.«

Alles in diesem Raum kündete von penibler Ordnung, sogar die Stifte auf dem Schreibtisch waren nach Größe geordnet. Hallie öffnete die Schubladen, doch das Tagebuch war nicht darin. Eigentlich war gar nichts darin. Bis auf ein paar Papiere, einige weitere Stifte und andere Büroutensilien. Sie lief zu einer Kommode hinüber und öffnete die kleinen Türen, doch außer ein paar losen Papieren war auch dort nichts Brauchbares zu finden.

Niall öffnete eine Tür zu einem weiteren Raum, während Hallie die Schublade des Nachttisches neben dem Bett aufzog. Ein dünnes schwarzes Buch lag darin, auf dem ein goldener Stift ruhte. In das Leder des Buches war ein großes, verziertes F gestickt.

Hallies Herz schlug immer höher und sie nahm das Buch heraus. Darunter lag ein weiteres Buch, es hatte die gleiche Größe, nur prangte auf dem Einband ein E.

Als sie die beiden Bücher betrachtete, fiel ihr auf, dass das F viel schlampiger ausfiel als das fein gearbeitete E. Fast so, als hätte die Person, die das F-Buch bestickt hatte, nicht wirklich gewusst, wie sie es machen sollte.

Hallie dachte nicht weiter daran und auch nicht, wem das Buch mit dem E gehörte. Aber wie von selbst fragte sie sich, ob es Fillgerts Bruder Earl gehörte. Warum hatte er es aufbewahrt? Es juckte in ihren Fingern, sie wollte es nehmen und lesen, doch hierfür waren sie nicht hier. Sie sah nach hinten.

Niall war noch in dem anderen Raum. Sie wagte es nicht, ihn zu rufen, und öffnete das Buch.

Auf der ersten Seite stand in kritzeligen Buchstaben: *Eigentum von Fargrim Fillgert*, darunter war krakelig ein lächelnder Smiley gemalt.

Sie schlug die weiteren Seiten auf. Diese waren alle fein säuberlich und in ordentlicher Handschrift geschrieben. Als lägen mehrere Jahre zwischen der ersten Seite und den weiteren.

Sie begannen tatsächlich mit Fillgerts Weg zum Präsidenten. Hallie überflog die Seiten und blätterte immer schneller und schneller, dann war da auf einmal eine fast unbeschriebene Seite. Sie passte nicht in das Tagebuch hinein, alle anderen Seiten waren sehr dicht beschrieben und nur diese Seite stach heraus und wellte sich nicht wie all die anderen.

Auf der Seite stand nur ein Name: *Faldor Feyn*.

Hallie stockte der Atem, sie wischte sich den Schweiß aus der Stirn. Das war der Junge, der verbannt worden war. Der Freund von Niall und den anderen. Sie blätterte weiter und starrte angestrengt auf die nächste Seite.

Heute habe ich einen Jungen gesehen. Sein Name ist Faldor Feyn. Ich weiß nicht, warum ich seinen Namen weiß, ich habe ihn noch nie zuvor gesehen.

Dann gab es eine Zeile Abstand.

Ich fühle eine eigenartige Verbindung. Es ...

Weiter konnte Hallie nicht lesen, der Rest des Satzes war fett durchgestrichen. Ihr Blick wanderte auf der Seite nach unten.

Irgendetwas stimmt nicht. Ich muss ihn loswerden ......
.... Ich bin verwirrt!

Hallie wusste nicht, was sie denken sollte. Sie blätterte eine Seite weiter, doch auf den nächsten drei Seiten stand nichts mehr.

Dann ging es am 20. September weiter und Hallie konnte kaum erwarten, was sie nun lesen würde. Das war wenige Tage vor der Verbannung gewesen.

Sie erhaschte einen Blick auf den Namen Al, doch bevor sie sich vertiefen konnte, unterbrach sie eine kalte Stimme.

»Leg es zurück.«

Hallies Herz setzte einen Schlag aus. Sie ließ das Buch fallen. Es klappte zu und schlug auf dem Boden auf.

Langsam drehte sie sich um.

Fillgert trat aus dem Nebenzimmer herein, er hielt einen blassen Niall am Arm. Hinter ihm führte eine von Fillgerts Wachen Ian in den Raum.

Fillgerts grüne Augen funkelten. Er ließ Niall los, schien genau zu wissen, dass der sich trotzdem nicht rühren würde, und fixierte Hallie mit seinem Blick. »Was sucht ihr hier?«

Sein Lächeln wirkte gezwungen, Hallie konnte spüren, dass in seinem Innern ein Feuer brodelte.

Niall lachte nervös. »Aha. Ähm, also.« Hallie konnte die Schweißperlen auf seiner Stirn sehen. Sie schloss für einen Moment die Augen und versuchte die Situation zu begreifen.

Was sollten sie tun? Waren Enna und Georgina so schnell geschnappt worden?

»Wir sind sehr inspiriert von Ihnen«, sagte sie mit klarer Stimme. Fest sah sie Fillgert in die Augen.

»Fans also«, sagte er leise.

Hallie nickte eifrig.

»Wir finden es so inspirierend, dass Sie in so einem jungen Alter schon so viel erreicht haben. Ich soll in der Schule einen Aufsatz über Sie schreiben und ich wollte den besten Aufsatz haben, deswegen wollten wir uns hier umsehen. Aber wir wollten sicherlich nichts stehlen. Es tut uns leid, wir wollten Sie nicht verärgern.« Sie lächelte herzenssüß, und Fillgert lächelte sein falsches Lächeln zurück.

»Also wolltet ihr einfach wissen, wie ein Präsident lebt?«

»Genau!«, sagte Hallie und machte eine das Zimmer umfassende Bewegung mit ihren Händen. »Es ist so wunderschön hier.« Sie hoffte, dass man ihr die Angst nicht anmerkte und ihre Stimme nicht zitterte.

Sie versuchte nicht daran zu denken, wie viel Ärger sie von ihren Eltern bekommen würde, wenn es mit Fillgert nicht noch schlimmer ausgehen würde. Sie wollte sich die Hände waschen. Das Gefühl von Fillgerts Tagebuch loswerden, die Schuld vertreiben.

Weiterhin lächelnd hielt sie Fillgerts Blick stand.

»Es gibt Touren durch das Gebäude. Es ist sogar Pflichtunterricht.«

»Das weiß ich. Ich habe die Tour schon mehrmals mitgemacht, meine Mutter leitet sie sogar. Nur hier führen die Touren nicht hin. Es tut uns leid. Wir waren einfach nur so neugierig.«

Fillgert dachte nach. »Deine Mutter ist also Stephanie Greene, nicht wahr?«

»Ja, genau.«

»Ach«, sagte Fillgert und lachte. Ian sah Hallie und Niall verwirrt an. Er schien so fehl am Platz.

»Hätte ich das gewusst, hätte ich euch allen eine persönliche Tour angeboten«, seine Haltung wirkte jetzt nicht mehr so angespannt. »Mrs. Greene ist eine meiner engsten Mitarbeiterinnen. Für ihre Tochter und Freunde mache ich so etwas gerne.« Hallie strahlte ihn an.

»Dennoch«, sagte er, sein Tonfall wurde wieder ernst.

Hallie konnte in dem kleinen Spiegel, der ihr gegenüber an der Wand hing, sehen, wie ihr übertriebenes Lächeln erstarb, obwohl sie krampfhaft versuchte sich ihre Angst nicht anmerken zu lassen.

»Einbrechen geht natürlich nicht. Ich würde sagen, ihr geht schnell nach Hause und schreibt eure Aufsätze zu Ende.« Fillgert trat einen Schritt auf sie zu. »Ich hoffe doch, du hast nicht in meinem Notizbuch gelesen.« Er deutete auf das Buch am Boden.

Hallie schüttelte den Kopf. »Nein, ich bin nicht dazu gekommen, es tut mir leid. Ich dachte nur, ich könnte so etwas über Ihren Erfolg erfahren. Bitte verzeihen Sie mir.«

Hatte sie vorhin geschwitzt vor Aufregung, war ihr nun eiskalt und sie fürchtete, dass Fillgert ihr die Lüge direkt von den Augen ablesen konnte.

»Na dann«, sagte Fillgert und strahlte wieder. »Auf nach Hause mit euch.«

»Das heißt, wir werden nicht bestraft?«, fragte Ian und sah Fillgert überrascht an.

»Warum sollte ich denn fünf Jugendliche ohne Grund bestrafen?« Fillgert legte den Kopf schief. »Ich bin doch kein Monster.«

Ian nickte nur und die drei huschten an Fillgert und der Wache vorbei. Sie rannten die Treppen hinunter und atmeten erst wieder auf, als sie vor dem Präsidentengebäude auf der Wiese standen. Und doch hörten sie nicht auf zu rennen, bis sie die Hütten erreicht hatten.

Niall lehnte sich keuchend an eine Mauer.

»Das war verdammt scheiße«, sagte Ian und die anderen beiden nickten zustimmend.

Hallie begann hysterisch zu lachen. »Ich glaube, ich hatte noch nie so viel Angst.« Sie lächelte die anderen an.

Auch wenn ihr Herz in ihren Ohren hämmerte, war sie stolz. Sie hatte etwas Verbotenes gemacht, es hatte keine Konsequenzen gegeben, und sie hatte sich die beste Ausrede aller Zeiten einfallen lassen.

»Nur schade, dass du nichts rausgefunden hast«, sagte Ian.

Niall stieß sich von der Mauer ab. »Ja, leider alles umsonst.«

Hallie schüttelte den Kopf. »Nein! Ich hab gelogen. Ich hab etwas gelesen. Wir müssen sofort zu den Verwandten von Faldor Feyn.«

* * *

Auf dem Weg zu Faldors Hütte erzählte Hallie, was sie in dem Tagebuch gelesen hatte, und sie wünschte sich, sie könnte ihren Eltern davon erzählen. Doch sie wollte nichts riskieren und entschied sich dazu, dass es ihr Geheimnis bleiben sollte. Ihre Eltern sollten nicht alles erfahren müssen.

Als sie aus einer Gasse hinaustraten, fragte Ian: »Das heißt, Fillgert hat das alles geplant?«

»Sag ich euch ja.«

Niall bog in eine Abkürzung ein. Sie liefen durch die nächtlichen Straßen, bis sie bei der Hütte der Feyns ankamen. Hallie sah auf ihre Uhr, sie sollte schon längst zuhause sein. Innerlich fluchte sie, folgte Ian und Niall jedoch.

Niall wollte anklopfen, doch die Tür der Hütte war nicht abgeschlossen. Er stieß sie einen Spalt auf.

Glas knirschte unter seinen Schuhen, als er einen Schritt hineintrat.

»Mr. Feyn?!«, rief er, aber es kam keine Antwort.

Alle drei machten ein paar Schritte in Faldors Zuhause hinein. Ihnen bot sich ein erschreckender Anblick.

Der Tisch in der Küche war umgeworfen und der Inhalt aus den Regalen auf den Boden gefegt worden. Glassplitter lagen überall verteilt und an zwei Stellen auf dem Boden waren Blutspritzer zu erkennen, auch auf den Tisch war Blut gespritzt. Direkt neben ihnen lag ein Messer in einer kleinen Blutlache.

Hallie hielt sich eine Hand vor den Mund. Sie hatte Illn Feyn nicht gekannt, diese Hütte jedoch zeigte die Grausamkeit, die in Fillgert schlummerte und vor der sie nur knapp entkommen waren. Denn sie zweifelte nicht daran, dass dies hier Fillgerts Werk war.

»Was ist hier passiert?«, flüsterte Ian.

»Ich glaube, Fillgert ist passiert. Wahrscheinlich wollte Fals Onkel ihn zurück nach Hause holen und Fillgert hat ihn ...«, Niall sah sich um, »... aufgehalten.«

»AUFGEHALTEN!«, keuchte Hallie, wirbelte herum und rannte zur Haustür. Das war ihr zu viel. Sie wollte nur noch nach Hause. Sie hatte einen riesigen Fehler begangen und sie hatte Angst, dass schon bald die Hütte, in der sie mit ihrer Familie wohnte, so aussehen würde wie diese Hütte hier.

Niall und Ian folgten ihr. Sie wollten sie rufen, doch eine Stimme hielt sie davon ab. Hallie war im Türrahmen stehen geblieben.

»Sie haben ihn mitgenommen!«

Es war Lanees Mutter, sie stand im Gemüsebeet vor der Hütte und pflanzte ein paar Blumen um.

Sie sah furchtbar aus. Sie trug ein Hemd, das wahrscheinlich ihrem Mann gehörte, und eine Hose, die ihr viel zu groß war. Ihre Haare waren nicht wie sonst immer zu einem Dutt hinaufgebunden. Grauer als jemals zuvor hingen sie ihr zerzaust über die Schultern und ihre Augen schienen hervorzustehen. Sie sah aus, als hätte sie viel geweint. Eine kleine Lampe, die neben ihr herschwebte, erleuchtete ihr Gesicht und ließ sie noch dünner und unheimlicher aussehen, als sie es eigentlich war.

»Was?« Niall und Ian waren neben Hallie getreten.

»Sie haben ihn mitgenommen. Nur weil er versucht hat ihnen zu helfen. Es sind Mörder. Sie sind Mörder.« Jessica Avell bückte sich wieder zu den Blumen hinunter, ihre Hände waren voller Erde.

»Hallie.« Niall wollte ihr eine Hand auf die Schulter legen.

Hallie starrte immer noch auf Jessica Avell. Dann ging ein Ruck durch sie. »Nein.« Sie lief weiter. »Ich will damit nichts mehr zu tun haben. Wir sind gerade so davongekommen, und ich will nichts riskieren. Das ist eine Nummer zu groß.« Sie blickte nicht zurück.

Niall lief ihr hinterher. »Aber ...«

»Verstehst du es nicht?« Hallie blieb abrupt stehen und drehte sich zu ihm um. »Das ist Mord.« Mit Tränen in den Augen funkelte sie ihn an. »Wir können nichts tun. Schon gar nicht wir. Wir sollten das einfach vergessen.« Mit diesen Worten rannte sie davon.

»Was machen wir jetzt?«, fragte Ian, der zu Niall stieß.

»Gar nichts«, sagte Niall und ließ ihn und Fals Hütte hinter sich. Es war dumm gewesen. Enna und Georgina waren einfach gegangen, und mit Ian wollte er keine Zeit verbringen. Es war alles aussichtslos. Aber was hatte er sich eingebildet. Er war nur ein dummer Teenager, der nichts verändern konnte. Er hatte den Helden spielen wollen. Er hatte etwas bewirken wollen. Es war besser, sich wieder dem normalen Leben zuzuwenden.

Vor seiner Hüttentür stand Dylan, der ihn angrinste und ihm auf die Schulter klopfte, und Niall grinste zurück, als Dylan ihm eine Zigarette reichte. Er schwenkte ein Päckchen Pulver vor seinem Gesicht herum und sie gingen in den Wald, um ungestört high zu werden. Genau das hatte Niall gebraucht. Er wollte nicht mehr an Fal und die anderen denken, wahrscheinlich hatte Dylan auch mit Lanee recht, dass Niall nicht mehr an sie denken sollte, und im Moment war es einfacher für ihn, mit Dylan Drogen zu nehmen, als sich noch mit anderen Dingen zu beschäftigen, die ihn vielleicht sogar in Gefahr brachten.

***

Stephanie Greene saß in ihrem Büro im Präsidentengebäude und sortierte gerade die Ordner zurück in die Regale. Sie freute sich auf das Abendessen mit ihrer Familie, sie hatte unglaublichen Hunger und obwohl sie hier sicher war, fühlte sie sich doch stets am besten, wenn sie das Gebäude verlassen hatte.

Einer ihrer Mitarbeiter, der schon fertig war und sich gerade einen Schal umband, streckte den Kopf zur Tür herein. »Fillgert will dich noch mal sehen, er erwartet dich oben auf dem Balkon.«

»Ganz oben? Warum das?«

»Woher soll ich das wissen, Stephanie?« Ihr Mitarbeiter schüttelte den Kopf. »Beschwer dich bitte einfach nicht, ich will einfach nur heim und ...«

»Schon gut«, sagte Stephanie. »Danke, Brandon.«

»Hm.« Brandon zog den Kopf zurück und schlug die Tür hinter sich zu. Stephanie machte den strammen Zopf, den sie stets trug, fest, nahm ihre Jacke vom Stuhl, warf sie sich über und verließ ihr Büro.

Auf dem Weg die Treppen hinauf fragte sie sich, was Fillgert von ihr wollen konnte. Na ja, es war nicht das erste Mal, dass er sie zu sich rief. Wahrscheinlich wollte er ihr nur erklären, warum er das Essen gestern schon so früh verlassen hatte. Sie machte sich mal wieder unnötig Gedanken.

Sie hatte die letzte Treppe erreicht. Der Balkon war ganz oben im Gebäude, er lag nur ein paar Meter unter dem Dach und man konnte von dort aus noch weiter sehen, als von dem großen Glasfenster, aus dem Stephanie gerne schaute, wenn sie dort entlangging. Sie öffnete die verzierte Tür, die auf den Balkon führte, und schloss sie wieder hinter sich. Fillgert stand am Geländer und sah in die Ferne.

Der Mond erhellte den Balkon in einem wunderschönen silbrigen Licht, das die Verzierungen in der Tür hervorstechen ließ. Es war kalt, doch es war ebenso schön.

An den Seiten des Geländers hangelten sich Dornen entlang. Sie blühten, obwohl sie eigentlich nicht hätten blühen dürfen: Rote Rosen, die sich im Licht des Mondes noch auszubreiten schienen.

Fillgert trug ein weißes Gewand und seine Schuhe glänzten. Er lächelte Stephanie an und Stephanie lächelte zurück.

»Wie geht es Ihnen?«, fragte er.

Stephanie nickte glücklich. »Es geht mir gut, danke, wie geht es Ihnen?«

»Es geht mir ganz fantastisch.« Fillgert strahlte und zog einen Brief aus seiner Jackentasche.

»Weswegen sollte ich zu Ihnen kommen?«

»Ich wollte mit Ihnen über Ihre Tochter Hallie reden«, sagte Fillgert und lächelte weiterhin. Unbehagen kroch Stephanie durch die Glieder.

»Hallie? Was hat sie getan?«

»Sie hat sich in mein Schlafgemach geschlichen und wollte mit ihren Freunden zusammen mein Tagebuch lesen.«

Stephanie schnappte nach Luft. Warum sollte Hallie ...? Und was würde Fillgert jetzt ...? »Das tut mir leid«, brachte sie hervor und versuchte ruhig zu bleiben. »Das wusste ich nicht, ich hätte nie gedacht, dass sie so etwas machen würde.« Fillgert lachte. »Das hatte ich auch nicht geglaubt.« »Ich werde mit ihr reden, so etwas wird nicht wieder vorkommen.«

Fillgert nickte zustimmend. »Ja, das glaube ich auch.« Er winkte Stephanie zu sich. Mit wackeligen Beinen trat sie näher an das Geländer heran.

Er lehnte sich dagegen und atmete tief ein, bevor er zu ihr herübersah. »Ich weiß, dass Sie und Ihr Mann daran arbeiten, mich zu Fall zu bringen.« Er sagte es so ruhig, dass es kaum bedrohlich klang. Dennoch stotterte Stephanies Herz, ehe es schneller zu schlagen begann. Sie lachte nervös.

»Ich weiß nicht, was Sie meinen.«

Auch Fillgert lachte leise. »Sie wissen genau, was ich meine.«

»Ich ...«

»Sie müssen sich nicht mehr verteidigen.« Fillgert klopfte auf das Geländer. Die Dornen, die sich darum wanden, waren keine normalen Dornen, es war eine Pflanzenart der Blauweide.

Diese Blauweidendornen waren selten, man fand sie nur vereinzelt in den Stämmen der Blauweide wachsend, wo sie Kraft tankten durch die Nacht und das Licht des Mondes. Es hätte ihr auffallen müssen.

Sie standen sich gegenüber, beide ohne magische Kraft. Und ohne magische Kraft fühlte Stephanie sich fast wehrlos, aber sie wäre in ihrem Leben nicht so weit gekommen, wenn sie nicht fähig wäre zu kämpfen. Sie überlegte, ob sie wegrennen konnte. Es schien ihr die beste Option zu sein. Sie hatte ihre Messer nicht bei sich, wie dumm von ihr, sie hatte sie immer bei sich getragen. Der Frieden, die Friedlichkeit hatte sie unvorsichtig werden lassen.

Sie zog ihre Hände vom Geländer weg. Je länger sie Kontakt mit dem Holz der Blauweide hatte, umso schlechter war es für sie.

»Ich schwöre Ihnen ...«, begann sie, doch Fillgert unterbrach sie wieder.

»Nein«, sagte er. »Ich weiß, dass es stimmt. Es ist sinnlos, es zu leugnen.«

Stephanie sah zu Boden. Er würde sie verstoßen. Was würde mit William passieren und mit Hallie und Ellen? Würde sie wieder nach Hause kommen können? William würde bestimmt alles daran setzen, sie zurückzuholen. Aber würde er vielleicht auch verstoßen werden? Dann würden sie gemeinsam einen Weg finden.

Sie hoffte nur, dass Fillgert ihre Töchter verschonen würde. Ihre Kehle schnürte sich zu. Er pflückte eine der Rosen vom Geländer und betrachtete sie. »Wunderschön.«

Dann sah er Stephanie wieder in die Augen. »Ich verstehe, warum Sie mich stürzen wollen. Aber es war dumm zu glauben, dass ich es nicht herausfinden würde.« Stephanie schwieg. »Wie dumm von Ihrer Tochter, wahrscheinlich hatte sie herausgefunden, was Sie vorhatten, und wollte Ihnen helfen.«

»Meine Familie«, sagte Stephanie mit schwacher Stimme. Wahrscheinlich hatte Fillgert das Fläschchen mit dem Trank gleich hier und sie würde nicht einmal mehr Zeit haben, sich von William, Hallie und Ellen zu verabschieden.

»Keine Sorge. Ich erkläre Ihnen alles in diesem Brief.« Er schwenkte den Umschlag herum. »Ihrer Familie wird vorerst nichts passieren. Ein bisschen Spaß muss eben sein.«

Innerlich atmete Stephanie ein wenig auf. Wenn William noch bei ihren Kindern war, würde ihnen nichts passieren, und so hatte sie mehr Glück, von William nach Hause zurückgebracht zu werden. Wenn Fillgert nicht log. Immerhin wäre sie ihn auf der Erde los und musste nicht mehr hilflos mitansehen, wie trotz ihrer Gegenstimme junge Magier verbannt wurden.

Er zog ein kleines Fläschchen aus seiner Tasche, die pinke Flüssigkeit schimmerte im Mondlicht. »Ich denke, ich sollte keinen großen Aufstand darum machen.« Er streckte ihr den Trank hin.

Stephanie zögerte, bevor sie den Trank in die Hand nahm. Sie konnte nicht glauben, dass sie aufgeflogen waren, die Angst um ihre Familie lähmte sie, sie musste daran glauben, dass ihnen nichts passierte. Hallie und Ellen durfte nichts passieren. Sie wusste, dass William Fillgert stürzen würde, und dann würde er sie zurückbringen, er würde der neue Präsident werden und für ein besseres Ratrou sorgen. Dieser Gedanke erleichterte sie und ihr Herz hörte auf so wild zu schlagen.

Sie konnte es schaffen und schon bald würde sie Hallie und Ellen wieder umarmen. Fillgert konnte sie nicht für immer vertreiben. »Was steht in dem Brief?« Ihre Fingerspitzen berührten das kleine Fläschchen.

»Oh, natürlich.« Fillgert lächelte. Er zog das kleine Fläschchen wieder zu sich heran. »Darin erklären Sie Ihrem Mann und Ihren Töchtern, warum Sie sich umgebracht haben.«

»Was?«, keuchte Stephanie. »NEIN!« Sie schrie, doch Fillgert war schon vor sie getreten, gab ihr einen Stoß, und sie fiel über das Geländer nach hinten.

Ihr Mantel wehte im Wind, als sie hilflos nach etwas greifen wollte, das sie retten würde, aber da war nichts, nur kalte Luft, und sie stürzte hinab, zu erschrocken, um noch etwas zu tun, in Gedanken immer noch bei ihren Töchtern und William.

Fillgert sah noch den entsetzten Blick auf ihrem Gesicht, dann lehnte er sich auf das Geländer, bis er einen dumpfen Schlag auf dem Boden hörte.

Er beugte sich vor. Unten vor dem Präsidentengebäude lag ein unförmiger Haufen.

Bevor der Mond hinter einer dicken Wolke verschwand, spiegelte er sich in Stephanies Augen, die ins Leere starrten, und Fillgert lächelte auf dem Balkon zu ihr hinab. Er steckte die Flasche ein und ließ die Rose nach unten fallen. Sie landete neben Stephanies kalter Hand.

Es war alles so perfekt.

»Eine Schande«, sagte Fillgert zu sich selbst. »Sie war eine so gute Mitarbeiterin.« Er drehte sich um und klopfte an die Tür.

Sie öffnete sich, und er streckte die Hand mit dem Brief aus. »Danke, Brandon.«

Brandon schnappte sich den Brief. Er war blass und sah nach unten. »Bringen Sie den bitte nach unten und legen ihn auf den Schreibtisch von Mrs. Greene.«

»Aber natürlich«, sagte Brandon und wandte sich zum Gehen.

»Brandon«, sagte Fillgert und Brandon drehte sich nochmals um. »Gut gemacht. Weiter so.«

Brandon lächelte und nickte, dann lief er in das Büro seiner ehemaligen Mitarbeiterin, um den Brief in der Mitte ihres Schreibtischs zu platzieren.

✴✴✴

Stephanie Greenes Leiche wurde nur wenige Stunden später gefunden.

Ihre Familie wurde informiert, die Wachen von Fillgert händigten William den Brief aus.

Hallie saß am Küchentisch. Stumme Tränen liefen ihr übers Gesicht. Sie hatte den Abschiedsbrief schon etwa zehnmal gelesen. Es war die Schrift ihrer Mutter, es klang, wie ihre Mutter, und doch war es nicht von ihr.

Sie starrte auf den kleinen Smiley, der am Ende des Briefes gemalt worden war.

Ihre Mutter hatte Smileys gehasst.

Sie wusste, wo sie den Smiley schon einmal gesehen hatte. Es war eindeutig. Er machte sich lustig über sie.

Es war ihre Schuld.

Ellen war in ihr Zimmer gerannt und weinte ununterbrochen. Ihr Vater war zu ihr gegangen, gedämpft hörte Hallie seine Stimme.

Es klopfte an der Tür.

Sie stand auf. Sie hatte das Gefühl, als würde alles langsamer laufen. Als hätte die Welt aufgehört sich im normalen Tempo zu drehen. Ihre Trauer, ihr Entsetzen hatten sich als riesiger Schmerz in ihren Körper gekrallt. Sie wünschte, er würde verschwinden, sie wünschte ihre Mutter wäre hier.

Vor der Tür stand Niall. Er sah sie an und öffnete den Mund.

»Ich habe gehört, was passiert ist ... Es tut mir ...«

»Verschwinde!«, fauchte Hallie.

»Ich ...«

»Ich sage dir, es ist Mord. Wir hätten unsere Finger davon lassen sollen. Also VERSCHWINDE EINFACH!« Sie schlug die Tür zu.

KAPITEL 44
Paperbox

A While Ago

Fera saß mit ihrer Schwester am Esstisch. Vee spielte mit einer Puppe, während Fera noch damit beschäftigt war, an den Haaren und dem Outfit ihrer Puppe zu feilen. Der Angriff würde perfekt sein.

»Und im Norden wurde der Himmel düster, die Sterne erloschen und der Mond wandte sich zum Gehen. Die Zeit der Dunkelheit war gekommen«, sagte Fera mit tiefer verstellter Stimme. Vee lächelte sie an.

»Der Ruf der Finsternis mag verlockend sein, jedoch nicht für unsere beiden Heldinnen. Veeratapper und Feralit, die beiden Königinnen des Lichts.« Vees Augen leuchteten.

»Doch der Krieg wird grauenvoll sein und grausame Opfer nach sich ziehen.« Fera richtete ihre Hand auf das alte Radio und ein unheilvoller Ton ertönte. Die beiden schauerte es. Sie grinsten sich an.

»Der treue Gefährte von Veeratapper wurde von der bösen Königin Agatha gefangen genommen. Es ist Zeit für unsere Heldinnen, ihren treuen Partner zu retten. Doch: O nein!« Vee richtete ihre Hand in die Höhe, woraufhin ein mit Wasser gefüllter Ballon über dem Tisch explodierte, sodass die frisierten Haare ihrer Puppen nun klatschnass an den Köpfen klebten. Zugleich richtete Fera ihre Hand auf den Herd.

Wasserdampf stieg wie Nebel aus einem Topf auf und hüllte die beiden ein.

Draußen donnerte es und Blitze erhellten ihre Hütte. Die Atmosphäre war perfekt.

Aber auf einmal wurde Vees Gesicht steinern. »Da draußen ist etwas.«

Sie richtete sich auf und sah angestrengt aus dem Fenster. Schon damals hatte sie eine große Liebe für schöne Kleider empfunden und hatte sich in das viel zu große Kleid ihrer Mutter gehüllt, es mit Schals und Gürteln befestigt, damit es nicht hinunterfiel. Irgendwann, schwor sie sich, wollte sie auch so viele wunderschöne Kleider haben.

Fera hatte sich in einen Umhang gehüllt. Sie hätte sich auch ein Kleid ihrer Mutter angezogen, jedoch hatte Vee alle Gürtel aufgebraucht und der Umhang passte sowieso besser zu dem düsteren Spiel, das sie spielten.

»Vee, hör auf. Das ist nicht lustig«, sagte Fera.

»Nein«, sagte Vee. »Ich mache keinen Spaß.« Sie sah ihr tief in die Augen. »Fevari.«

Es war ihr Wort, es bedeutete, dass sie die Wahrheit sagten und dass Achtung geboten war. Wenn eine von ihnen dieses Wort sagte, war das Spiel vorbei.

Fera stand ebenfalls auf. Jetzt spürte sie es auch. Schritte draußen vor der Tür. Ein Scharren, dann ein Klopfen.

»Bestimmt sind es nur Mum und Dad«, sagte Vee, aber Fera schüttelte den Kopf.

»Sie wollten noch viel länger wegbleiben, deswegen haben wir uns doch so viel Zeit gelassen.«

Es klopfte an der Tür. Dreimal. Laut und unheilbringend.

Fera atmete tief durch und schlich auf die Tür zu.

»Nein«, flüsterte Vee. »Das bedeutet nichts Gutes.«

»Ich habe keine Angst.« Fera öffnete die Tür.

»Fevari, Fevari.«

Der Regen prasselte ihr ins Gesicht. Niemand war zu sehen. Sie wollte die Tür schon wieder schließen, da bemerkte sie das Paket auf der Fußmatte.

Für Nate, Vee und Fera Faiberton, stand darauf.

Ein Schauer fuhr durch ihren Körper, als sie das aufgeweichte Paket betrachtete. Irgendetwas stimmte nicht.

»Hol Nate«, sagte Fera über die Schulter und bückte sich. »Das Paket ist für uns.«

Eine Minute später würde sie sich wünschen, sie hätte es nie geöffnet. Und doch bückte sie sich hinunter und zog das Klebeband ab, mit dem das Paket mehr schlecht als recht zugeklebt worden war.

Vee hatte sich nicht bewegt. Sie spürte die Dunkelheit, die sich über sie legte und lange nicht mehr loslassen sollte. »Nate!«, rief sie und zu Fera gewandt: »Mach es nicht auf, Fera.«

Aber es war zu spät. Fera hatte das Paket geöffnet und ihr Blick traf auf die Augen ihres Vaters.

Blutunterlaufen und leer starrten sie gen Himmel und fingen die Regentropfen auf, die in das Paket fielen.

Unter dem Kopf ihres Vaters guckte die Hand ihrer Mutter hervor. Getrocknetes Blut klebte am Rand des Paketes. Angst durchfuhr sie. Schmerz und Trauer breiteten sich in ihr aus. Ein Wimmern drang über ihre Lippen.

Sie hörte etwas im Wald knacken, richtete sich auf und schlug die Tür zu. Nate kam die Treppe heruntergeschlurft.

»Was ist denn los?«

»Seht nicht hinein!«, rief Fera. Tränen strömten über ihr Gesicht. »Seht nicht hinein.«

»Wo hineinsehen?!«, fragte Nate wütend, verstand nicht, warum sie weinte.

»Die Box«, flüsterte Vee, lief zu Fera und schloss sie in die Arme. »Sieh nicht in die Box.«

KAPITEL 45
The Hole In The Ground

30. September

Früh am nächsten Morgen schleppten wir Cliff zu einem naheliegenden Bauernhof und Earl stahl das Auto des Bauern für Peit und Cliff. Cliff raffte sich auf den Beifahrersitz und Peit verabschiedete sich von uns. Er hatte Angst, das konnte man ihm deutlich ansehen, doch er stieg, ohne sich zu beschweren, in den Wagen und fuhr davon, bevor der Bauer etwas merkte. Earl sah dem Auto hinterher, bis es nicht mehr zu sehen war – es stand ihm ins Gesicht geschrieben, dass er sich schuldig fühlte. Auch wir beeilten uns, von dem Bauernhof wegzukommen.

Schließlich zog Earl eine Landkarte aus seinem Rucksack. Eine Weile studierte er sie angestrengt.

»Da wir schon auf den Feldwegen sind, müssen wir erst mal gar nicht in die Stadt hinein.« Er deutete auf einen Punkt auf der Karte. »Hier sind wir circa.«

Wir waren noch ziemlich weit von der Stadt entfernt, deren Name *Havelswill* Gaven am Bahnhof so in Aufregung versetzt hatte.

»Es hätte so entspannt werden können.« Gaven bewegte verbissen seine verletzte Hand hin und her.

Während wir uns von den Wegen entfernten und über Wiesen und an kleinen Wäldchen entlangwanderten, sah Fera in regelmäßigen Abständen nach hinten, um sich zu vergewissern, dass uns niemand verfolgte.

Ich glaubte nicht, dass die beiden Angreifer gestorben waren. Die Frau vielleicht, aber der Mann, niemals. Wir alle hatten den Fall vom Zug, der mehr ungewollt als gewollt war, auch überlebt, und es schien, als verfügten die beiden über viel mehr magische Kraft in dieser Welt als wir.

Anscheinend war es wahr, dass man hier Stück für Stück seine magische Kraft verlor. Was für eine furchtbar deprimierende Vorstellung das doch war.

An diesem Tag passierte nichts, wir hielten dreimal für eine Stunde an, um uns auszuruhen. Etwa hundert Meter von uns entfernt donnerten Autos auf einer Straße dahin. Wir entschlossen am Abend in einem Wäldchen zu übernachten. Mit ein wenig Magie und Feuer würden wir schon nicht erfrieren, meinte Earl und grinste dabei. Ich war mir da nicht so sicher.

Wir liefen weiter, ich wartete auf Kara, die aufgrund ihres Knöchels etwas langsamer war. Ich wollte sie aufheitern und sagte: »Dein Vater hat etwas Besseres verdient als diese Maggie.«

Kara lächelte mich grimmig an. Letztendlich kannte ich Maggie nicht wirklich, vielleicht war sie eine wundervolle Person, aber ich konnte es nicht sicher wissen, und mit Sicherheit würde Kara dem nie zustimmen.

»Oh, absolut. Ich meine ... warum?«

Ich zuckte mit den Schultern. »Keine Ahnung. Liebe ist komisch.«

Kara nickte zustimmend. »Sehr.«

»Ian wollte dich aufhalten«, sagte ich, und Kara verdrehte die Augen.

»Ja, er wollte sich noch einmal bei mir entschuldigen, und ich wollte nicht mit ihm reden, dann hab ich ihm halt gesagt, dass ich mit euch mitkommen werde, und die ganze Zeit beim Packen hat er mich damit genervt, ich solle nicht mitgehen.« Sie schüttelte genervt den Kopf.»Er ist so ein Idiot.« »Ist er.« Ich lachte.»Trotzdem wünschte ich mir lieber, jetzt bei ihm zu sein als hier.«

Kara sah mich an.»Nach gestern auf jeden Fall. Ich will so schnell wie möglich weg von diesem verfluchten Ort. Ist doch unfassbar. Jetzt sollen wir schon getötet werden.« Sie stieß ein ungläubiges Schnauben aus. Genau wie ich konnte sie es noch nicht ganz begreifen.

Ich riss ein längliches Blatt von einem stacheligen Busch ab.»Warum sollte Fillgert uns töten wollen?« In Gedanken begann ich das Blatt zu zerstückeln. Kurz darauf fühlte ich mich schlecht und ließ es wieder auf den Boden fallen.

Kara pustete sich eine ihrer schwarzen Strähnen aus dem Gesicht.»Keine Ahnung. Vielleicht hat er Spaß dran, oder er hat erkannt, dass ein Magier hier nicht frei herumlaufen sollte.«

Ein paar Wanderer, die offenbar die Sonne ein wenig zu lange genossen hatten, kamen über den Feldweg an uns vorbei. Merkwürdig, hier Menschen zu sehen. Die ganze Zeit hatte ich gedacht, wir wären von der Zivilisation komplett abgeschnitten. Aber irgendwie beruhigte es mich nicht, dass hier noch Menschen lebten. Eher im Gegenteil.

»Der Ziegenbarttyp meinte, er wollte mich ...« Ich schluckte.»Es war der Typ, den ich geküsst habe!« Warum ich das noch einmal sagte, wusste ich selbst nicht, wahrscheinlich wollte ich mich einfach noch einmal vergewissern.

»So gestört«, sagte Kara. Sie warf einen Blick auf die Wanderer, doch sie drehten sich nicht zu uns um. Gut so. Ich nickte und Kara sah auf den Boden.»Aber ... Warum?«

»Ich hab keine Ahnung.«

»Das ist krank, Fal.«

»Ach, tatsächlich«, sagte ich. »Wenigstens war es nicht Lanees Vater.« Kara prustete und stieß mich an. Ich grinste. »Das wäre noch viel schlimmer gewesen.«

»Definitiv!«

Ich kickte ein paar Kieselsteine vor mir her, bis der Weg waldiger wurde und der Kiesboden sich in Erde und getrocknete Blätter verwandelte.

Earl lief etwas langsamer und wartete, bis wir ihn eingeholt hatten. Er lächelte mir zu. »Hey, Fal.«

»Hi.«

Earl lief eine Weile schweigend neben mir her.

»Gab es noch ein weiteres Zeichen, einen weiteren Hinweis oder etwas in der Art?«

Ich schüttelte frustriert den Kopf. »Nein. Ich sag dir Bescheid, wenn etwas passiert.«

»Danke.« Er zögerte einen Moment. »Ich will dich nicht damit nerven ...«

»Nein, alles gut.«

Ich sah über die Wiese, auf der wir liefen, sie erstreckte sich noch weit in die Ferne, ich hatte das Gefühl, wir würden niemals an unser Ziel kommen.

»Woher kennen Illn und du euch eigentlich?«, fragte ich Earl dann, als ich das Schweigen nicht mehr aushalten konnte. Earl lächelte und steckte sich ein Bonbon in den Mund.

»Ich war mit seinem Bruder, deinem Vater, zusammen in der Schule. Er hing mehrmals mit uns rum, und als ich dann sitzen geblieben und in seine Klasse gekommen bin, haben wir uns angefreundet.« Er lächelte, als er an die alte Zeit zurückdachte.

»Du warst mit meinem Vater befreundet?«, fragte ich aufgeregt.

»O ja. Wir haben viel zusammen unternommen. Nur dann, als ich sitzen geblieben bin aufgrund der vielen Dinge, die wir unternommen hatten, haben wir nicht mehr den gleichen Tagesablauf gehabt und nun ja ... Ich habe ihn dennoch sehr oft gesehen. Ich war ja dann schließlich immer mit Illn unterwegs.« Er grinste mich an und strich sich die Haare aus dem Gesicht. Für einen Moment konnte ich mir gut vorstellen, wie er als Jugendlicher den nächsten Streich mit meinem Onkel vorbereitete, und musste unwillkürlich grinsen. Earl zerknackte das Bonbon mit seinen Zähnen und verzog kurz den Mund.

Als ich nichts sagte, redete er weiter.

»Illn und ich haben zusammen in Schlachten gekämpft, auch mit deinem Vater zusammen und mit Gaven und ... auch mit meinem Bruder.« Er hielt sich die Hand vor die Augen, um nicht von der Sonne geblendet zu werden. Seine Sonnenbrille musste er im Zug verloren haben. »Wir waren ein unschlagbares Team, um ehrlich zu sein.«

»Du meinst in der Schlacht der Drachen?«

Earl schüttelte den Kopf. »Nein, in anderen Schlachten.«

Fragend sah ich ihn an. »Welche anderen Schlachten?« Vor uns drehte Gaven sich um und warf Earl durch seine Sonnenbrille einen Blick zu, den ich nicht deuten konnte.

»Es gibt vieles, was ihr nicht wisst. Wie schon gesagt, viele Schlachten wurden nicht aufgeschrieben oder es wird nicht mehr davon geredet.«

»Ich weiß, das hattest du gesagt, aber warum?« Ich wollte mehr über die Schlachten erfahren, die vor mir und offenbar dem Großteil der Leute auf Toverun verheimlicht wurden.

»In einigen Schlachten sind grausame Dinge passiert. Über manche möchte man nicht sprechen. Die meisten haben Angst. Es wurden sogar einige Erinnerungen gelöscht.«

»Du meinst ...«

»Mehr kann ich dir nicht sagen«, sagte Earl ernst. »Es spielt keine Rolle mehr, glaub mir.«

Wir schwiegen. Warum wollte er mir nicht mehr erzählen? Was war so Schlimmes passiert, dass er nicht davon berichten wollte?

»Das, was du wissen musst«, sagte Earl mit einem Lächeln, »ist, dass dein Vater und auch dein Onkel sehr mächtige Krieger waren.«

Ich musste schmunzeln. Ich konnte mir nicht besonders gut vorstellen, wie Illn kämpfte. »Warum hat er mir nie etwas davon erzählt?«

»Aus demselben Grund wie ich«, sagte Earl. »Manches muss man nicht erzählen.«

Ich nickte, aber insgesamt ärgerte es mich, dass er mir nicht mehr erzählen wollte.

»Illn und ich wollten noch so viel unternehmen, wir wollten die Welt sehen.« Er nahm sich ein weiteres Bonbon. Er reichte mir eines, und ich behielt es einige Zeit nur in der Hand. Schließlich steckte ich es mir in die Hosentasche. »Wir hatten geplant umzuziehen und hatten mehrere Monate durchgearbeitet, um uns ein Zimmer leisten zu können.«

Ich hatte nicht erwartet, dass er weitererzählen würde.

In dem Schweigen, das sich ausbreitete, brachte ich es nicht fertig, Earl anzusehen. Diesen Teil von Illns Geschichte kannte ich und ich konnte es nicht verhindern, mich wieder schuldig zu fühlen.

Niemand hatte es je ausgesprochen, doch ich wusste, es war meine Schuld gewesen, dass Illn sein Leben nicht so hatte leben können, wie er gewollt hatte.

Earl legte mir kurz eine Hand auf die Schulter.

»Wir kennen uns tatsächlich auch schon länger. Nach der Schlacht der Drachen habe ich ein paarmal auf dich aufgepasst.« Auf sein Lachen hin hob ich den Kopf und musste grinsen. »Bist ganz schön groß geworden, seitdem.« Er klopfte mir freundschaftlich auf den Rücken.

»Illn musste in Ratrou bleiben und auch ich blieb da. Ich wollte Präsident werden, um meinen Bruder aufzuhalten. Na ja, du siehst ja, was daraus geworden ist.«

»Kanntest du meine Mutter auch?«

»Hm.« Earl sah mich an. »Ja, natürlich habe ich sie gekannt, aber sie war nicht bei uns in der Schule. Dein Vater und sie haben sich danach kennengelernt. Wir hatten nie wirklich intensiven Kontakt.«

Ich nickte und war enttäuscht, ich hätte gerne noch mehr über sie erfahren. Natürlich hatte mir Illn auch ein wenig über sie erzählt, aber ich hatte das Gefühl, jeder hatte sie nicht lange genug gekannt, um mehr sagen zu können.

»Sie war eine sehr nette Frau, sehr sanft.«

Ich lächelte. Ich wünschte, ich hätte sie getroffen. Plötzlich schmerzte es in meinem Inneren. Ein leichtes Stechen oder vielmehr ein Ziehen, als hätte jemand einen Faden durch mein Herz gefädelt, um immer wieder daran zu ziehen, um mich daran zu erinnern, dass ich etwas verloren hatte, das ich nie gekannt hatte.

Und der Schmerz von einem Verlust, der so weit zurücklag, traf mich in diesem Moment stärker, als ich es erwartet hätte.

Ich hörte Gaven etwas grummeln. Fera redete auf ihn ein, ihre Stimme hallte zu uns herüber, doch ich verstand die Worte nicht.

»Weswegen hat Fillgert dich verstoßen?«, fragte ich Earl mit belegter Stimme.

Er sah zu Boden. Ich hätte ihn nicht fragen sollen, wollte mich schon entschuldigen, da sagte er leise: »Ich habe mich verliebt. In eine der Verstoßenen, die noch vor der Zeit meines Bruders verstoßen wurden. Sie wurde in die Wälder hinausgeschickt.« Er hob den Blick. »Sie heißt Galanda und sie hat nie etwas Schlimmes getan, sie ist die Tochter einer der ersten Verbannten. Sie hat nur im Wald gelebt. Die Gaviee haben sich dort ein Zuhause aufgebaut. Mein Bruder hat das herausgefunden und mich weggeschickt.«

»Warum würde er so etwas tun?«

»Er ist von der Macht besessen. Er will alles kontrollieren, und ich hatte mehr Stimmen als er. Also musste ich verschwinden.« Er zögerte, bevor er weitersprach. »Er war nicht immer so. Früher war er ganz anders und er hätte mich niemals töten lassen wollen.«

»Willst du ihn töten?«, fragte ich und Earl schwieg erneut und dieses Mal für eine ganze Weile.

»Wenn es keine andere Möglichkeit gibt«, sagte er schließlich. Wir erreichten einen weiteren Wald, größer als die kleinen Wäldchen bisher wand er sich Hügel hinauf und ging auch auf der anderen Seite der Straße weiter. In der Ferne stiegen ein paar Vögel auf.

»Hier übernachten wir.« Earl führte uns in den Wald hinein, bis wir eine Lichtung fanden, die einen guten Fluchtweg bot, falls wir fliehen mussten.

Kara ließ sich erschöpft auf den Boden fallen. Sie rieb sich den Knöchel und warf wütend einen Stein gegen einen Baum. »Nicht mal die Wanderungen mit der Schule waren so anstrengend.« Sie stöhnte und sah mich leidend an.

»Das liegt daran«, sagte Fera, »dass wir zuhause viel mehr Energie und Kraft haben. Hier werden wir viel schneller müde und sind schneller erschöpft.«

Gaven ließ sich vor einem Baum fallen und lehnte sich dagegen. »Diese Drecksvelt saugt unsere Energie auf, wie Wyklis Blut trinken.«

»Ich halte zuerst Wache«, sagte Earl, während er Holz zusammensuchte und es auf einen Haufen legte. »Nach drei Stunden dann Fera und so weiter.« Er ließ sich ebenfalls auf den Boden sinken.

Kurz darauf prasselte das Feuer und der Mond schien hell am Himmel. Es war fast Vollmond. Gaven lag zusammengekauert da, die Sonnenbrille immer noch auf dem Kopf. Earl summte ein altes Lied vor sich hin und wippte mit den Füßen im Takt. Der Schein des Feuers erhellte die Bäume, und ich versuchte es mir an einen Baum gelehnt gemütlich zu machen. Schon bald fielen mir die Augen zu.

Gaven begann zu schnarchen, und ich driftete ab in eine dunkle Welt der Träume.

In meinen Träumen lief ich durch einen düsteren Gang. Ich sah einen Mann in einer beigefarbenen Jacke in der Ferne stehen, er hatte einen kahl rasierten Kopf. Seine leuchtend blauen Augen weiteten sich, als er mich sah, und er verschwand im Schatten.

Dann huschte etwas in Blitzen durch die Finsternis. Es waren Bilder, die rasend schnell vor meinen Augen vorüberflackerten. Ich sah einen Mann in einem Umhang und wieder überkam mich ein beengendes Gefühl. Die Haare des Mannes standen wild ab und er zog ein Messer aus seinem Umhang, führte es zu seinem Arm und schnitt sich. Blut lief den Arm hinunter und tropfte auf den Boden.

Dunkle blaue Augen starrten mich an.

Ich spürte einen Schmerz in meinem Arm und schrie auf. Im selben Moment öffnete ich die Augen.

Ich sprang auf und wäre beinahe ins Feuer gefallen. An meinem linken Arm lief Blut hinunter, der Schnitt, den sich der Mann zugefügt hatte, wuchs und ein weiterer Schnitt zog sich darüber.

»Was ist los!?«, rief Fera und war bei mir, ehe ich verstand, wo ich war. Entsetzt beobachtete ich, wie sich der Schnitt weiter vergrößerte. Panik breitete sich in mir aus, mein Herz polterte, und ich hörte gedämpft ein Tier durch das Unterholz brechen.

Earl und Gaven waren durch meinen Schrei aufgewacht und eilten zu uns, aber ich ignorierte sie.

Wenn der Mann mir Schmerzen zufügen konnte, dann konnte ich es auch. Ich lief zum Feuer hinüber und packte mit meiner linken Hand einen brennenden Ast.

»NEIN!«, rief Earl.

Ich keuchte vor Schmerz und ließ den Ast los. Gleichzeitig hörte ich einen Schrei, der aus der Nacht zu kommen schien, doch er war nur in meinem Kopf zu hören.

Der Schnitt zog sich nicht mehr weiter.

Ich starrte auf das X, das in meinen Unterarm geschnitten worden war, und versuchte nicht auf meine verbrannte, pochende Hand zu achten.

»Verdammt!«, rief Fera. »Was sollte das?«

»Das war er«, sagte ich heiser. »Der Mann.«

Ich presste die Kiefer zusammen, während Fera meinen Arm verarztete. Die Creme, die sie darüber strich, war fast leer, dann wickelte sie einen Verband darum.

»Du bist bescheuert«, sagte Gaven.

»Er weiß, dass wir hier sind.«

Ich starrte weiterhin auf meinen Arm. Ich glaubte, er hatte mir etwas mitteilen wollen. »Er wollte mir etwas sagen.«

»Und du hast ihn unterbrochen?«, fragte Earl. Ich fuhr auf.

»Er hat in meinen Arm geschnitten!« Ich schwenkte den verbundenen Arm vor seinem Gesicht hin und her. »Hätte ich ihn weitermachen lassen sollen?!«

Earl schwieg einen Moment. »Nein, natürlich nicht.«

»Gut!«, sagte ich.

»Wie ist das nur möglich?«, fragte Fera. »Meinst du, du hast ihn auch verletzt?«

Ich nickte.

»Das hoffe ich doch. Habt ihr den Schrei nicht gehört?«

»Nein«, sagte Gaven. »Hier war kein Schrei.«

Es war ja klar gewesen, mir war es auch klar. Nur ich hatte den Schrei gehört, genau so, wie nur ich den Mann gesehen hatte.

Earl verband mir die verbrannte Hand und ich bot an die nächste Wache zu halten, da ich ohnehin nicht mehr schlafen konnte.

Ich versuchte das Pochen in meiner schlecht verheilten Hand zu ignorieren und drehte mich alle zehn Minuten herum, doch nichts schlich durch die Bäume.

Nichts störte uns in dieser Nacht.

1. Oktober

Wir brachen bei Sonnenaufgang auf. Es war ein kalter Tag. Sogar kälter als in der Nacht und mit jedem Meter, den wir hinter uns brachten, schien es kälter zu werden.

Wir überquerten eine Straße und liefen wieder in den Wald hinein. Niemand begegnete uns. Schon bald konnte man das Rauschen der Straße nicht mehr hören und es wurde still um uns herum.

Earl zeigte uns auf der Karte, wo wir uns befanden.

»Das ist ja mitten im Nirgendwo«, sagte Fera. »Auf der Karte sieht es gar nicht so aus.«

Wir aßen unsere letzten Vorräte auf und näherten uns immer weiter dem eingekreisten Ort, den Illn uns aufgeschrieben hatte.

Ich konnte es kaum abwarten, jetzt brannte nicht nur Neugier, sondern auch Wut in mir. Warum tat dieser Mann mir das an? Was wollte er mir damit sagen? Ich wollte ihn zur Rede stellen. Ein anderes dunkles Gefühl in mir wollte ihm wehtun, ihn leiden lassen, so wie ich litt und gelitten hatte. Ich wollte ihm die Schuld an alledem hier geben und ihn dafür bestrafen.

Würde ich ihn treffen, würde alles einen Sinn ergeben, ich glaubte, alles würde sich klären. Es schien, als wäre er die Lösung für alles, und wir alle hofften im Stillen darauf, und ich hoffte es am allermeisten.

Meine Beine schmerzten, ich versuchte nicht darauf zu achten. Ich war erschöpft. Immer wieder rutschten wir an dem mit Blättern bedeckten Hang, den wir hinaufkletterten, ab und konnten uns nur gerade so halten.

Oben angekommen, kämpften wir uns durch einige Dornenranken und fanden einen Weg, der lange nicht mehr begangen worden war.

Es war ein kleiner Trampelpfad und es sah fast so aus, als wäre hier nur eine Person entlanggelaufen. Und das schien schon lange her gewesen zu sein, so hoch wie das Gras stand.

Der Weg wand sich und verlor sich zwischen den Bäumen. Wir liefen weiter geradeaus, obwohl ich mir wünschte, wir würden eine Pause machen.

Gaven lief neben mir und sog wiederholt die Luft mit der Nase ein. Er musterte die wenigen Blätter und die Äste an den Bäumen. Runzelte die Stirn und betrachtete dann wieder den Boden. Er hatte die Kapuze seines Pullovers abgenommen, seine Ohren zuckten umher.

»Was ist?«, fragte ich ihn.

Er antwortete mir mit einem Brummen. »Hier stimmt irgendwas nicht!«

»Was meinst du?«

»Hörst du irgendein Tier?«

Ich lauschte und schüttelte den Kopf. Es stimmte, kein Vogelgesang war zu hören. Man hörte nur das Rauschen des Windes in den Wipfeln. »Woran liegt das?«

Gaven zuckte mit den Schultern.»Jemand wandelt durch den Wald bei Nacht.«

Ich sah ihn an.»Und wer soll das sein?«

Er warf mir einen wütenden Blick zu.»Wenn ich das wüsste, würde ich es ja wohl sagen, oder nicht?«

»Wahrscheinlich.«

»Normalerweise sieht man so etwas nur an Orten, wo alle Tiere gefressen wurden und der Rest geflüchtet ist.«

»Du meinst also, hier hat jemand gejagt?«

Gaven hob erneut die Schultern.»Wäre das Einzige, was Sinn für mich ergeben würde.« Er blieb stehen und schob ein paar Äste zur Seite. Dahinter konnte man die Knochen eines Tieres erkennen. Wahrscheinlich ein Reh oder so etwas in der Art. Gaven ließ die Äste wieder sinken.»Sag ich ja.«

Liefen wir also gerade in die Falle eines merkwürdigen Tieres oder etwas Ähnlichem, das die ganzen Tiere dieses Waldstückes gefressen hatte?

Das war ein sehr unangenehmer Gedanke für mich, vor allem, da meine Beine wehtaten und ich nicht glaubte, sehr schnell davonrennen zu können, genauso wie Kara zurzeit nicht rasch genug vor irgendetwas fliehen konnte.

Wir bogen um eine Kurve und dort, am Rande des Abhangs, stand ein Haus.

Es war groß und einst bestimmt sehr schön gewesen. Jetzt allerdings war es nur noch eine Ruine, das gesamte Dach war eingestürzt und die Fenster waren mit Brettern vernagelt. Mit Graffitispray waren die Worte GOD IS DEATH an die schmutzige Hauswand geschrieben worden.

Ein paar kleine Bäume hatten sich durch nicht vernagelte Fenster geschoben, und Efeu und andere Pflanzen rankten sich am Haus empor.

Ein Schild stand nur ein paar Meter von uns entfernt, Moos bedeckte es fast vollständig, aber dazwischen war zu lesen:

534 *Coldwall Road*. Wir alle blieben wie angewurzelt stehen. Ein Windhauch wirbelte die Blätter auf, die vor dem Haus lagen. Hier lebte schon lange niemand mehr. Es war ein Fehlschlag gewesen, diese Adresse stimmte nicht.

Keiner sagte etwas, bis Fera unsere Gedanken aussprach. »Es ist wieder nicht richtig.« Sie starrte auf das Haus. »Die Adresse war wieder ein Fehler.«

Earl sagte nichts. Gaven lief ohne einen Kommentar zu dem Haus.

»Es war wieder nicht richtig«, flüsterte Fera und sank auf dem Boden zusammen. Sie schlug sich die Hände vors Gesicht. Ich sah Earl an, dass er nicht wusste, was er tun sollte.

Kara neben mir starrte das Haus an, als wäre es eine exotische Pflanze, die sie noch nie gesehen hatte.

»Aber ...«, sagte sie und deutete auf das Haus. »Ich dachte, es wäre sicher.«

»Tja.« Fera erhob sich. »Es gibt eben keinen Weg nach Hause. Siehst du. Verstehst du. Das haben wir schon so oft erlebt. So oft hat dein Onkel uns zu einer falschen Adresse geschickt und wir haben diese Situation schon so oft durchlebt, es überrascht mich nicht einmal mehr.« Tränen glitzerten in ihren Augen, dann stieß sie einen Schrei aus. Sie schlug gegen einen Baum und trat ein paar Blätter durch die Luft.

»Lasst uns gehen.« Sie wirbelte herum. »Komm, Earl, es hat keinen Sinn.«

Earl regte sich nicht, er starrte auf das Haus und kaute auf dem Bonbon herum, das er sich vor ein paar Minuten in den Mund geschoben hatte.

»Könnt ihr aufhören rumzuheulen?«, rief Gaven von dem Haus zu uns herüber. Er bückte sich und schob Moos und Gestrüpp zur Seite. »Hier wohnt jemand.«

Er öffnete eine Luke im Boden. Ich konnte eine Treppe erkennen, die nach unten in die Dunkelheit führte.

»Das erklärt die Stille hier draußen«, sagte er, als wir auf ihn zueilten. Earl wollte schon die Treppe hinuntergehen, doch Gaven hielt ihn auf.

»Nein. Ich sollte vorgehen. Ein Wamii wohnt hier unten.«

Und auf seinem Gesicht breitete sich ein diebisches Grinsen aus.

KAPITEL 46
Waell

Modrige Luft drang aus der Luke am Boden. Gaven ging in die Hocke und trat auf die erste Stufe, kurz danach war er in der Dunkelheit verschwunden.

Earl tat es ihm gleich; nach ihm folgte Kara, dann ich und als Schlusslicht Fera. Wir waren in einem engen Gang gelandet, der wahrscheinlich selbst gegraben worden war.

An der Wand aus Erde hingen ein paar unbenutzte Fackeln, und als Fera die Luke hinter sich schloss, wurden wir in absolute Düsternis gehüllt.

Nur noch Gavens Augen leuchteten hellgelb in der Dunkelheit. Er drehte sich weg, und nach ein paar Sekunden entflammte eine der Fackeln und hüllte uns in ein warmes orangenes Licht.

»Kommt«, flüsterte Gaven und wandte sich um. »Überlasst mir das Reden am besten.« Earl wollte widersprechen, doch Gaven unterbrach ihn gleich wieder.

»Du weißt, Wamiis sind schwierige Personen. Du solltest einen Wamii nie verärgern, er wird es dir nie vergessen. Also lass mich einfach reden.«

Er sprach noch leiser als davor. Wahrscheinlich fürchtete er, dass der andere Wamii uns hören würde. »Und bitte, bitte schrei nicht so wie sonst immer.« Mit diesen Worten wandte er sich um.

Spinnen huschten über den Boden, während wir ihm folgten, und es war kalt. Die Luft roch nach Erde, und ich hatte das Gefühl, man konnte hier um einiges besser atmen als draußen. Vielleicht war diese Luft der Luft zuhause ähnlicher. In meinem Kopf überschlugen sich die Gedanken. Ich sah zu meiner verbrannten Hand hinunter, die ich kaum bewegte, weil sie so schmerzte. Der Verband an meinem Arm kratzte über das eingeritzte X.

Ich versuchte an den Mann zu denken. Er hatte wilde Haare, aber ich hatte keine Ohren gesehen, die einem Wamii ähnlich waren. Ich wusste nicht, ob er es war, der uns hier erwartete, doch wer sollte es sonst sein?

Der Gang wand sich und wurde noch enger, wir gingen einzeln hintereinander. Gaven und Kara warf mir immer mal wieder einen Blick zu. Schließlich gelangten wir an eine Tür. Gaven drehte sich zu uns um und legte einen seiner langen Finger über die Lippen.

Er klopfte kaum hörbar an die Tür.

Drinnen regte sich nichts, offenbar hatte Gaven aber etwas gehört, denn er drückte die Klinke hinunter.

Die Tür schwang auf, und wir standen vor einem schwach erleuchteten Raum.

Ein großer Holztisch nahm die Mitte des Raumes ein. An den fensterlosen Wänden standen Regale mit Büchern, Gläsern und Schalen. In einigen Gläsern befand sich eine dunkle Flüssigkeit. An der Decke hingen mehrere Messer an einer Metallstange, und ein Vorhang versperrte einen Durchgang, hinter dem sich vielleicht ein anderer Raum verbarg.

Am Ende des Tisches saß eine Person. Sie war in einen Umhang gehüllt und grinste uns an.

Die Person hatte die Verwandlung nicht so menschlich überstanden wie Gaven. Die Ohren groß und lang, das Gesicht hatte mehr die Form eines Wolfes, es war merkwürdig nach vorne gezogen und doch recht flach. Die Nase, kaum zu erkennen, verschwand fast in dem Bart des Wamii. Seine Haare waren zu einem Zopf geflochten, und sein Grinsen offenbarte lange, spitze weiße Zähne. Seine Finger waren noch länger als die von Gaven und erinnerten an Klauen.

»Hallo«, sagte der Wamii leise. Seine Stimme war wie ein bedrohliches Knurren. Die Tür hinter uns fiel kaum merklich zu, und ich bildete mir ein zu hören, wie ein Schlüssel sich im Schloss herumdrehte. Shit?

»Hallo«, sagte Gaven ebenso leise und stellte die Fackel auf einen Halter auf dem Tisch, der Wamii löschte sie mit einem Fingerschnippen. Rauch stieg in die Luft. Der Wamii stand auf und kam um den Tisch herum.

Unter seinem Umhang waren seine Beine zu erkennen, doch es waren keine normalen Beine. Es sah aus, als hätte er seine Knie einmal nach hinten gebrochen, sie waren dünn und von Fell überzogen, die Füße waren mehr Tatzen als Füße. Schnell wandte ich den Blick ab.

»Was suchen fünf Verstoßene bei mir?«, fragte der Wamii und stützte sich auf dem Tisch ab, das Laufen schien ihm schwerzufallen.

»Wir suchen einen Weg nach Hause«, sagte Gaven, seine Stimme klang zärtlich. »Wir haben einen Hinweis bekommen, dass du uns vielleicht helfen könntest nach Hause zu kommen.«

»Nach Hause also«, sagte der Wamii. Er sah mich direkt an. »Wer hat euch diesen Hinweis gegeben?«

»Sein Onkel.« Gaven deutete auf mich.

Der Wamii fixierte mich mit seinem Blick. »Wie heißt dein Onkel, mein Lieber?«

»Illn Feyn«, sagte ich und erschrak vor meiner eigenen Stimme, die im Gegensatz zu denen der Wamiis unangenehm laut war.

»Illn Feyn also.« Der Wamii runzelte die Stirn.»Dann bist du …?«

»Faldor Feyn«, sagte ich, und der Wamii streckte mir seine Hand hin.

»Sehr erfreut, Faldor Feyn.« Es schien, als ließe er sich den Namen wie Eis auf der Zunge zergehen.»Mein Name ist Waell.«

»Freut mich«, sagte ich knapp.»Kennst du meinen Onkel?« »Illn Feyn? Nein, noch nie etwas von dem gehört.« Er grinste. Ich glaubte ihm nicht.

»Mein Name ist Gaven«, sagte Gaven, und Waell schüttelte einem nach dem anderen die Hand.

»Nehmt doch Platz!«, sagte er, aus dem Boden neben dem Tisch wuchsen Stühle und er schlurfte wieder zu seinem Platz hinüber. Wir setzten uns, aber das mulmige Gefühl in meinem Bauch wollte nicht vergehen.

Es war nicht der Mann, den ich gesehen hatte, es war jemand, der keine Verbindung zu ihm hatte. Als Earl mich ansah, schüttelte ich kaum merklich den Kopf.

Ich konnte Earls darauffolgenden Blick nicht einordnen und wandte mich wieder Waell zu. Dieser starrte mich an.

»Warum glaubt Illn Feyn, ich könnte euch helfen?« Gaven öffnete den Mund, doch ich unterbrach ihn.

»Das weiß ich nicht, aber er muss einen Grund gehabt haben, sonst wären wir jetzt nicht hier.«

Waell nickte langsam.»Ich denke, ich kann euch in der Tat helfen.«

Kara griff nach meiner Hand, und Fera und Earl rutschten unruhig auf ihren Stühlen umher, mein Herz begann schneller zu schlagen. Ich hatte auf einmal furchtbare Angst, aber dieses Mal kam sie von mir allein.

Sie nagte an mir. Vermischte sich mit Aufregung. Was wäre, wenn wir jetzt nach Hause kommen würden, wenn wir nicht weitersuchen würden und ich den Mann, der mir die Zeichen schickte, nicht finden würde? Ich musste ihn finden und ich wusste, ich würde ihn suchen, bis ich ihn gefunden hatte, auch wenn es mein Leben lang dauern würde.

Die Angst lag schwer auf meinem Körper und zu ihr gesellte sich wieder diese Traurigkeit, die kam und ging, wie es ihr gerade passte.

»Kannst du uns nach Hause bringen?«, fragte Earl, an seinem Hals trat eine Sehne hervor.

Nicht nur ich hatte Angst, wie es schien, auch Earl war wohl zumindest sehr angespannt.

Waell sah ihn an, als hätte Earl ihm gerade ins Gesicht gespuckt. »Nein. Aber ich kenne jemanden, der euch helfen kann. Er kann zwischen den Welten reisen.«

Earl warf Fera einen Blick zu. »Ich dachte, das wäre nur eine Legende.«

Waell lachte leise.

»Die Leute sagen über viele Dinge, die sie nicht verstehen oder beängstigend finden, dass sie nicht existieren, dass es nur eine Legende, eine Geschichte oder ein Märchen ist.« Er lehnte sich zurück.

»Aber auf die Idee zu kommen, selbst nachzuforschen, das tut natürlich niemand, man glaubt lieber den Geschichten, die erzählt werden.« Er grinste wieder, und Gaven öffnete abermals den Mund.

»Wer ist es? Wo ist er?«

Waell musterte ihn. »Ihr wart lange hier draußen, nicht wahr?« Earl, Gaven und Fera nickten.

Waell grinste. »Wo habt ihr denn den Normalen gelassen? Ich kann ihn immer noch an euch riechen.«

»Er musste gehen«, sagte Gaven.

Waell nickte. »Ich verstehe, nur ein Hilfsmittel.«

»Genau.«

Waell grinste.»Ich sage euch, wo er ist, aber ich habe zwei Bedingungen.«

»Ja«, sagte Earl, seine Stimme zitterte.

Waell richtete seinen Blick wieder auf mich. Etwas Unheilvolles lag darin. Er schien in meine Seele zu blicken, alle meine Gedanken zu lesen.»Ich bin so lange schon allein, wollt ihr nicht mit mir essen?«

Ich schluckte, ich wollte nicht hierbleiben. Gaven jedoch antwortete wie aus der Pistole geschossen:»Gerne.«

»Wie schön.« Waell zeigte kaum eine Regung.

»Und: Wenn ihr einen Weg nach Hause findet, müsst ihr mich mitnehmen.« Er fixierte mich mit seinen orangenen Augen und ich nickte.»Ja.« Meine Stimme war jetzt fast so leise wie die der Wamiis.

»Wie schön«, sagte Waell erneut und hinten im Raum begann etwas zu klappern. Wenig später flogen Teller und Töpfe auf den Tisch zu und er deckte sich rasend schnell.

Aus den Töpfen dampfte es. Es schien fast so, als hätte er unsere Ankunft erwartet.

»Bedient euch.« Waell nahm sich selbst etwas.

Zögernd taten wir uns auf und aßen dann alle schweigend. Ich hatte immer noch das ungute Gefühl im Magen.

»Ich dachte, man sei sich sicher, dass Weltenwanderer nicht nur eine Legende sind«, sagte Kara zwischen zwei Bissen.

»Ja«, sagte Gaven.»Man hat langsam akzeptiert, dass es sie wirklich gibt, doch einige Legenden und Geschichten mögen die Magier nicht. Deswegen sind es manchmal einfach nur Geschichten.«

»Warum sollten sie das wollen?«, fragte Kara.

»Die Magier mögen es nicht, wenn jemand oder etwas stärker ist als sie selbst. Deswegen wurden die Mächtigen ausgelöscht.«

»Aber ...«

»Sie fürchten die Dunkelheit, sie fürchten die Macht.« Waell grinste Gaven und Earl an, bevor er seinen Blick auf Kara und mich richtete. »So ist es auch mit dem Mann mit dem Hut«, hauchte er.

Earl ließ sein Besteck fallen, entschuldigte sich und hob es auf.

»Der Mann mit dem Hut?«, fragte ich. Ich hatte ihn gesehen, den Mann mit dem Hut, ganz sicher. In der Nacht, in der wir hergereist waren. Der Mann mit den wilden Haaren hatte vor ihm gekniet und sich die Arme aufgeschnitten.

»Ja«, sagte Waell leise. »Der Mann mit dem Hut.«

»Wer ist das?«

»Das ist nicht wichtig!«, fiel Earl harsch ein, Waell ignorierte ihn jedoch.

»Er ist eines der ältesten Wesen, das je auf der Erde wandelte. Man sagt, er sei ein Bote des Todes, andere sagen, er sei der Tod selbst, und wieder andere sagen, er könne die Toten auferstehen lassen.«

»Das heißt, wenn man ihn sieht ...«

»Genau, wenn man ihn sieht, wird man sterben.«

Fera lachte. »Das ist nur eine Gruselgeschichte.« Sie stocherte in ihrem Essen herum. »Meine Eltern haben sie mir und Vee immer erzählt, wenn wir uns gruseln wollten. Es ist *wirklich* nur eine Geschichte ...«

Waell grinste sie an. »Sagte ich es nicht, wenn die Leute Angst haben, erzählen sie gerne ... *Märchen*.«

Fera umklammerte wütend ihre Gabel.

»Es gibt niemanden, der mächtig genug ist, die Toten auferstehen zu lassen.«

Waell wandte sich Earl zu. »Siehst du das auch so, Earl Abethorthy?«

Earl schwieg.

Niemand sagte etwas.

»Dazu habe ich keine Meinung«, sagte Earl nach einer Weile.

»Das dachte ich mir.« Waell nahm einen Schluck Wein aus seinem Glas.

Kara warf mir einen verwirrten Blick zu und ich zuckte mit den Schultern. Es schien, als würde Earl einige Geheimnisse mit sich herumtragen. Ich aß noch ein wenig, bekam allerdings kaum etwas runter.

Nach dem Essen halfen wir Waell den Tisch zur Seite zu räumen, und er legte einige weiche Matratzen bereit. Er entzündete ein kleines Feuer auf dem Boden und wir versammelten uns darum. Waell wünschte uns eine gute Nacht und verschwand dann hinter dem Vorhang im Hinterzimmer.

Wir legten uns auf die Matratzen, Earl löschte ohne ein weiteres Wort das Feuer. Earl und Fera vereinbarten leise Wache zu halten.

Ich drehte den Rücken zu der Glut und lauschte in die Dunkelheit, niemand sagte noch etwas.

Ich wusste nicht genau, ob ich einschlafen wollte, aber die Müdigkeit übermannte mich schließlich doch und ich sank in einen unruhigen Schlaf.

Im Hinterzimmer, nur zehn Meter von den anderen entfernt, schloss Waell gerade einen kleinen Schrank, aus dem es leicht pink leuchtete. Er schüttete sich den Trank in den Rachen und ließ sich auf seinen Stuhl fallen.

Diese Leute waren so dumm, sie hätten ihn doch nur nach einem Trank fragen müssen. Er lachte leise. Na ja, vielleicht hätte er ihnen so auch nicht geholfen, es machte einfach zu viel Spaß, mit den Leuten zu spielen.

Es war Zeit, nach Hause zu gehen und seinem Bruder von alledem zu berichten, er streckte die Beine aus, dann verschwand er in der Dunkelheit.

KAPITEL 47
The Ugly Truth

Angespannt saß Peit am Lenkrad. Es war nicht mehr weit bis zum Hotel. Schweiß lief ihm über die Stirn.

Neben ihm auf dem Beifahrersitz öffnete Cliff soeben die Augen. Er sah noch blasser aus als zuvor, hatte dunkle Ringe unter den Augen. Seine Lippen waren blau geworden und er atmete schwer.

Er nahm sich die Wasserflasche, die zwischen ihnen stand, und trank einen Schluck. Blut mischte sich unter das Wasser und Cliff starrte einen Moment darauf, dann warf er die Flasche aus dem Fenster.

Nachdem er einen Moment die sich wieder schließende Scheibe angestarrt hatte, lehnte er seinen Kopf dagegen und sah Peit von der Seite her an.

»Wie lange noch«, krächzte er. Er hörte sich furchtbar an, und Peit bekam noch mehr Angst.

Was, wenn er sterben würde?

»Nicht mehr lang.« Peits Stimme zitterte. Er wischte sich abermals über die Stirn und versuchte die Tränen, die auf einmal in seinen Augen brannten, zurückzuhalten.

Cliff verdrehte die Augen. »Hör auf so zu klingen, als würdest du grad sterben.«

Er keuchte. »Is mein Job jetzz.« Während Blut an seinem Mundwinkel herunterlief, brachte er ein Grinsen zustande.

Als er sich wieder zur Seite drehte, sah Peit, dass sein T-Shirt durchweicht war und das Blut sogar schon den Sitz rot gefärbt hatte. Er versuchte nicht darauf zu achten und richtete seinen Blick zurück auf die Straße. Wischte sich hastig die Tränen aus den Augen.

»O Fuck, flennst du etwa?«

»Es war so schlimm«, sagte Peit und konnte die Tränen nun nicht mehr zurückhalten. »Die haben so viele Leute getötet und uns beinahe auch.«

Cliff starrte ihn an.

Es nervte ihn, dass Peit nun anfing rumzuheulen. Er hatte nicht einmal annähernd etwas von dem gesehen, was wirklich schlimm war.

Nun ja, er würde eh nicht mit nach Hause kommen und bei dem Geheule war es Cliff gerade recht und er musste sich beherrschen es ihm nicht zu sagen.

Der Schmerz in seiner Schulter zog ihm bis in seinen Kopf hinauf und lähmte den Rest seines Körpers.

Er keuchte.

Um sich selbst zu beruhigen, sagte Peit: »Wenigstens sind die beiden tot.« Er konnte nicht glauben, dass er das wirklich sagte und es auch wirklich hoffte.

Cliff lachte und Blut spritzte aus seinem Mund gegen das Fenster. »Du glaubst doch nicht ernsthaft, dass die Bitches tot sind?«

»Doch, natürlich …«, sagte Peit und die Angst stieg in ihm hoch.

»O Mächtige.« Cliff strich sich über die Stirn, seine Haut fühlte sich an wie Tapete, die man abzog.

Er packte ein Stück Haut auf seinem Handrücken und zog daran. Es riss ohne großen Widerstand ab. Ihm wurde schlecht und er schloss die Augen, während sein Blut dickflüssiger als sonst auf seine Hose tropfte.

»Sie leben hundertprozentig noch«, sagte er schwer atmend. »Die haben den direkten Weg nach Hause. Denen ist nix passiert.«

»Aber ...«

»Du stirbst nicht gleich, wenn jemand dich absticht, okay? Und kannst du dich jetzt bitte bisschen beeilen, weil ich falle grad auseinander. Außerdem verstopft mein Blut gleich meine Adern, also geiler Scheiß.«

Peit sah ihn erschrocken an, derweil Cliff das Blut aus der Nase lief und er es nicht wagte, es abzuwischen, vielleicht würde er so Stücke aus seinem Gesicht reißen, das konnte er nicht riskieren.

»Aber an dem Messer war auch Gift dran, oder was auch immer es ist«, beharrte Peit mit rauer Stimme. »Und sie wurde damit auch verletzt.«

Cliff wollte die Augen verdrehen, aber er schloss sie stattdessen einfach nur.

»Vee kann mich auch heilen, sie is jetz schn wieder gsnd glb mir.« Seine Zunge fühlte sich schwer an, er bemühte sich die Worte richtig zu formen, doch es strengte ihn unglaublich an.

»Aber ...«

»Fahr nfach.« Cliff drückte seinen Ärmel auf die Wunde.

Peit wandte seinen Blick wieder auf die Straße und umklammerte das Lenkrad. »Wird es einen Krieg geben?«, fragte er nach einer Weile. »Bei euch zuhause?«

Cliff öffnete die Augen wieder. »Wir wollen den Präsidenten ermorden. Was glaubst 'n.«

Peit schwieg.

»Aber is ja eh egal«, sagte Cliff. »Was intressiert's dich. Earl wird dich eh nicht mitnehmen.«

»Was meinst du?« Peit wurde noch blasser. Dicke Regentropfen prasselten gegen die Frontscheibe.

Cliff hätte sich am liebsten eine Ohrfeige gegeben. Shit, er hatte es echt nicht sagen wollen.

»Was meinst du?«, wiederholte Peit.

»Normale sterben bei uns«, antwortete Cliff knapp. »Er wollte dich noch nie mitnehmen, er hatte nie vor, dich zu beschützen. Er hat dich nur ausgenutzt. Shorry.« Seine Zunge überschlug sich, mehr Blut lief aus seinem Mundwinkel.

Cliff fühlte sich gar nicht mal so schlecht, nachdem er es ihm gesagt hatte, es war schon richtig gewesen, und was bedeutete ihm dieser Peit überhaupt. Er versuchte nicht an ihn zu denken, was schwer war, denn er saß ja direkt neben ihm.

»Tut mir leid«, fügte er bemüht deutlich hinzu.

Peit fuhr langsamer, ohne es zu bemerken. Auch die Scheibenwischer schienen den Regen langsamer über die Scheibe zu schieben. »Er hat mich nur benutzt?«

Cliff nickte.

Er schmeckte immer mehr Blut und Angst machte sich in ihm breit. Die Dreckswunde an der Schulter würde bestimmt nicht verheilen und für immer zu sehen sein. Aber das war nicht so schlimm. Schlimm wäre es, wenn sein Gesicht entstellt werden würde. Trotzdem würde auf der Schulter eine große, hässliche Narbe bleiben.

Eine einzelne Träne lief über sein Gesicht. Was, wenn man ihn jetzt nicht mehr attraktiv finden würde. Aber Narben waren doch sexy? Oder irrte er sich, er wusste es nicht mehr, seine Augen rollten nach hinten und er konzentrierte sich auf das Einatmen, das ihm schwerer und schwerer fiel.

Peit sagte nichts mehr auf der restlichen Fahrt zum Hotel. Er wollte Cliff nicht glauben, er hoffte, dass Cliff log.

Vielleicht hatte er es nur gesagt, um ihn zum Schweigen zu bringen. Das würde eher zu Gaven passen, na ja, die beiden waren nicht so verschieden.

Warum würde Earl das tun?

Peit glaubte, wusste, dass Earl ihn mochte, dass Earl ihn mitnehmen würde. Vielleicht könnte er auch mitkommen, ohne dass jemand es bemerkte. Er wusste nicht, was er tun sollte. Es schien, als würde mit jeder einzelnen Sekunde seine Hoffnung auf ein besseres Leben verschwinden, und die Verzweiflung, die sich daraufhin in ihm ausbreitete, war schlimmer als die Angst, die er seit gestern spürte.

Für ein paar Minuten verlangsamte er das Auto und sah zu Cliff hinüber, er hatte die Augen geschlossen und atmete schwer. Er könnte ihn einfach hierlassen, er musste ihm nicht helfen und für einen Moment schien ihm dieser Gedanke sehr zu gefallen, doch er musste sich vergewissern. Er musste wissen, ob Cliff die Wahrheit sagte.

Und sie würden ihm sicher nicht mehr helfen, wenn Cliff tot war, dann war er noch wertloser als jetzt. Er trat auf das Gaspedal, stellte die Geschwindigkeit der Scheibenwischer eine Stufe höher und überholte ein Auto.

Er erreichte das Hotel schneller als gedacht. Direkt vor der großen Tür stellte er den Motor ab, sodass sie Cliff so rasch wie möglich hineinschaffen konnten. Er stolperte aus dem Auto und riss die Türen auf.

Ein paar Leute standen draußen und sahen ihn verwirrt an. Er lief zu Maggie hinüber, die auf der Treppe gesessen hatte und nun aufstand.

»Maggie, wo ist Vee?«

»Sie ist oben in ihrem Zimmer, was ist passiert?«

»Cliff wurde verletzt, sie muss sich beeilen. Hol sie!« Maggie drehte sich, ohne nachzufragen, um und rannte ins Hotel.

»Was ist mit Cliff?«, fragte Dave, der soeben aus der Eingangstür trat, als hätte er gehört, dass sein Freund eingetroffen war.

»Er wurde verletzt und vergiftet.« Peits Stimme überschlug sich. »Komm!«

Dave stürmte zum Auto, beugte sich über den Beifahrersitz und sah auf Cliffs flatternde Augenlider. Ein leichtes Grinsen breitete sich auf dessen Gesicht aus und er flüsterte etwas Undeutliches. Dave löste den Gurt und packte Cliff unter den Beinen und am Rücken.

»Du kannst ihn nicht tragen«, sagte Peit und wollte Dave anhalten, doch dieser stieß ihn mit einer unsichtbaren Hand weg, sodass Peit auf den Kiesboden fiel.

Aus dem Haus kam Vee gerannt, sie trug ein Hemd, das ihr ein wenig zu groß war, und eine enge Jeans. Sie musste sich für die Behandlung umgezogen haben. Peit rappelte sich auf. Hinter ihr stürzte der muskulöse Owen nach draußen, nahm Cliff aus Daves Armen und trug ihn ins Haus, bevor Peit auch nur anbieten konnte zu helfen.

Er rutschte am Autoblech entlang nach unten. Eine ganze Weile blieb er dort sitzen, fühlte sich nicht mehr danach, das Haus zu betreten. Er war kein Teil mehr von ihnen, war noch nie ein Teil von ihnen gewesen, jetzt wurde es ihm erst richtig klar, was hatte er sich all die Jahre vorgemacht.

Die Stunden vergingen und es wurde immer kälter.

Schließlich entschied sich Peit doch dazu hineinzugehen. Die Behandlung dauerte schon sehr lange.

Sobald er die Eingangshalle betreten hatte, sahen ihn die Leute auffordernd an. Sie wollten wissen, was passiert war. Aber er wollte nicht mit ihnen reden, das konnte Vee seinetwegen übernehmen. Er lief den Gang entlang, um in den Raum zu gelangen, in dem Vee immer Verletzte behandelte.

Gerade, als er dort ankam, schloss sie die Tür hinter sich. Maggie war bei ihr.

»Peit«, sagte Vee ruhig. »Was ist passiert?«

»Wir wurden angegriffen.« Peit versuchte es Vee gleichzutun und ruhig zu bleiben. »Einer der beiden sagte etwas von wegen, der Präsident hätte sie geschickt.«

Maggie sah ihn entsetzt an, Vee wirkte jedoch fast so, als hätte sie gewusst, was er sagen würde.

»Wie geht es den anderen?«

»Denen geht es gut, sie wollten allein weitersuchen. Ich weiß nicht, was sie gefunden haben.«

Vee nickte und Maggie sagte: »Ich muss mit Eep reden. Er wird sauer sein, dass du Kara nicht mitgebracht hast.«

»Sie wollte nicht mit.«

Maggie nickte. »Das denke ich mir.« Sie verließ die beiden, um Eep zu suchen.

»Wie geht es Cliff?«

»Es wird wieder. Ein Glück. Die Wunde ist tief, und das Gift hat sich weit ausgebreitet. Es war knapp, doch er wird es schaffen. Dave ist jetzt bei ihm.«

Peit nickte. »Was war es für ein Gift?«

»Ich glaube, dass es Slonkblut war, aber es hat sich noch nicht so weit ausgebreitet. Er hat es geradeso noch geschafft.«

Peit nickte wieder. »Gut.«

Vee musterte ihn. »Was willst du fragen?«

Wie konnte sie es wissen? Er konnte nicht verhindern, dass ihm die Tränen übers Gesicht rannen. »Stimmt es?«

Vee sah ihn an. Er wusste, dass sie wusste, was er fragen wollte. Ihr Gesicht blieb ruhig und sie streckte keine Hand nach Peit aus, weil sie wusste, dass er sie wegstoßen würde.

»Ja«, sagte Vee. »Aber so muss es nicht sein. Ich kann ihn überreden. Er kann dich mitnehmen. Wir können dich mitnehmen.«

Peit sah zu Boden, er hätte am liebsten geschrien, doch dazu fehlte ihm die Kraft. »Ihr habt mich nur ausgenutzt!«, sagte er mit brechender Stimme.

Vees Augen glitzerten. »Du könntest sterben. Ich wollte nicht ... Er wollte mit dir darüber reden.«

»Hat er aber nicht ...« Peit fühlte sich wie ein kleines Kind, das nicht das bekommen hatte, was es sich gewünscht hatte. »Es ist alles anders gekommen, als wir gedacht haben.« »Das hab ich bemerkt.« Damit wandte er sich um und lief davon.

Nachdem er aus dem Hotel gestürmt war, hörte er nicht auf zu rennen. Er rannte weiter und weiter. So lange, bis er vor seinem heruntergekommenen Haus stand. Kurz stemmte er die Hände in die Hüften und rang nach Atem, dann riss er die Haustür auf.

Er würde nicht länger hierbleiben. Er würde nicht weiter dieses elende Leben führen. Wenn sie ihn nicht mitnehmen konnten, würde er lieber sterben. Er hastete die Treppe hinauf und riss ein paar Schubladen auf, dann stockte er.

Aus dem unteren Geschoss waren Schritte zu hören, danach die schwache Stimme seiner Mutter, die aus ihrem Zimmer gekrochen zu sein schien. Erst dachte Peit, sie würde nur wieder mit sich selbst reden, doch dann hörte er eine weitere dunkle Stimme und die Stimme seiner Mutter erstarb.

Ein dumpfer Schlag folgte und eine Männerstimme rief seinen Namen.

***

Cliff öffnete die Augen. Er lag auf dem Bauch auf einer Liege und wollte sich aufrichten, eine vertraute Stimme hielt ihn jedoch davon ab. »Nein, nein. Bleib liegen. Die Wunde muss erst noch verheilen.«

»Hey, Davey«, sagte Cliff grinsend und hörte ein leises Lachen. Dave hockte sich neben die Liege, sodass Cliff ihm in die Augen sehen konnte.

»Wie geht es dir?«

»Gut«, log Cliff und Dave lachte. Cliff schwenkte seine Hand umher, damit Dave sie greifen konnte.

Es tat gut, seine Hand zu spüren.

»Du wärst beinahe gestorben.« Dave drückte seine Hand ein wenig fester.

»Bin ich nicht.« Cliff sagte ihm nicht, dass Dave derjenige war, wegen dem er weiterleben wollte. »Ich bin froh, dass du hier bist.« Er lächelte ihn an.

In diesem Moment schwor er sich ihn niemals zu verlassen, nichts würde sie je wieder trennen können, lieber würde er sterben, als nicht mehr bei ihm sein zu können. Er wusste, es hatte gerade erst alles begonnen. Sie waren weit von einem unbeschwerten Leben entfernt und doch war er sich sicher, dass sie am Ende vereint sein würden.

Dann schloss er wieder die Augen. Und Dave hielt seine Hand die ganze Zeit über und in diesem Moment war Cliff so glücklich darüber, am Leben zu sein, wie lange nicht mehr.

KAPITEL 48
Sister, Sister

A While Ago

Cliff beugte sich über den Körper des Mannes, der unter ihm lag. Er küsste ihn und bäumte sich auf. Mykel stöhnte auf und seine Hände krallten sich in Cliffs Rücken.

Cliff küsste ihn erneut und drückte ihn enger an sich, ihre warmen Körper waren umschlungen und bewegten sich ineinander, langsam und innig. Während er ihn wieder küsste, strich Cliff zärtlich über Mykels Haut.

Mykel stöhnte abermals, als Cliff ihn enger an sich zog, und lehnte den Kopf nach hinten, Cliffs Lippen fuhren über seinen Hals, seine Bewegungen wurden immer schneller.

Mykel packte seine Hand und sah ihm in die Augen.

»Ja?«, fragte Cliff leise und sah ihn durchdringend an.

Mykel nickte und Cliff zog ihn wieder an sich. Er bewegte sich schneller und schneller.

Mykel biss in seine Schulter, um ein Stöhnen zu unterdrücken, dann spürte Cliff, wie Mykel sich anspannte, und ein entspanntes Seufzen entfuhr seinen Lippen. Er keuchte, als Mykel sich zurückfallen ließ und tief durchatmete.

Cliff wischte sich den Schweiß von seiner Stirn.

»Das war wundervoll«, sagte Mykel und rieb sich über die Augen.

»Sagst du das nur, weil ich dich bezahle oder weil du es wirklich wundervoll fandest?«, fragte Cliff, derweil er sich mit einem Handtuch über den Körper wischte.

Mykel richtete sich auf. Er grinste.

»Ich sage immer die Wahrheit, wenn ich nichts Nettes zu sagen habe, sage ich gar nichts.«

Cliff lachte, er erinnerte sich daran, dass Mykel bei ihren ersten Treffen kaum ein Wort gesprochen hatte. »Dann freut es mich, dass es dir gefallen hat.«

Er drehte sich herum, um seine Unterhose zu suchen. Er hatte sie irgendwo hier drüben ausgezogen, da war er sich sicher.

»Willst du wirklich schon gehen?«, fragte Mykel und beobachtete, wie Cliff sich anzog.

Cliff grinste wieder. »Tja.«

Er kramte Geld aus seiner Jeanstasche und legte es auf den Nachttisch. Dann zog er sich sein kurzärmeliges Hemd an und genoss es, dass Mykel die Tattoos auf seinen Armen betrachtete. Zu diesem Zeitpunkt waren es noch nicht besonders viele, aber er war stolz auf sie. Jedes einzelne hatte er sich selbst gestochen.

»Komm mit mir essen.« Mykel stand auf. »Ich lade dich ein.« Er nahm das Geld vom Nachttisch und grinste.

Cliff strich über Mykels Brust und gab ihm einen sanften Kuss. »Heute nicht. Ich bin zum Teetrinken verabredet.«

»So spät noch?«

»Tee geht immer.«

»Ein Typ?«

Cliff lachte. »Nein, meine Schwester. Außerdem solltest du nicht eifersüchtig sein.«

Mykel gab ihm einen sanften Stoß. »Hey! Das ist mein Job.«

Cliff küsste ihn erneut. »Du bist süß.« Er strich über seinen Rücken.

»Also, wenn du magst«, sagte Mykel, »komm morgen um achtzehn Uhr in das Café an der goldenen Weide.«

»Ich werde da sein.« Cliff schnappte sich seine Jacke und verließ das Zimmer.

***

Cliff zündete sich eine Zigarette an, während er sich auf den Weg zu seiner Schwester machte. Es war kühl, der Sommer war eindeutig vorbei. Er rauchte die Zigarette schnell, seine Schwester hasste es, wenn er nach Rauch roch, und er wollte, bevor er bei ihr ankam, noch schnell den Zitronengeruchszauber ausprobieren.

An diesem Abend jedoch wurde alles anders.

Er bog in eine Seitenstraße ein und hörte schon von Weitem Rufe, einige zu schrill für seinen Geschmack.

Es roch nach Feuer.

Ungewöhnlich. Es war zwar frisch, aber noch nicht kalt genug für Feuer. Er sah gen Himmel, wo Rauch aufstieg.

Offenbar brannte hier irgendwo eine Hütte. Er verfluchte Zigaretten und drückte seine sorgfältig aus, ehe er sie in eine Ecke warf, dann beschleunigte er seine Schritte. Als er in eine weitere Straße einbog, erkannte er sofort die Hütte, die brannte. Es war das Zuhause seiner Schwester.

»Nein!«, keuchte er und rannte los. Aber noch brannte keine Angst in ihm. Feuer war nichts, das Magier leicht tötete. Es musste ihr gut gehen, bestimmt hatte sie nur eine Kerze vergessen. Doch warum war das Feuer noch nicht gelöscht worden?

Er erreichte ihre Hütte und drängte sich durch die Menschen, die sich davor versammelt hatten. Sie versuchten energisch das Feuer zu löschen, aber nichts schien die Flammen in den Griff zu bekommen.

»Mel?«, rief er und sah sich nach seiner Schwester um, bestimmt war es wieder eine ihrer verrückten Ideen, um die Leute aufzuwirbeln. Er bemerkte, dass das Feuer das Holz der Hütte nicht verbrannte. Es loderte nur um sie herum und schlug wild um sich. Das passte zu ihr. Ihre Kräfte waren schon immer außergewöhnlich gewesen.

Noch während er das dachte und sich weiter nach seiner Schwester umsah, hörte er einen Schrei, nein, einen Ruf in seinem Kopf. Es war Mel, die ihm ein Zeichen schickte. Sie rief ihn zu sich, ihr Ruf war schwach und voller Angst.

»Mel«, flüsterte er und drehte sich um, sie war nicht in ihrer Hütte. Sie hatte das Feuer nicht gelegt.

Er stürmte durch die Menschenmasse hindurch und rannte in den Wald.

»Wo bist du?!«, rief er in die Dunkelheit des Waldes hinein.

»Genau hier!«, sagte eine tiefe Männerstimme.

Cliff wirbelte herum, ein Messer mit scharfer Klinge zischte durch die Luft und er taumelte zurück.

Das Messer erwischte ihn am Arm, Blut durchdrang seinen Jackenärmel.

Er richtete seine Hand auf den Mann, der ruhig vor ihm stand. Sein Gesicht prägte sich in Cliffs Gedächtnis ein. Er wartete nur darauf, den Mann anzugreifen.

Aber der Mann ließ sein Messer, das er wieder zu sich befohlen hatte, fallen und grinste breit. Blutverschmierte Zähne kamen zum Vorschein. »Sie schmeckt so gut.« Dann war er verschwunden und mit ihm sein Messer.

Cliff hörte jemanden durchs Unterholz rennen, die Geräusche leiteten ihn einige Meter tiefer in den Wald hinein.

Dort lag sie.

Mel zuckte. Blut lief aus ihrem Mund und über ihren Körper. Ihr Kleid war aufgerissen. Ein Schnitt zog sich von ihrer Kehle über ihren Brustkorb, aus dem mehrere Stücke

Fleisch gerissen waren. Er konnte ihr Herz sehen, es schlug nur noch schwach. Mit einem wimmernden Laut ließ er sich neben sie auf den Waldboden fallen.

»Cl...« Blut spritzte aus ihrem Mund, als sie versuchte zu sprechen.

Ihre Hand zuckte. Er legte seine zitternden Hände auf ihren blutdurchtränkten Körper und ließ seine ganze Kraft auf sie einströmen. »Stirb nicht!«, schrie er. Er packte ihre Hand und hielt sie fest. Sie war ganz kalt. »Stirb nicht!« Er drückte ihre Hand noch fester.

Ihre Haut zog sich durch Cliffs Magie langsam wieder zusammen, ihr Herz jedoch hatte aufgehört zu schlagen. Und obwohl Cliff schrie und sie anflehte nicht zu gehen, hatte Mel ihn verlassen.

Er zog sich seine Jacke aus und bedeckte ihren Körper damit. Sie war so kalt. Blut klebte in ihren Haaren.

»Geh nicht.« Er weinte und nahm sie in den Arm. Sie durfte nicht kalt sein, er musste sie wärmen. »Mel, geh nicht.« Er stieß einen Schrei aus.

Sie durfte nicht kalt sein.

Cliff musste sie wärmen.

Er hielt seine Hand über ihren Brustkorb und versuchte ihr Herz wieder zum Schlagen zu bringen, doch seine Versuche waren erfolglos Er war nicht stark genug, er konnte die Toten nicht zurückbringen.

Fest hielt er sie ihn seinen Armen. Sie durfte ihn nicht verlassen. Sie war doch immer da gewesen. Er würde sie nicht loslassen. Sie durfte nicht gehen.

»Bitte verlass mich nicht«, flüsterte er in die Nacht. »Alles wird wieder gut. Nur geh noch nicht. Bitte, bringt sie zurück zu mir.«

Erinnerungen platzten wie Seifenblasen vor seinen Augen. Dinge, die sie getan hatten, ihre verrückten magischen

Formeln und Ideen, die sie immer hatte veröffentlichen wollen. Ihre Spaziergänge im Wald, das Teetrinken zu egal welcher Uhrzeit. Das durfte doch nicht einfach so vorbei sein. Es konnte nicht vorbei sein.

Stumm liefen die Tränen über sein Gesicht und stumm war auch sein Leben geworden. Die Kälte, die ihn erfasste, löschte jeglichen Ton aus. Da war nichts mehr, nur noch Leid und Grausamkeit. Er konnte förmlich spüren, wie sich sein Herz mit Dunkelheit füllte.

Menschen versammelten sich um ihn herum. Er sah die schwarzen Uniformen der Wachen, die neben ihm auftauchten. Sie wollten sie aus seinen Armen reißen.

»Nein!«, schrie er sie an. Sie konnten sie nicht wärmen, er war der Einzige, der sie retten konnte. »Sie braucht vielleicht Tee. Sie ist so kalt«, flüsterte er unter Tränen.

Ein Mann beugte sich zu ihm vor. »Sir, sie ist gegangen. Sie müssen sie gehen lassen.«

Und er ließ seine Schwester gehen, und sie ließen ihn im Wald zurück.

Es war gut so. Cliff wollte nicht mehr leben, er hoffte niemand würde ihn retten. Er verdiente den Tod.

Er hasste sich.

Er hatte sie nicht retten können. Sie hatte ihn gerufen, und er hatte sie nicht retten können. Er wollte sterben.

Sie ließen ihn nicht.

Sie holten ihn. Zurück ins Warme und zurück ins Leben. Sein Schmerz war jedoch nicht zu bändigen. Er war tot. Das war die einzige Erklärung.

Ein Teil von ihm war an diesem Abend gestorben, und als er sich in einem Spiegel, der im Zimmer der Station der Wachen hing, betrachtete, schwor er sich Rache zu nehmen.

KAPITEL 49
Revenge, Revenge

Die Ermittler erklärten ihm, was der Mann alles mit seiner Schwester angestellt hatte, und in Cliff brodelte es.

Er wusste, was zu tun war.

Als er spät in der Nacht das Wachenrevier verließ, fühlte er sich taub. Seine Hände waren noch voller Blut.

In seiner Hütte zog er sich die Kleider aus, dann ging er unter die Dusche, um das Blut und den Schweiß von seinem Körper zu waschen. Es war seine Schuld. Er hatte lieber Sex gehabt, als bei ihr zu sein. Wenn er schon früher da gewesen wäre, wäre vielleicht nichts passiert.

»Er hat sie mit einer Blauweidenwurzel betäubt und ihr so ihre Kräfte genommen«, erinnerte er sich an die gedämpften Worte der Ermittler. »Er hat sie mehrmals vergewaltigt. Hat Stücke aus ihrem Körper geschnitten und sie gegessen ...« Sie hatten weiterreden wollen, doch Cliff hatte sie unterbrochen. Er wollte nichts mehr hören, er wollte nichts mehr über die Grausamkeiten wissen, die seiner Schwester widerfahren waren.

Er war allein. Niemand war mehr da.

Das Café, in dem er sich mit Mykel treffen wollte, war gut besucht. Mykel saß an einem sonnigen Tisch, er winkte Cliff schon von Weitem. Nach seinem Gesichtsausdruck zu urteilen, musste Cliff furchtbar aussehen.

»Ist alles okay bei dir?«, fragte Mykel und sah in seine rot unterlaufenen Augen.

Cliff schüttelte den Kopf.

»Hast du was eingeworfen? Was ist passiert?« Mykel war aufgestanden und legte Cliff besorgt eine Hand auf den Rücken.

»Meine Schwester wurde ermordet«, sagte Cliff. Er sprach es zum ersten Mal aus. Mykel hing wie ein verschwommener Schleier vor seinen Augen. Die Pillen, die er eingeworfen hatte, waren feinstes Zeug aus Flavous. Er liebte es. Es ließ ihn seine Gefühle vergessen. Nie wieder wollte er von seinem High runterkommen.

»O Mächtiger, das tut mir leid.« Mykel sackte zurück auf den Stuhl.

»Ich werde ihn töten«, sagte Cliff. »Es ist besser, wenn wir uns nicht mehr sehen.« Damit wandte er sich um und lief durch die verschwommene Welt davon.

Es hatte vier Monate gedauert, den Typen zu finden. Länger, als er erwartet hatte. Doch nun sah Cliff ihm zu, wie er die Einkäufe in seine Hütte räumte.

Er würde heute zum letzten Mal einkaufen.

Cliff hatte alles durchgeplant. Die Lagerhalle war reserviert. Es war ihm egal, ob man ihn schnappte oder nicht. Die Pillen ließen ihn alles um ihn herum vergessen. Er fühlte sich gut. Voller Energie. Sein Ziel war der Mann und er würde ihn leiden lassen. Er grinste, während er eine weitere Tablette zerkaute, und strich sich über sein Gesicht. Er stieß sich von seinem Beobachterposten an einer Hauswand ab und machte sich auf den Weg.

In der einen Sekunde sprengte er die Hüttentür auf, in der nächsten hielt er sich das Blasrohr an den Mund. Der Mörder seiner Schwester drehte sich erschrocken um, streckte die Hände aus.

Aber Cliff war zu schnell für ihn. Er blies in das Röhrchen, und der kleine Splitter Blauweidenholz bohrte sich in den Hals des Mannes. Er wurde fast augenblicklich ohnmächtig und als er die Augen wieder aufschlug, hing er an den Armen aufgehängt von der Decke einer kalten Lagerhalle und vor ihm stand Cliff.

Er hatte dem Mann die Kleider ausgezogen, ihn mit kaltem Wasser abgespritzt und seine Füße eingefroren. Sie würden langsam, aber sicher absterben. Seine Magie war nach wie vor durch den Blauweidenpfeil unterdrückt. Eine Flucht war unmöglich.

»Erinnerst du dich an mich?«, fragte Cliff den Mann. In dessen Augen stand Angst. »ANTWORTE MIR!«

Der Typ nickte langsam. »Ja.« Seine Stimme zitterte vor Kälte.

»Du wirst leiden«, sagte Cliff. »Für alles, was du getan hast.«

Jetzt war es der Mann, der grinste. »Ja, ich erinnere mich. Sie war so gut. So ...« Er fuhr sich mit der Zunge über die Lippe. »... lecker. Sie hat mir am meisten Spaß gemacht.«

Cliff starrte ihn regungslos an. Die Drogen verdunkelten seine Sicht, schnell warf er noch eine weitere Pille ein. »Ich hoffe, du schmeckst dir auch.«

Mit zwei Schritten war er bei ihm, zog ein Messer aus seinem Gürtel und trennte dem Mann einen Finger seiner rechten Hand ab. Der schrie kurz auf und keuchte dann ununterbrochen. Trotz der Kälte stand Schweiß auf seiner Stirn.

»Iss!«, sagte Cliff und stopfte dem Mörder seinen eigenen Finger in den Mund. »Schön kauen.« Cliff grinste, doch der Mann weigerte sich seinen Finger zu zermalmen. Blut lief an seinem Arm herunter.

Cliff packte seine Hand und schnitt einen weiteren Finger ab. »Wie viele möchtest du noch verlieren?« Er hob das

Messer an den nächsten Finger. Schnitt auch diesen ab. »Iss«, forderte er erneut.

Schmerzenstränen stiegen in die Augen des Mannes, er sah auf die letzten beiden Finger seiner Rechten hinauf, in sein Gesicht tropfte Blut. Und er begann zu kauen. Er würgte, es knirschte in seinem Mund, aber Cliff hielt seinen Mund geschlossen. Erst als der Mann schluckte, war er zufrieden.

»Brav.« Cliff lächelte. »Wenn du weiterhin so brav bist, lasse ich dich vielleicht sogar gehen.«

»Warum?«, fragte der Mann. Das Blut der Finger lief aus seinem Mund. »Töte mich einfach!«

»Nein. Du musst leiden.«

»Ich habe schon genug gelitten«, sagte der Mörder seiner Schwester. »Du weißt nicht, was ich durchgem...« Das Messer blitzte auf, als Cliff damit über die Brust des Mannes fuhr. Blut spritzte ihnen beiden ins Gesicht.

»MICH INTERESSIERT DEIN LEID NICHT! DU HAST MEINE SCHWESTER ERMORDET!« Cliff rammte das Messer durch den Arm des Mannes und drehte es herum. Er schrie auf, als Cliff das Messer wieder und wieder durch die Wunde stach.

»Ich wusste nicht, dass es deine Schwester war.« Der Mörder brachte ein blutverschmiertes Lachen zustande.

»Pech für dich«, sagte Cliff und sah an seinem Körper hinab. »Willst du ihn gerne behalten?« Das Messer schnitt in die Weichteile des Mannes.

Er brüllte. Sein Gesicht wurde noch blasser, wo das Blut die Haut nicht bedeckte. »Töte mich einfach.«

»NEIN!« Cliff schnitt ihm einen weiteren Finger ab, der Mann heulte. »Du musst leiden.«

Warum fühlte er sich noch nicht besser? Er drehte sich weg, hinter ihm übergab sich der Mann. Cliff verstand nicht, warum er sich nicht gut fühlte. Es hätte eine Erlösung sein müssen. Es hätte sich gut anfühlen müssen, doch er spürte nichts. Er richtete die Hand auf den Mann. Seine Beine brachen. Der Laut, den er von sich gab, war Gebrüll und Geheul in einem.

Cliff sah ihn an. »Warum hast du es getan?« Der Mann wimmerte jetzt. Der Schmerz musste übermächtig sein. »ANTWORTE MIR!« Cliff war wieder näher zu ihm herangetreten. Er kickte gegen die gebrochenen Beine. »Sag es mir!«

»Ich ... aus Spaß.« Der Mörder keuchte mehr, als er sprach, Cliff musste sich zu ihm vorbeugen, um ihn zu verstehen. »Ich wollte jemanden ... Ich habe ... Ich wollte den Tod sehen. Ihn endlich treffen. Ich habe es schon öfter gemacht.« Tränen liefen über sein verschmiertes Gesicht. Er zitterte am ganzen Körper. Sein übrig gebliebener Finger zuckte. »Es war so wunderschön.« Cliff konnte die Worte kaum verstehen, so stark schluchzte der Mann jetzt.

»Du bist Schmutz.« Cliff richtete sich wieder auf. »Ich werde dir nehmen, was du zum Leben brauchst.« Und er schnitt ihm den Schwanz ab. Blut floss auf den Boden. Die Augen des Mannes weiteten sich und den Schrei, den er ausstieß, würde Cliff nie vergessen.

»Töte mich ... Gaahhrrggghh, TÖTE MICH ...!!«, flehte der Mann ihn an. In nichts glich er mehr dem Monster, das Cliff im Wald angegrinst hatte.

Von draußen hörten sie Stimmen und Rufe. Schritte näherten sich. »HILFE!«, rief der Mann sofort, obwohl seine Stimme nur noch ein Röcheln war. »HILFE!«

»Wie schade«, sagte Cliff ungerührt.

»WÄCHTER!«, rief eine Stimme hinter ihm. »Bleiben Sie stehen. Hände hinter dem Kopf verschränken!«

Cliff wandte sich nicht von dem Mörder ab. »Wir hätten noch so viel Spaß haben können.«

Die Wächter betraten den Raum. Sie riefen etwas, Cliff achtete jedoch nicht auf sie. Er richtete die Hände auf den Mann und zog sie auseinander.

Ein gurgelndes Geräusch ertönte, als der Mann in zwei Hälften riss und seine Gedärme auf den Boden platschten. Für einen Moment schienen seine Augen noch zu realisieren, was geschehen war, dann sank sein Kopf auf seine Brust.

Er war tot.

Und auf Cliffs Gesicht breitete sich ein Lächeln aus, ehe um ihn herum alles dunkel wurde.

Zwei Monate später

Cliff wurde endlich zu den anderen Häftlingen gebracht. Die Tage in Einzelhaft hatten kalten Entzug für ihn bedeutet. Das Schwitzen, Zittern, Erbrechen und die Visionen hatten ihn ausgezehrt. Er wollte mit echten Menschen reden, nicht mit Schatten aus seiner Vergangenheit, die alle das Gesicht des Mörders annahmen.

Trotzdem vermisste er die Drogen.

Er war clean und hatte sich noch nie so scheiße gefühlt. Cliff war am Ende angekommen. Nichts ergab mehr Sinn für ihn. Er würde seiner Schwester folgen, das war sein Ziel.

Die Wärter setzten ihn in die Mitte des Hofes.

Es überraschte ihn, wie sie mit ihm umgingen. Er hatte gedacht, dass sie ihn wie Schmutz behandeln würden, doch sie waren alle sehr nett.

Er musterte die Häftlinge, die alle auf ein Urteil warteten, die alle nur darauf warteten, verbannt zu werden.

So wie er.

Cliff richtete sich auf und breitete die Arme aus. »Wer von euch will mich ficken?!«, rief er und ließ sich in die johlende Menge fallen.

KAPITEL 50
The Main Characters

2. Oktober

Ich war schon früh wach. Auch Earl wachte früh auf, wir ließen die anderen lieber noch etwas schlafen, doch sie alle öffneten nach einigen Minuten die Augen und richteten sich auf.

Es dauerte nicht lange, da schlurfte Waell durch den Vorhang zu uns – wie auch gestern mit einem Grinsen auf dem Gesicht, das ich nicht recht deuten konnte.

Wir standen alle auf und Earl trat vor. Gaven zog sich die Kapuze über seine Ohren.

»Also«, sagte Earl.

»Also«, sagte Waell. Ich hatte das Gefühl, als schien sein Gesicht eingefallener zu sein als gestern, und er wirkte blass.

»Wo ist nun die Person, die uns helfen kann?«

Waells Grinsen wurde breiter und für einen erschreckenden Moment dachte ich, er würde es uns nicht sagen, oder hätte uns angelogen.

»Das Kaufhaus in Havelswill. Es ist groß und hat blaue Fenster, dort wandelt bei Nacht der Weltenspringer herum. Dort werdet ihr ihn finden. Wenn ihr euch beeilt, seid ihr noch vor Einbruch der Dunkelheit da.«

Gaven und Earl bedankten sich. Waell zwinkerte mir zu.

»Vergesst mich nicht.« Mit diesen Worten wandte er sich um und verschwand in seiner kleinen Kammer.

»Los, kommt«, sagte Fera. Sie wandte sich zum Gehen. Ich sah Kara an, die ihren Knöchel betastete. Es schien schon besser zu gehen, denn als sie lief, humpelte sie schon etwas sicherer.

Wir liefen den dunklen Gang zurück, und ich war unfassbar froh, als wir unsere Köpfe wieder aus der Luke gen Himmel streckten.

»Weiß jemand, wo dieses Kaufhaus ist?«, fragte Gaven, nachdem wir uns den Staub von den ohnehin schon dreckigen Klamotten geklopft hatten.

»Ich denke, wir gehen einfach nach Havelswill rein«, sagte Earl. »Wir fragen jemanden, wenn wir es nicht finden. Los, beeilen wir uns.«

Keiner von uns schien noch erschöpft zu sein, vor allem Earl, Fera und Gaven schritten schnell aus.

Wir bogen nach links ab und liefen durch den Wald hindurch, bis wir circa eine Stunde weiter einen kleinen Weg fanden. Wir reihten uns ein und liefen ihn entlang. Ich warf einen Blick auf Earls Armbanduhr. Es war kurz vor zehn. Wir hatten recht lange geschlafen. Aber ich wusste auch nicht, wann wir uns gestern schlafen gelegt hatten. Jedenfalls fühlte ich mich endlich einmal wieder ausgeruht.

Ich dachte daran, was passieren würde, wenn wir nach Hause kämen. Würden wir einfach normal weitermachen können? Könnten Kara und ich einfach unsere Ausbildung beginnen und so leben wie zuvor?

Ich bezweifelte es stark.

»Hey.« Kara holte zu mir auf. »Wie geht es dir?«

»Ganz okay«, sagte ich und sah sie kurz an. »Dir?«

»Gut. Meinst du es stimmt, was er sagt?«

Ich zuckte mit den Schultern, ich hatte nicht besonders große Lust, mich mit ihr zu unterhalten, ich wusste selbst nicht genau warum.

Vielleicht war mir alles zu viel, außerdem fühlte ich wieder die Angst, die nicht meine eigene zu sein schien, und diesen Schmerz, als hätte ich eine geliebte Person verloren.

Ich verstand es immer noch nicht.

»Ich glaube, es stimmt, dass jemand dort ist. Aber ob er uns helfen kann, wer weiß das schon.«

Kara reichte mir ein kleines Brötchen, das sie von Waell mitgenommen hatte, und ich nahm es dankend entgegen.

»War schon gruselig bei dem, oder nicht?«, sagte sie, und ich nickte stumm.

»Dachte, wir kommen nicht mehr da raus«, sagte ich und lachte. »Das wäre echt dumm gewesen. Stell dir mal vor, wir sterben hier bei den Normalen, aber aufgrund eines magischen Wesens. Das würde uns niemand glauben.«

»Ja, Fal«, sagte Kara, »weil wir dann tot wären.«

Wir lachten und Fera sah zu uns nach hinten, fuhr sich über die kurz rasierten Haare und trank einen Schluck von dem Wasser, das sie bei Waell aufgefüllt hatte. Fera reichte uns das Wasser und Kara und ich tranken.

»Dort.« Earl deutete auf etwas, das zwischen den Bäumen zu erkennen war. Es waren die Hochhäuser der Stadt und der Rauch, der sich mit den Wolken vermischte.

Earl beschleunigte seine Schritte.

Wir folgten ihm den Weg hinunter, der auf einen geteerten Weg führte.

Gaven allerdings blieb stehen und starrte auf die Häuser. Fera klopfte ihm auf die Schulter.

»Komm«, sagte sie lächelnd und nahm seine Hand.

»Sie ist dort«, sagte Gaven und sah Fera an. In seinen Augen konnte ich etwas Undefinierbares erkennen.

War es Schmerz, Schuld oder sogar Angst? Von wem redete Gaven nur?

Fera nickte. »Das ist sie, aber es ist okay.«

»Ich hab sie nie gesucht, sie war doch überhaupt nicht so weit entfernt von mir.« Er trat einen Schritt nach vorne, dann sah er wieder Fera an. »Du hast sie nie kennengelernt. Du hättest sie gemocht.« Dann lief er weiter und Fera sah ihm seufzend hinterher. Dann folgte sie ihm.

Es dauerte lange, bis wir die Innenstadt erreichten, davor hielten wir noch einmal an und kauften uns an einem Stand, der nicht besonders gepflegt aussah, alle ein paar Pommes. Danach hatte ich immer noch Hunger, aber es war besser als gar nichts. Neben uns wuchsen die Häuser in die Höhe, und ehe wir uns versahen, waren wir umgeben von Menschen, lauten Autos und Musik, die von jedem Fenster aus auf uns einzudringen schien.

»Können wir mit einem Auto fahren?«, fragte Gaven, der sehr gestresst wirkte.

»Denke, das sollte gehen«, sagte Earl und deutete auf ein Schild. PARKHAUS.

Er sah sich um. Neben all den Menschen, die neben uns entlangliefen, in ihren Anzügen und schicken Kleidungen, sahen wir mit unseren verdreckten Sachen schon etwas fehl am Platz aus. Earl, der mit seinem langen braunen Mantel vorauslief, lächelte, als er das Parkhaus betrat und sich zu uns herumdrehte. »Okay, sucht euch eines aus.«

»Das ist so gemein«, sagte Kara und lachte.

»Wir brauchen es dringender als die«, sagte Earl. »Außerdem finden sie es ja bestimmt irgendwann wieder.«

Wir entschieden uns für ein recht großes schwarzes Auto. Earl strich über das Fenster der Fahrertür und ein Klicken ertönte, wir stiegen ein.

»Na, dann los«, sagte Gaven und der Motor startete. Das Radio sprang an und Cerila Gallon sang einen ihrer Hits.

Earl grinste und fuhr los, direkt durch die Schranke hindurch und beeilte sich vom Parkhaus wegzukommen.

Wir reihten uns in die Autos ein und fuhren die Straßen entlang, ausgebremst von den Schildern mit Geschwindigkeitszahlen, die ich in regelmäßigen Abständen am Straßenrand erkannte, und von Lichtsignalen.

»Das sind Ampeln«, erklärte Fera mir, als sie bemerkte, wie ich mit gerunzelter Stirn versuchte die Regeln des Verkehrs zu verstehen.

»Und guck mal da«, sagte Fera und deutete auf einen Mann, der ein eckiges schwarzes Ding an sein Ohr hob. »Das sind Handys. Damit kommunizieren die Leute hier miteinander. Verrückt, oder? Und guckt mal. Darauf können sie auch Musik hören, viel praktischer als die Discmans bei uns.«

»Man kann viel Schlechtes von denen hier erzählen. Aber ein paar gute Ideen haben sie schon gehabt«, sagte Earl und lachte.

Fera entdeckte ein Schild, das auf das Kaufhaus aufmerksam machte, und wir bogen nach links ab, dann fuhren wir wieder geradeaus. Nachdem wir noch einmal rechts abgebogen waren und uns nun auf einer großen Straße befanden, stieß Gaven auf einmal einen Schrei aus und Earl trat erschrocken auf die Bremse.

»WAS IST?!«, rief er, doch Gaven antwortete ihm nicht. Er riss die Tür auf und Earl fluchte.

»Das ist es«, hörten wir noch von Gaven, er stolperte aus dem Auto hinaus und rannte über die Straße hinüber.

»Lass es gut sein, Gaven!«, rief Earl ihm hinterher, aber Gaven achtete nicht auf ihn. Er wich den Autos aus, die ihn beinahe überfuhren und laut hupten. An einem der Hochhäuser angelangt, öffnete er die Tür, dann war er auch schon darin verschwunden. Earl fluchte abermals und fuhr an die Seite heran, um zu parken.

»Kann man nicht blinken?!«, rief ihm ein wütender Fahrer zu und zeigte ihm den Mittelfinger.

»Fick dich doch selbst!«, schrie Fera durch das geschlossene Fenster hindurch und zeigte dem Mann ebenfalls den Mittelfinger.

»Was macht Gaven denn?«, fragte Kara.

»Er sucht nach etwas, das aussichtslos ist«, sagte Earl, und Fera versetzte ihm einen Stoß.

»Es ist nicht aussichtslos.«

Earl verdrehte die Augen.

»Wen sucht er denn?«, fragte ich.

»Jemanden, den er mal gekannt hat.« Earl starrte auf die verschlossene Tür, als erwartete er eine Antwort von ihr.

»Jemanden, den wir beide gekannt haben.«

Fera strich über die Stelle, an der sie Earl geboxt hatte.

Sie sah kurz zu uns nach hinten und dann auch wieder auf die Tür. Weitere Fragen beantwortete Earl nicht, und Fera schien keine Antworten auf sie zu kennen.

Nachdem einige Zeit verstrichen war, in der Gaven nicht wieder herauskam, stieg Earl aus dem Auto und folgte Gaven ins Haus.

***

Gaven rannte die Stufen hinauf. Die Luft im Gebäude war kalt. Genau wie er sich erinnerte. Sein Herz polterte und die Schuldgefühle nagten stärker an ihm, als er es je für möglich gehalten hatte.

Er erinnerte sich daran, wie er sie zurückgelassen hatte, wie sie geschrien und geweint hatte. So oft hatte er sich ausgemalt diesen Weg hinaufzugehen, er hatte sich jede einzelne Stufe gemerkt, hatte sie sich eingeprägt, nur für den Fall, dass er sie doch noch retten würde.

Aber er hatte es nie getan und nun hatte er so lange Zeit in der Nähe verbracht und war doch nie hergekommen.

Er wischte sich über die Augen und die Kapuze flog ihm fast vom Kopf, weil er so schnell die Treppe hinaufsprintete.

Es war fast ganz oben, er erinnerte sich.

Auf den letzten Stufen stieß er beinahe einen die Treppe herunterkommenden Mann um. Dieser geriet ins Straucheln und ließ eine rote Sprühflasche fallen. »Fick dich!«, rief er ihm nach, aber Gaven achtete nicht auf ihn, nur noch ein paar Stufen und nun stand er vor der Tür.

Wohnung 321. Er zögerte und strich sich die Haare nach hinten, ein Glück, dass er sie noch einmal geschnitten und seinen Bart gestutzt hatte.

Doch er war älter geworden. Würde sie ihn überhaupt wiedererkennen, würde er sie wiedererkennen? Bestimmt, er würde sie immer erkennen, egal was passierte, egal wie viel Zeit vergangen war. Wiedererkennen würde er sie immer.

Seine Hände zitterten. Er ballte sie zu Fäusten, versuchte tief durchzuatmen.

Er klopfte.

Die Schläge schienen in seinem Kopf nachzuhallen und verloren sich schließlich in der Stille des Treppenhauses. Er hörte Schritte hinter der Tür und plötzlich hielt er es für die unklügste Idee, hierhergekommen zu sein, und wollte sich umdrehen. Panik stieg in ihm empor, was sollte er nur sagen.

Die Tür öffnete sich und eine junge Frau stand vor ihm.

Seine Angst verschwand nicht, sie wurde nur noch größer, dennoch breitete sich auch Erleichterung in ihm aus und ebenfalls eine große Traurigkeit.

Es war nicht sie. Sie war zu jung.

»Kann ich Ihnen helfen?« Gaven machte offensichtlich einen sehr unangenehmen Eindruck, er konnte den besorgten Ausdruck in ihrem Gesicht verstehen.

»Hallo«, sagte er und versuchte seine Stimme möglichst freundlich klingen zu lassen, aber wegen seines polternden

Herzens gelang es ihm nicht besonders gut.»Wohnt hier noch eine Hayley? Ich bin auf der Suche nach ihr.«

Die Frau sah ihn fragend an.»Nein!«, sagte sie knapp.»Sind Sie ihr Ex oder so?«

Warum fragte sie ihn so etwas überhaupt, wenn Hayley nicht hier war?»Alte Freunde.« Er lächelte, ohne seine Zähne zu zeigen.

»Nun ja«, sagte die Frau, nachdem sie ihn noch einmal gemustert hatte.»Sie wohnt hier nicht. Ich kenne keine Hayley, aber wenn sie Ihnen ihre neue Adresse nicht gegeben hat, wird sie wohl nicht wollen, dass Sie sie finden. Guten Tag!« Und sie schlug die Tür zu.

Er konnte ihr diese Reaktion nicht verdenken.

Gaven blieb regungslos stehen. Für eine ganze Weile.

Schließlich hörte er Schritte, die ihm bekannt vorkamen, und drehte sich um. Earl kam die Treppe herauf.

»Sie wohnt hier nicht mehr«, sagte Gaven mit schwacher Stimme.

Earl lächelte ihn traurig an.»Sie ist bestimmt umgezogen.«

»Aber ...«

»Lass es gut sein, Gaven.«

Gaven warf noch einen letzten Blick auf die Tür, dann lief er mit Earl die Treppen hinunter.

Im Auto angekommen, sagte keiner von ihnen ein Wort und Earl fädelte sich wieder in den Verkehr ein.

***

Wir fuhren noch eine ganze Weile in die Mitte der Stadt hinein. Als wir fast eine Stunde in einem Stau feststeckten, entschlossen wir uns das Auto zu verlassen und zu Fuß zu gehen.

Wir fragten ein paar Leute nach dem Weg und schließlich tauchte in der Ferne eine große blaue Brücke auf.

Wir bewegten uns darauf zu und reihten uns unter die Menschen, die uns anstarrten, als kämen wir von einem anderen Pla... Oh, na ja ... Sie starrten uns an.

Auf der Brücke angekommen sah ich auf das Wasser hinunter und versuchte keinen Menschen anzurempeln. Es war gar nicht so einfach, da die Leute sich ohne Vorwarnung an einem vorbeidrängten, überholten, nur um dann langsamer vor einem herzugehen. Eine junge Frau mit schulterlangen, gewellten blonden Haaren kam uns entgegen. Sie trug einen grünen Mantel und eine schwarze Handtasche. In der Hand hielt sie ein Handy und sprach mit jemandem.

»Ja, ich weiß es noch nicht«, sagte sie und lächelte.

Ein leises, kaum hörbares Piepen ertönte und die Frau sah auf den Bildschirm ihres Handys. »Oh, warte, Jane ruft gerade an. Ich rufe dich gleich zurück.« Sie drückte auf einen Knopf auf der Tastatur, hielt sich das Handy ans Ohr und lächelte. »Hi, Jane ...« Versehentlich rempelte ich die Frau an, woraufhin sie stolperte und ihr Handy fallen ließ.

»Entschuldigung«, sagte ich hastig und beeilte mich das Handy aufzuheben und es ihr zu reichen.

Die Frau musterte mich.

Ihr Blick war nicht wütend, eher fragend und verwirrt.

Ich wusste nicht einmal, wie ich sie hatte anrempeln können, sie war ein ganzes Stück neben mir gelaufen. Eigentlich war es gar nicht möglich gewesen.

Vielleicht fragte sie sich dasselbe.

»Schon gut«, sagte sie plötzlich genervt und griff nach dem Handy. Sie hielt es sich wieder ans Ohr und sagte: »Nein, alles gut. Ich hab das Handy fallen gelassen.«

Als Antwort schallte ein dumpfes Lachen aus dem Gerät heraus, die Frau lief weiter und auch ich wandte mich wieder um. »Nein«, hörte ich sie noch sagen. »Ich wurde angerempelt. Was? Ja, ich trage deinen Mantel.«

Ihre Stimme ging im Lärm der Menge unter, doch als ich mich noch einmal umdrehte, sah ich, dass auch die Frau zu mir zurückblickte. Sie stach aus der Menge, so schön, wie sie war, und ich sah, wie sie erneut lachte und etwas ins Handy sagte, dann drehte sie sich endgültig um und verschwand zwischen den Leuten.

Merkwürdig.

Das war ein sehr eigenartiger Moment gewesen.

Den restlichen Weg über die Brücke lief ich neben Kara her.

»Hast du auch die Frau grade eben gesehen?«, fragte ich und Kara wandte kurz den Kopf nach hinten.

»Die, die du angerempelt hast?«

»Ja.« Wen hätte ich denn sonst meinen können.

»Nur kurz«, sagte Kara, die offenbar in Gedanken war. »Was meinst du, warum ist Gaven da reingegangen? In das Haus, meine ich.«

Ich zuckte mit den Schultern. Die Frage beschäftigte mich auch schon die ganze Zeit. »Es wäre schon komisch, wenn er hier jemanden kennen würde, oder nicht«, sagte ich.

»Ja, das wäre es.« Sie zögerte. »Aber Earl schien zu wissen, was los war. Fera dagegen nicht.«

Ich nickte. »Ich denke, Gaven und Earl kennen sich schon eine ganze Weile. Schon vor dem Ganzen hier.«

»Meinst du, er kennt Illn auch?«

»Ja, er hat es mir gesagt. Aber wie gut weiß ich nicht.« Ich zuckte wieder die Schultern. »Aber Illn hat mir nie etwas von ihnen erzählt. Ich wüsste gern noch mehr über all das, was passiert ist.«

Gaven drehte sich zu uns um. Er funkelte uns an. Natürlich, seine Ohren waren besser als unsere. Wahrscheinlich hatte er jedes Wort gehört.

»Wisst ihr ...«, sagte er und hielt uns an, »... wenn euch so viele unfassbar wichtige Fragen durch den Kopf schwirren, dann fragt mich doch einfach. Meine Fresse. Es ist ja nicht so, als wäre ich ein Buch, das ihr nicht finden könntet.«

Kara und ich sahen ihn an.

»Nur damit ihr's wisst«, zischte Gaven. »Ich würde auch nichts von mir erzählen, wenn ich Illn Feyn wäre, und wie wäre es, wenn du aufhörst dich selbst Sachen zu fragen, die du nicht beantworten kannst, und fragst Illn einfach dann, wenn ihr wieder vereint friedlich am Feuer sitzt?!« Er war mir ganz nahe gekommen, er roch nach Wald und einer Zigarette, die darin langsam ein Feuer entfachte.

»Das werd ich machen«, sagte ich nur und versuchte keinen Schritt nach hinten zu weichen.

»Guuut«, knurrte Gaven, dann sah er Kara an. »Und wenn ihr noch mal was zu besprechen habt, was so unglaublich wichtig ist, dann macht es etwas leiser, damit es nicht die ganze Stadt hören muss. Was denkt ihr?« Schnaubend stampfte er zu Earl und Fera, die auf uns warteten.

Kara und ich warfen uns einen Blick zu und grinsten, dann folgten wir den anderen auf die andere Seite der Brücke. Ich fragte mich, was Illn getan hatte. Warum schien Gaven ihn zu hassen? Nun ja, soweit ich Gaven kannte, konnte schon ein Streit dafür sorgen, dass er einen hasste. Ich sollte mir nicht so viele Gedanken darüber machen.

Wir nahmen eine Straßenbahn, in der es sehr voll war und nach verbrannten Reifen roch.

An einem großen Platz stiegen wir aus.

In der Mitte des Platzes stand die Statue eines nackten Mannes, der einen großen Strauß Trauben in der Hand hielt und gen Himmel starrte.

Hinter der Statue, am Ende des Platzes, erhob sich ein großes Gebäude. In den blauen Fenstern spiegelte sich die untergehende Sonne.

»Da ist es«, sagte Fera und atmete auf.

Earl steckte sich ein Bonbon in den Mund, seine Hände zitterten. »Gut, Leute«, sagte er. »Das ist eine unserer letzten Chancen auf einen Weg nach Hause.«

Er atmete tief durch und betrachtete das Gebäude. »Ich hol uns noch was zu essen und zu trinken, und danach gehen wir rein, verstecken uns und warten, bis alle Leute weg sind. Verstanden?«

Gaven, Kara und ich setzten uns auf eine Bank, die im Schatten lag. Hier war es kalt.

Earl und Fera stellten sich bei einem kleinen Schnellimbiss-Stand in die Wartereihe.

***

Earl sah noch einmal auf das Gebäude, dann sah er Fera an und er wusste, dass wenn dies nicht die Lösung war, nicht der Weg nach Hause, dann würde er mit ihr losgehen und es war ihm egal, was mit den anderen passierte.

Allein waren sie schneller. Sie hatte recht gehabt, sie hätten es schon viel früher machen sollen.

»Wie haben wir das nie rausgefunden«, sagte Fera. »Wir waren sogar schon einmal hier.«

Earl nickte. »Ich weiß. Aber es bringt nichts, sich darüber aufzuregen.«

»Das tu ich nicht.« Fera lächelte ihn an. Er lächelte zurück und Fera wandte sich ab. Bestimmt konnte Gaven sie hören.

Sie rückten in der Wartereihe einen Platz vor.

»Ich wünschte, es würde nicht vorbeigehen«, sagte Earl.

»Was meinst du?«

»Das Gefühl. Die Hoffnung, sie ist stark. Gerade in diesem Moment. Ich will nicht, dass sie erlischt.«

Fera sah ihn an, in ihren Augen lag dieselbe Hoffnung und zugleich Traurigkeit. »Ich kenne das Gefühl.«

Sie hatten gemeinsam schon so viel durchgemacht, so viele Enttäuschungen erlebt und sich doch so viel aufgebaut. Seit er das Gefühl hatte, dass sie nach Hause kommen würden, alles hier vorbei sein würde, wollte er nicht, dass es vorbei war. Und gleichzeitig wünschte er sich nichts mehr.

»Ich hoffe so sehr, dass das nicht ein weiterer Fehlschlag ist«, sagte Fera leise und lehnte sich an Earls Schulter.

»Es ist kein Fehlschlag. Nicht dieses Mal.« Über die Menschen auf dem Platz hinweg warf er einen Blick auf Fal, der ins Leere starrte. »Nicht dieses Mal.«

Nachdem sie gegessen hatten, standen alle auf und liefen zum Kaufhaus hinüber.

»Wir teilen uns auf«, sagte Earl. »Wenn jemand erwischt wird, wartet er draußen.«

Sie nickten.

Nach ein paar Minuten Zögern betraten sie das Kaufhaus.

KAPITEL 51
Sad Boy

A While Ago

Der Regen prasselte auf das Dach des Schuppens, in dem Peit sich versteckte. Er hörte, wie die anderen Jungen seinen Namen riefen. Sie hatten ihn fast erreicht. Er umklammerte seinen Schulrucksack und hoffte, sie würden ihn nicht finden. Sie durften ihn nicht finden. Er musste nach Hause, seiner Mutter helfen. Sie hatten ihn schon wieder aufgehalten. Seine Mutter würde wütend sein.

Sie verstand ihn nicht. Nicht mehr.

Er spähte aus einem Spalt in der Holzwand hinaus, seine Feinde waren nicht mehr zu sehen und zu hören.

Er drehte sich um und bekam eine Faust so hart ins Gesicht, dass er auf den Boden fiel und für ein paar Sekunden die Besinnung verlor.

»Hier ist er!«, rief Lias breit grinsend. »Na, hast du gedacht dich verstecken zu können?«

Er trat auf Peit ein. Die anderen waren zu den beiden gestoßen. Sie spuckten ihn an.

»Du bist Abschaum«, sagte Lias, seine Freunde lachten laut.

»Verbrennt den Abschaum! Verbrennt den Abschaum!«, johlten sie. Peit hoffte, sie würden ihn endlich in Ruhe lassen, betete für eine Errettung. Doch niemand kam. Sie würden ihn nie in Ruhe lassen. Er hasste sie so sehr.

Lias zog ein Feuerzeug aus seiner Tasche und drückte Peits Hand dagegen. Peit schlug wild um sich, Lias' Freunde hielten ihn jedoch fest, sodass sich nicht wehren konnte.

»Lasst mich!«, rief er, aber Lias grinste nur und fixierte seine Hand länger über die kleine Flamme. Peit weinte, trat nach ihm aus, konnte Lias oder einen der anderen allerdings nicht erreichen. Die Flamme verbrannte seine Haut.

»Lasst ihn hier.« Lias schnappte sich Peits Rucksack und hielt das Feuerzeug dagegen, bis der Stoff qualmte.

Dann steckte er Peits Schulhefte in Brand und sah erfreut zu, wie sie sich zusammenzogen und zu einem kleinen Haufen Asche wurden.

Ehe er sich mit seiner Truppe abwandte, holte Lias aus und trat Peit ins Gesicht. Alles wurde düster um ihn herum, er hörte nur noch das Lachen der anderen, dann sank er in eine endlose Dunkelheit.

Als er nach Hause eilte, war sein T-Shirt zerrissen. Er war viel zu spät. Seine Mutter würde so wütend sein. Er weinte, seine Hand pochte und er wollte einfach nur in ein warmes Bett. Doch auch das sollte ihm heute verwehrt werden.

Seine Mutter schrie schon, bevor er die Tür überhaupt geöffnet hatte. »Undankbarer Bengel! Ich richte extra Essen für dich. Und du kommst nicht!« Sie spuckte ihn an, wie die Jungen aus seiner Klasse.

Er ließ das Wasser in die Badewanne ein, das war der einzige Weg, wie er sie beruhigen konnte. Sie sang, als sie in der Badewanne saß und das Wasser gegen die schmutzigen Wände spritzte. Es waren wertvolle ruhige Momente, er genoss sie sehr.

»Fernsehen! Fernsehen!!« Seine Mutter schlug plötzlich wild um sich. Mit ihren nassen Händen packte sie ihn an den Schultern. »Abschaum bist du, genau wie dein Vater. Genau wie dein dreckiger Vater. Genau wie er. Du dreckiges Schwein.

Sterben solltest du. Ich hätte dich ertränken sollen, als ich noch die Chance dazu hatte.« Genauso schnell, wie sie angefangen hatte zu schreien, wurde sie wieder ruhig und weinte. Für den Rest des Tages würde sie nichts mehr sagen. Er lächelte sie an und half ihr aus der Badewanne.

Wenig später saß sie auf ihrem Lieblingssessel und schaute ihre Lieblingssendung im Fernsehen. Er wartete, bis sie eingeschlafen war, und machte sich dann seine erste Mahlzeit für diesen Tag. Ein trockenes Brot mit Käse war alles, was sie noch zuhause hatten. Er musste wieder arbeiten gehen. Peit seufzte und trank einen Schluck Limonade. Die versteckte er immer gut, sodass seine Mutter sie nicht fand. Als er ausgetrunken hatte, beeilte er sich die leere Flasche nach draußen zu bringen. Seine Mutter durfte sie auf keinen Fall sehen.

Obwohl er so müde war, dass ihm beim Essen die Augen zugefallen waren, schleppte er sich noch unter die Dusche und zitterte, als er sich anschließend in ein Handtuch wickelte. Das Bad seiner Mutter hatte alles warme Wasser aufgebraucht. Er trocknete sich die Haare und ließ seine Mutter auf dem Sessel schlafen. Sie würde zwar wütend sein, doch er schaffte es nicht, sie noch einmal aufzuwecken.

Fast die ganze Nacht lag Peit wach im Bett. Sein Zimmer war eiskalt. Er hätte nicht duschen sollen, alle Wärme war aus ihm gewichen. Vielleicht würde er erfrieren.

Er schloss die Augen und hoffte. Er hoffte, es würde besser werden, wünschte sich Glück und ein Wunder. Irgendetwas, irgendjemanden. Es musste etwas Besseres geben als das hier. Er wusste nicht, wie er so weiterleben sollte.

Etwas Magisches musste passieren.

Und obwohl Peit schon zu alt für solche Wünsche war, wünschte er sich einen Retter, einen Freund, der ihn fortbringen würde. In eine bessere Welt.

KAPITEL 52
Old Friends

Illn saß auf dem kalten Boden der Gefängniszelle. Zwar hatte sein Körper langsam seine Kraft wieder gefunden, trotzdem gab es aus diesem Gefängnis kein Entrinnen.

»Es ist aus Blauweidenholz«, hatte Nate erklärt und nachdem Illn es sich einige Stunden angeschaut und ein paar einfache magische Tricks ausprobiert hatte, war er zu dem Schluss gekommen, dass er recht hatte.

Warum sonst war er schon so lange hier.

Sie hatten viel miteinander geredet. Nate hatte ihm von seinen Schwestern erzählt, die seinetwegen verstoßen worden waren, und daraufhin hatte Illn ihm von Earl und seinem Plan erzählt. Nate hatte ein wenig von seiner Zeit hier berichtet und was sie ihm angetan hatten, nach einer Weile war er verstummt, und Illn war eingeschlafen. Nun wollten ihm schon wieder die Augen zufallen.

Er klopfte an die Zellenwand und flüsterte: »Noch wach?«

Vielleicht konnten sie beide eine kleine Geschichte vertragen, die sie aufheiterte.

Nachdem Illn ein wenig davon erzählt hatte, wie Fal aufgewachsen war, und die lustigsten Dinge, die er je getan hatte, aufgelistet hatte, schwieg er wieder.

Er glaubte, dass es Nate schon ein wenig aufgeheitert hatte, aber ihn selbst machte es eher noch niedergeschlagener.

Er wuchtete sich wieder auf die kalte Liege. Es hatte keinen Zweck, sich zu bemühen das Gitter aufzusprengen oder etwas anderes Magisches zu versuchen. Die Wände würden alles abblocken und es würde ihn nur zusätzlich schwächen. Vielleicht konnte er, wenn eine der Wachen ihnen Essen brachte, die Wache überwinden und so entkommen, aber dafür musste er seine Kraft sparen.

Er schloss die Augen und sank in einen unruhigen Schlaf, bis er von Nates Stimme geweckt wurde.

»Was war das denn?«

Illn öffnete die Augen und lauschte.

Es war nichts zu hören. Doch! Ein undeutliches Geräusch und ein dumpfer Aufprall, der wie ein auf dem Boden aufschlagender Körper klang.

Illn richtete sich auf, dann hörten sie Schritte durch den Gang auf sich zukommen. »Hier ist jemand«, flüsterte Illn und sein Herz begann schneller zu schlagen. Die Person lief gemächlich, als würde sie sich absichtlich Zeit lassen, bis sie sie erreicht hatte.

Illns Augen weiteten sich, als die Person seine Zelle erreicht hatte, sich im Schein eines Lichtballs gegen das Gitter lehnte. »Hey, Illn«, sagte die junge Frau.

Es war die Frau, die Illn auf dem *Tot oder lebendig*-Plakat in Gratrou gesehen hatte, als er auf der Suche nach Waells Adresse gewesen war. Deswegen war sie ihm so bekannt vorgekommen. Sie hatte schon wieder ihr Aussehen verändert.

Noch nie war Illn so glücklich gewesen, irgendjemanden zu sehen. In dem Moment, als er sie sah, schien es, als würde er sich an Momente erinnern, die wie mit Staub bedeckte Fensterscheiben in tiefem Wasser gelegen hatten, sie waren nicht alt und sie waren nie wirklich weg gewesen und doch nun, da er sie sah, wurde alles so viel klarer. Das Wasser spülte den Staub auf den Fensterscheiben fort.

Seine Augen füllten sich mit Tränen. »Ruby?«, stieß er aus und obwohl er sich sicher war, klang es wie eine Frage.

Die Frau lächelte und schüttelte ihre Haare nach hinten. Sie wurden länger und ihr Gesicht veränderte sich vor seinen Augen. Es sah so aus, als würde jemand darin herumkneten, bis es wieder seine normale Form annahm und Illn an ihre erste Begegnung erinnerte.

Sie war wunderschön – trotz ihres Alters von mehreren hundert Jahren hatte sie sich nicht verändert.

Man sagte, sie hatte den Tod besiegt, einige sagten sogar, sie hätte einen Deal mit ihm geschlossen.

Illn wusste, dass das nicht stimmte. Ruby war eine der meistgesuchten, eine der meistgehassten Personen im ganzen Land. Auf dem gesamten Planeten. Es war tödlich für sie, an diesem Ort zu sein, dennoch hatte sie ihn gefunden, war zu ihm gekommen, um ihn zu befreien.

Er hatte für sein Magazin über sie berichtet, doch aus irgendeinem Grund war ihm nie aufgefallen, dass er Ruby damit meinte. War ihre Täuschung wirklich so gut gewesen, oder hatte sie sich an seinem Kopf zu schaffen gemacht? Er vermutete beides.

Sie hörte immer noch nicht auf zu grinsen und strich sich über ihre dunkelrote Lederjacke. Dann griff sie an das Gitter und zog daran.

Es zitterte, sprang aus dem Schloss und zerfiel zu Staub. Ihre Kräfte waren bemerkenswert.

»Ich schulde dir ja noch einen Gefallen. Erinnerst du dich?«

Illn lächelte sie an. »Ruby ...«

»Sag einfach nichts.«

Sie betrat die Zelle und packte ihn unter den Armen. Er wünschte, er könnte sie bitten nach Fal zu suchen, aber es war riskant, mit ihr Geschäfte zu machen. Er wollte ihr lieber nicht noch einmal einen Gefallen tun müssen.

»Wo willst 'n hin?«, fragte Ruby ihn, während sie ihm half die Zelle zu verlassen.

»Du weißt, wo ich hinwill«, sagte Illn.

Ruby wackelte mit den Augenbrauen. »Mensch, Illn, was machst du die ganze Zeit. Ist echt unfassbar! Und ich dachte, ich hätte 'n krasses Leben.«

»Das ist, denke ich, nicht vergleichbar.« Illn lachte und musste husten.

»Hey! Hey!«, drang da Nates Stimme aus der anderen Zelle herüber. »Bitte lasst mich nicht hier zurück! Bitte.«

Fragend sahen Rubys braune Augen Illn an und er nickte. Daraufhin sprang Nates Zellentür auf, doch als er sie verlassen hatte, waren Illn und Ruby schon verschwunden und das Einzige, was von ihnen übrig war, war ein rosiger Blumengeruch und die Leichen der zwei Wachen am Eingang des Gefängnisses.

Warum hatten sie ihn nicht mitgenommen, warum hatten sie ihn zurückgelassen?

Nate versuchte nicht darüber nachzudenken. Er war frei und mit jeder Sekunde spürte er die Magie in seinen Körper zurückkehren. Seit Langem hatte er sich nicht mehr so gut gefühlt.

Er streckte die Hände vor seinen Körper, um sofort zuschlagen zu können, wenn etwas passieren würde, er würde sich nicht noch einmal in diese Zelle sperren lassen, nicht noch einmal das durchmachen, was er bisher hatte durchmachen müssen.

Er würde nun frei sein.

Hastig lief er die Treppen hinauf und blieb vor der Tür stehen. Am anderen Ende des Gangs hörte er Schritte. Flink knackte er das Schloss, noch nie hatte es sich so gut angefühlt, Magie zu verwenden. Er drückte die Klinke hinunter und sah in die Nacht hinaus.

Die kalte Luft erfüllte seine Lunge. Tief atmete er ein und schloss die Tür hinter sich. Seine Augen leuchteten, als er eine feurige Schlange unter der Tür hindurchschickte und hörte, wie die kleinen Flammen begannen die Wände des Gebäudes aufzufressen.

Grinsend drehte er sich um und rannte. Seine Beine begannen schon nach kurzer Zeit zu schmerzen, doch er hielt nicht an, rannte an den Häusern vorbei, konnte sogar seine alte Hütte sehen und roch den Essensgeruch des Diners, den der Wind zu ihm herüberwehte, aber nichts davon brachte Nate dazu anzuhalten.

Er musste lachen, als er den Wald erreicht hatte und durch die Äste hindurchbrach.

Er stolperte und fiel hin und er lachte weiter und atmete den Duft des Mooses ein. Noch nie war er so glücklich gewesen. Ohne zurückzublicken, rannte er, so weit, bis er das brennende Gebäude nicht mal mehr als kleinen Punkt in der Ferne ausmachen konnte.

Und noch immer legte er keine Pause ein.

Erst als das Brennen in seiner Lunge und seinen Beinen zu überwältigend wurde, sank er auf den weichen Waldboden. Das Dorf konnte er schon lange nicht mehr sehen, und er fürchtete auch nicht, dass irgendjemand ihn jetzt in der Dunkelheit finden würde.

Er kroch zu einem Baum hinüber. Eine wunderschöne rote Miresse. Auf den dicken Ästen würde er für den Rest der Nacht sicher sein und schlafen können, ohne Angst zu haben, dass jemand ihn entdeckte, und morgen würde er weiterziehen, weiter, weiter. So weit, bis niemand mehr seinen Namen kannte, so weit, bis er endlich wieder leben konnte.

Nate richtete sich auf und sah in das Gesicht eines Mannes. Er hatte einen zerzausten Bart und über seiner Schulter hing ein Bogen. Die Kleidung des Mannes war schmutzig und an manchen Stellen zerrissen, seine Haare, die ebenso zerzaust wie sein Bart waren, hatte er zu einem langen Zopf geflochten. Durch Schmutz und Staub war sein Gesicht kaum im Dunkeln zu erkennen, nur seine Augen leuchteten Nate katzenartig an.

Hinter dem Mann standen andere Leute, die denselben wilden Eindruck machten wie der Mann, der ihn leicht verwirrt und zugleich wütend ansah. Nate wollte den Mund öffnen, doch ehe er etwas sagen konnte, hatte der Mann mit seinem Arm ausgeholt und etwas Hartes traf Nate am Kopf. Er sank zu Boden und alles um ihn herum verschwand in Schwärze.

Illn stolperte gegen die Tür des kleinen Hauses am Meer. Die Wellen schlugen gegen die Felsen und er lächelte, als er Musik von drinnen hörte.

Ruby drückte auf die kleine Klingel neben der Tür.

»Was hast du mit meinem Kopf gemacht?«, fragte Illn, er musste es einfach wissen.

»Ich musste es tun, um dich zu schützen«, antwortete Ruby sofort, eine Spur Schuldbewusstsein lag in ihrer Stimme. »Es hält nicht ewig, nur damit du es weißt. Ich werde es nicht wieder tun, es ist jetzt sicher ... für dich und auch für mich, wenn du Bescheid weißt.«

»Versprich es mir.«

»Ich verspreche es«, sagte sie und schmunzelte.

Sie hörten ein Rumpeln im Haus.

»Kommst du noch mit?«, fragte Illn. Er hätte sich gerne noch mit ihr unterhalten, sie gefragt, was sie getrieben hatte, dass sie nun von Neuem so aktiv gesucht wurde wie vor einigen Jahren.

»Sorry, Baby, das kann ich nicht riskieren.« Hinter der Tür waren Schritte zu hören.

Ruby wandte sich zum Gehen.

»Hey. Danke«, sagte Illn und Ruby zwinkerte ihn über ihre Schulter hinweg an.

»Immer wieder gern.« Sie verbeugte sich mit einer ausladenden Handbewegung.

»Pass auf dich auf, Ruby.«

»Du auch auf dich. Will nich das nächste Mal, wenn ich dich sehe, deine Leiche bewundern.«

Illn lachte schwach. »Versprochen.«

»Dann verspreche ich es dir auch. Und sag Fal liebe Grüße.« Sie winkte und im nächsten Moment öffnete Marc die Tür.

Er sah Illn verwirrt, dennoch mit einem erfreuten Schimmern in den Augen an.

Illn fiel in seine Arme, und Ruby war verschwunden, und die Wellen schlugen gegen die Felsen, die das Wasser davon abhielten, das kleine Haus am Meer zu überfluten.

KAPITEL 53
Not Alive

2. – 3. Oktober

Die Angestellten im Kaufhaus fingen an aufzuräumen und einige hatten schon ihre Geschäfte geschlossen. Ein paar Kunden eilten hin und her, um schnell noch das beste Angebot zu erhaschen.

»Los«, sagte Earl und innerhalb weniger Sekunden hatten wir uns aufgeteilt.

Earl und Fera bogen nach links ab, Gaven war bereits irgendwo verschwunden. Kara und ich wichen einer Gruppe älterer Damen aus und erspähten einen Laden, in dem nur eine einzelne Verkäuferin hinter dem Verkaufstresen stand. Sie verdrehte die Augen und verschwand im hinteren Teil des Ladens.

»Los, schnell«, sagte ich und zog Kara mit mir mit. Es war ein Laden, in dem hauptsächlich Jeanskleidungsstücke verkauft wurden. Er sah recht teuer aus. Eine leise Glocke klingelte im hinteren Teil des Ladens, als wir ihn betraten.

»Shit«, flüsterte Kara und sah sich hastig um, dann drängte sie mich hinter eine Kleiderstange vor der Wand. Jeansjacken hingen bis zum Boden hinunter, und im selben Moment, in dem wir uns hinter die Jacken kauerten, kam die Verkäuferin wieder aus dem Hinterzimmer nach vorne. Kara und ich hielten den Atem an.

Die Frau schüttelte den Kopf, verdrehte abermals die Augen, packte eine kleine Tasche und lief mit klackernden Schuhen über den Boden.

Ich zog meine Füße nach hinten, sodass sie meine Schuhe nicht sehen konnte. Direkt vor dem Jackenständer blieb sie stehen, fummelte an einem klimpernden Schlüsselbund herum und schien schließlich den richtigen Schlüssel gefunden zu haben.

»Ich gehe jetzt nach Hause und mach grad nur noch den Laden zu. Ja, bis gleich. Liebe dich«, sagte sie mitten in die Stille hinein, und mein Herz hätte beinahe versagt. Sie schob einen kleinen Klamottenständer in den Laden hinein, danach schlug ein Gitter auf den Boden, dann ertönte ein Ratschen und wieder das Klimpern des Schlüsselbundes.

Etwas klingelte und man hörte ihre Stimme, die sich langsam entfernte. Ich atmete tief durch und lachte leise.

»Wer hätte gedacht, dass wir mal in dieser Situation hier sein würden?«

Kara stieß mich an. »Ich hatte nicht damit gerechnet, dass es so früh passiert. Ist es nicht absolut verrückt hier?«

»Es ist so ... viel.« Ich befühlte den Stoff einer der Jeansjacken. »Ich will nach Hause.«

»Ich auch.« Kara lächelte. »Ich freu mich schon darauf, meinem Vater alles zu zeigen, er hat so viel verpasst. Mein halbes Leben, ich werde ihm nie alles erzählen können.«

»Das schaffst du schon. Da bin ich mir sicher.«

Sie lachte. »Ja, wahrscheinlich hast du recht. Aber meine erste Mission ist, dass er nicht mit dieser schrecklichen Maggie zusammenbleibt oder sie im schlimmsten Fall auch noch heiratet.«

Ich gluckste. »Wir finden bestimmt einen Weg.«

»Ich hatte gehofft, du würdest das sagen.« Sie gab mir einen Stups gegen den Arm. Im Endeffekt war es Kara nicht mal wichtig, ob Eep nun eine Beziehung hatte oder nicht, vermutete ich. Sie wollte ja auch nur, dass er glücklich war. Wahrscheinlich würden wir beide Maggie mögen, wenn wir sie nur besser kennenlernen würden – und wenn sie und Eep zusammenblieben, war das die einzige Möglichkeit.

»Wie lange sollen wir denn noch hier sitzen?«, fragte Kara sich laut.

Ich gähnte. »Ich find's eigentlich super entspannend, könnte grad einschlafen.«

Es klackerte und Kara packte meine Schulter.

Das Gitter erhob sich, jemand betrat den Laden. Meine Müdigkeit war auf einen Schlag fort. Die Jacken wurden auseinandergerissen, und wir sahen in Gavens grimmiges Gesicht.

»Los, kommt, ihr Turteltauben.«

Wir krochen aus unserem Versteck.

»Mann, dass ihr hier nicht entdeckt wurdet. Ist doch gestört.« Er kicherte und lief durch den Laden. »Earl schaltet gerade die Nachtwächter und die Alarmanlagen aus.«

Ich schritt durch die Reihen hindurch und warf mir eine Jeansjacke mit recht großen Taschen über. Gaven zog die Augenbrauen hoch. »Was? Das ist alles gratis gerade.«

Gaven lachte auf. »Du gefällst mir.« Hatte man bisher ja total gemerkt. Er verließ den Laden, und ich zuckte in Karas Richtung die Schultern. Sie verkniff sich ein Lachen und wir folgten Gaven.

Es kam mir vor, als wäre ich seit mehreren Jahren nicht mehr in einem Kaufhaus gewesen. Es unterschied sich nicht wirklich von denen bei uns zuhause. Dieses war ein wenig größer und geräumiger als das größte, das es bei uns in der Nähe gab.

Nachdem Gaven, Kara und ich ein paar Minuten durch die ausgestorbenen Gänge gewandert waren, stießen Fera und Earl zu uns.

»Okay«, sagte Earl und wirkte sehr aufgeregt. »Wir gehen erst ins obere Stockwerk, schauen jeden Laden durch und arbeiten uns nach unten vor. Wer ihn oder sie findet, versucht gleich mit ihm zu reden und zu uns zu führen. Aber seid vorsichtig.«

Oben teilten wir uns wieder auf. Kara und ich liefen den Gang entlang nach links, und ich sah über das Geländer hinüber, es war nicht besonders hoch. Auf der anderen Seite schlichen Fera und Earl in eines der Geschäfte. Gaven lief hinter uns her. Offenbar meinte Earl, dass einer von ihnen wohl besser mit dem Wandelnden reden konnte als Kara oder ich. Ich hielt das natürlich für Bullshit.

Wir knackten das Schloss eines CD- und Platten-Ladens, der sich über den größten Teil des Gangs erstreckte. Ich lief zu den Regalen hinüber und stutzte. Unter der Kategorie Cerila Gallon war schon ihr zweites Album zu sehen, das bei uns erst in einem Monat zu kaufen sein würde.

»Kara, sieh mal.« Ich zeigte ihr die CD.

Sie runzelte die Stirn. »Das ist ja merkwürdig. Wie ist das denn möglich?«

»Keine Ahnung.« Ich betrachtete die CD. Nach ein paar Sekunden nachdenken steckte ich sie in meine neue Jackentasche.

Wir suchten den ganzen Laden ab, es war niemand zu sehen. Am Ende des Gangs trafen wir wieder auf Earl und Fera. Gaven hatte sich einen pinken Schal umgehängt.

Zusammen betraten wir das große Kleidergeschäft, das sich über mehrere Stockwerke ausbreitete. Earl setzte sich an einem Stand mit Sonnenbrillen eine davon auf den Kopf, eine andere steckte er ein.

Ich lief nun allein eine Treppe hinauf und fand mich in der Männerabteilung wieder. Es war dunkel hier drin und von den Kleidungsstücken gefiel mir kaum etwas.

Als ich eine Bewegung aus meinem rechten Augenwinkel wahrnahm, drehte ich mich um.

Aber da war nichts, nur eine Schaufensterpuppe, die ihre Arme in die Hüften gestemmt hatte und mit ihrem nicht besonders detaillierten Gesicht in die Luft starrte.

Ich drehte mich wieder um und ging nun aufmerksamer die Gänge entlang. Außer bunten Kleidungsstücken fiel mir allerdings nichts Ungewöhnliches auf.

Frustriert kehrte ich um und beschleunigte meine Schritte, auf einmal hatte ich ein ungutes Gefühl dabei, so allein hier herumzulaufen.

Abrupt blieb ich vor dem Platz, auf dem die Schaufensterpuppe gestanden hatte, stehen. Sie war verschwunden, nur der Sockel war übrig geblieben. Die Metallstange wackelte noch.

Ich verdrehte die Augen. »Kara, das ist nicht lustig.« Ich wandte mich um – und sah in das Gesicht der Schaufensterpuppe, die nur ein paar Zentimeter von mir entfernt stand.

Bevor ich etwas sagen oder tun konnte, packte mich die Puppe am Hals und riss mich in die Höhe.

Die leeren Augen stierten mich an und der Mund weitete sich zu einem höhnischen Grinsen. Meine Füße berührten den Boden nicht mehr, und mir blieb die Luft weg. Ich versuchte den harten Puppenarm wegzudrücken, versuchte sie mit meinen Füßen zu treten. Doch der Griff der Schaufensterpuppe war eisern, und je mehr ich mich wehrte, desto fester packte sie meinen Hals und immer breiter wurde ihr Grinsen.

»FAL!«, schrie mit einem Mal Kara von der Seite, und der Kopf der Puppe schnellte herum. Ich packte die Hand und drückte dagegen, es knackte, und ich hielt zwei Puppenfinger in der Hand. Sie stieß einen tiefen und zugleich schrillen Schrei aus und ließ mich fallen.

Ich schnappte nach Luft, als ich auf dem Boden aufschlug. Die Puppe schoss nun auf Kara zu. Kara wich ein paar Schritte zurück, die Puppe drehte den Kopf ein wenig, ein Knacken ertönte, und die Klamotten um uns herum bewegten sich. Aus den Gängen kamen noch mehr Schaufensterpuppen hervor – und sie alle stürmten auf Kara und mich zu.

Immer noch nach Luft ringend packte ich die Schaufensterpuppe an den Beinen und warf sie somit zu Boden, gleich darauf rappelte ich mich auf, eilte zu Kara hinüber und für eine Sekunde blieben wir, genau wie die Schaufensterpuppen, wie angewurzelt stehen.

Dann richtete die Schaufensterpuppe am Boden ihre abgebrochene Hand auf uns und stieß einen markerschütternden Schrei aus. Die anderen drehten ihre Köpfe zu uns und wieder und wieder knackte es, sie begannen zu grinsen. Dann sprang die erste auf uns zu.

Kara und ich rannten los. Hinter uns der Trupp Puppen. Sie stießen die Kleiderstangen und Regale um. Kara und ich bogen um eine Ecke und rasten die Treppe hinunter.

»EARL!«, rief ich, und dieser drehte sich besorgt um. Sie alle warteten am Eingang auf uns. »EARL!«, schrie ich wieder, weil ich nicht wusste, wie ich erklären sollte, was gerade passierte, und Earls Augen weiteten sich, als er unsere Verfolger sah.

Er hob seine Hand und Kara riss mich noch gerade rechtzeitig zu Boden. Hinter uns explodierte die Treppe und die Puppen wurden durch die Luft geschleudert.

»Das war nicht besonders sicher!«, beschwerte ich mich, doch Earl reagierte nicht darauf.

»LAUFT!«, rief er und Fera und Gaven setzten sich in Bewegung. Kara und ich kamen wieder auf die Füße. Aus den anderen Geschäften stiegen jetzt ebenfalls Puppen, zertraten Gläser und folgten dem Ruf ihrer Anführerin.

»Was zum Fick ist das?!«, rief Fera Earl zu, während wir auf die nächste Treppe zuhasteten.

»Das sind Mafé!«, rief Earl und ließ einen Teil der Decke auf die Mafé herunterregnen. Einige wichen aus und noch mehr zischten aus den anderen Geschäften heraus und versperrten uns den Weg. »Von Magie erweckte Schaufensterpuppen, wie ihr sehen könnt.«

Gaven schrie auf, als eine der Mafé ihn packte und über das Geländer schleuderte, als wäre er leicht wie eine Fliege. Sie stürzten hinab und als ich nach unten blickte, sah ich, wie sich etwa hundert weitere Mafé auf den um sich schlagenden Gaven stürzten.

»NEEIINN!« Earl beschleunigte seine Schritte. Ich nahm Kara wieder an der Hand, um sie nicht zu verlieren, meine Beine bewegten sich wie von selbst vorwärts. Fera überholte Earl und drückte einer Mafé die Hand ins Gesicht, bis es schmolz. Das Plastik des Gesichts lief an ihrer Hand herab und sie riss der Mafé den Kopf ab, dann lief Earl wieder an ihr vorbei und sie wurde von einer anderen Mafé umgerissen.

Ich sprang zu Fera und riss die Puppe von ihr hinunter, die Mafé schrie mich an und ich stieß sie von mir. Kara verpasste ihr einen Tritt, sodass sie über das Geländer fiel. Zwischen dem Geschrei der anderen Mafé hörten wir den dumpfen Aufschlag und noch mehr Mafé-Geheul.

Ich half Fera auf die Beine. Sie sah sich suchend um. Earl bahnte sich einen Weg durch die Mafé hindurch, die versuchten ihn zu Boden zu zerren.

Ich blickte auf die Mafé mit dem geschmolzenen Gesicht. Reglos lag sie auf dem Boden, als hätte sie nie etwas getan.

»Feuer«, sagte Fera, die meinem Blick gefolgt war. »Los, nach unten.« Sie schob uns vorwärts.

Wir rannten los und wichen einigen Mafé aus, die aus den Schaufenstern sprangen und uns versuchten zu Boden zu reißen. Fera war dicht hinter uns, ihre Hände rauchten, denn sie schleuderte unentwegt Feuer auf die Mafé. Wir waren nicht mehr weit von der Treppe entfernt, als eine Puppe aus einem Geschäft mit Spirituosen auf uns zustürzte.

Fera schleuderte sie nach hinten, doch immer mehr drangen aus den Geschäften zu uns, und Fera wurde von ihnen eingehüllt.

Sie schrie, und ich wollte ihr zu Hilfe eilen, aber Kara zog mich mit sich. Die Treppe war nicht mehr weit entfernt.

Ohne lange zu überlegen, stieg ich auf das Geländer. Kara sah mich erschrocken an, dann sprang ich.

Wie in Zeitlupe beobachtete ich, wie einige der Mafé ausholten und versuchten mich im Sprung nach unten zu ziehen.

Ich schlug hart auf der Treppe auf und rappelte mich gleich wieder hoch.

Neben mir landete Kara unsanft auf den Stufen.

»DAS WAR SO DUMM!«, schrie sie mich an.

Ich spürte einen stechenden Schmerz in meiner rechten Seite. Fera rief vom Geländer zu uns hinab: »FEUER!«

Keine Sekunde später explodierte unten der Gang, Feuer fraß sich das Treppengeländer herauf und Kara und ich wichen ihm aus, aber konnten nicht verhindern, dass es unsere Schuhe ansengte. (Na toll, schon wieder.)

Ich hörte einen weiteren Schrei und auch von oben wanderte Feuer die Stufen runter. »Komm!«, rief ich und hetzte die noch halb brennenden Stufen hinunter.

Ich hörte Gaven irgendetwas rufen und dann einen dumpfen Schlag.

Durch den Rauch und die verbrannten und geschmolzenen Puppen hindurch erkannte ich, dass eine der Mafé inmitten der Flammen stand und den stark blutenden, halb ohnmächtigen Gaven aufrecht hielt. Sie drückte ihm ein Messer an die Kehle.

Earl und Fera rannten die Treppe zu uns hinunter. Blut lief an Gavens Hals entlang, er versuchte sich zu befreien, doch der Griff der Mafé war zu stark.

Schmerzen zuckten von dem Aufschlag durch meinen Körper und ich spürte etwas, es schien näher zu sein als jemals zuvor.

»Ich brauche Hilfe«, flüsterte ich.

Meine Stimme war durch das Knistern der Flammen und das Kreischen der Mafé nicht zu hören. Wieder spürte ich den Schmerz, der sich von meinem Brustkorb nach oben hin ausweitete, und wie von selbst hob sich meine Hand und richtete sich auf den Kopf der Mafé.

Im selben Moment griffen die Puppen erneut an. Fera und Earl riefen etwas, das ich nicht verstand, ich ballte meine Hand zur Faust. Der Kopf der Mafé, die hinter Gaven stand, dellte ein, er zersplitterte in hunderte Einzelteile, und die Splitter bohrten sich in die Wände und den Boden.

Der Schmerz ließ nach.

Einige Mafé waren von den Splittern getroffen worden und gingen schreiend zu Boden.

Wie durch ein Wunder war Gaven unversehrt. Ich lief auf ihn zu und packte ihn unter den Armen, stemmte ihn nach oben und steckte das Messer der Mafé in meinen Gürtel.

»JETZT!«, hörte ich Earl rufen und er, Fera und Kara streckten ihre Hände aus und Feuer floss über den Boden die Treppe hinauf, stach so hoch, dass es die Decke verbrannte.

Es versengte die Mafé, die sich trotzdem weiter nach vorne kämpften. Sie heulten und versuchten weiterhin uns anzugreifen, konnten aber nichts mehr ausrichten, denn sie verschmolzen miteinander und gingen zu Boden.

Eine der Mafé streckte die Hand noch nach Earl aus. Ihr Gesicht verschmolz vor seinen Augen und nach ein paar Sekunden sank sie in die Flammen hinunter.

Es knackte und irgendwo explodierte etwas. Ein schwerer Gegenstand flog an meinem Kopf vorbei und dann hatte mich endlich Kara erreicht. Sie packte Gaven an seinem anderen Arm und wir liefen weiter, nun vor dem Rauch speienden Feuer flüchtend.

Ich schnappte nach Luft. Earl und Fera flüsterten beide etwas und drehten sich immer wieder nach hinten um. Ihre Magie zeigte keine Wirkung.

Hinter uns stürzte die Decke in sich zusammen, eine vereinzelte Mafé lief verwirrt durch den Gang auf uns zu und wurde von einem Balken erschlagen. Dann ging ein Alarm los und ein rotes Licht blinkte auf. Ich sah eine gläserne Tür und beschleunigte meine Schritte, hinter uns ertönte ein weiterer Knall und Scheiben zersprangen, das Feuer verbrannte meine Jacke und Earl schleuderte magisches Wasser nach hinten, das die Flammen aufhalten sollte, jedoch brachte es kaum etwas.

Fera streckte ihre Hand aus und das Glas der Ausgangstür splitterte. Wir stolperten über die Scherben. Erleichtert atmete ich die kalte Nachtluft ein. Auf dem leeren, nur von ein paar kleinen Lampen erleuchteten Parkplatz sanken wir auf den Boden. Ich drehte mich zu der zerstörten Tür um. Das Feuer bahnte sich einen Weg nach draußen, seine Flammen züngelten aus den zersprungenen Fenstern. Für ein paar Sekunden starrten wir auf das brennende Kaufhaus.

Dann sagte eine dunkle Stimme: »Sind Sie die Magier und Magierinnen, nach denen Präsident Fillgert suchen lässt?«

KAPITEL 54
Xane

3. Oktober

Ich sprang auf und verzog das Gesicht vor Schmerzen. Die anderen rappelten sich langsamer auf, und wir betrachteten den Mann, der uns angesprochen hatte. Er trug einen langen schwarzen Umhang, der ihn mit der Nacht verschmelzen ließ. Die Kapuze hatte er sich tief ins Gesicht gezogen, sodass man es nicht erkennen konnte.

»Wer bist du?«, fragte Earl, sich eine blutige Haarsträhne aus dem Gesicht streichend, auf seiner Stirn prangte eine Wunde.

Ich hatte das Messer, das ich der Mafé im Kaufhaus abgenommen hatte, gezückt und hielt es trotz meiner pochenden Seite schützend vor mich und den am Boden keuchenden Gaven.

»Was willst du?«, fragte Earl erneut, als der Mann nicht antwortete.

In der Ferne ertönte eine Sirene und die Rufe von Leuten schienen auch nicht besonders weit entfernt. Aus irgendeinem Grund wusste ich, dass sie uns nicht begegnen würden.

»Mein Name ist Mr. W.« Der Mann zog seine Kapuze nach hinten. Er war alt, nur noch ein paar weiße Strähnen lagen auf seinem Kopf und sein Bart war schmächtig. »Ich bin der Wandelnde, von dem Ihr Freund Waell gesprochen hat.«

Es schien ihn nicht zu kümmern, dass die Wachen und Feuerlöscher der Erde bald hier eintreffen würden.

Earl verkniff sich das »Er ist nicht unser Freund« und fragte stattdessen: »Können Sie uns nach Hause bringen?« Ein Schimmer Hoffnung lag in seiner Stimme und der Mann lächelte ihn an.

»Ich kann Sie zu mir nach Hause bringen«, sagte der Mann. »Dort können wir über alles Weitere reden.«

Earl warf Fera einen Blick zu und diese nickte langsam. »Schön«, sagte Earl und ließ die Hände sinken. »Wo lang geht es?« Er bückte sich und zog Gaven auf die Beine, der vor Schmerzen stöhnte. Mr. W schmunzelte.

»Sie müssen nur meine Hand nehmen.«

»Was?!«, sagte Earl, und Fera wirkte beunruhigt.

Kara sah mich mit geweiteten Augen an und deutete auf die zerbrochene Tür, hinter der sich langsam einige Menschen durch den Rauch kämpften.

Auch Earl sah hinüber. »Na schön«, sagte er und reichte Mr. W seine Hand.

Auf Mr. Ws auffordernden Blick hin legten wir nach und nach unsere Hände um seinen Arm. Er lächelte. Und gerade als ein Mann in leuchtender Uniform auf uns zugerannt kam, saugte Mr. W uns in endlose Dunkelheit hinein.

In meinem Kopf hörte ich seine Stimme. »Nur nicht loslassen, sonst werdet ihr nie wieder ankommen.«

Ich sah auf meine Hand hinunter, spürte Mr. Ws Arm, doch ich konnte ihn nicht mehr sehen. Ich packte noch fester zu. Um mich herum war pure Finsternis, nur hin und wieder tauchte ein Blitz in der Dunkelheit auf. Dann hörte ich die Schreie. Die Schreie der Leute, die losgelassen hatten, die nun für immer in dieser ewigen Finsternis gefangen waren.

Hände zerrten an mir, klammerten sich an mich, um ein Teil unserer Gruppe zu werden, die noch ein Ziel hatte, die noch ein Leben hatte, die noch versuchte zu leben. In dem Moment, als es immer mehr Hände wurden und ich durch ihr Zerren an mir kaum noch Mr. Ws Arm festhalten konnte, spürte ich wieder festen Boden unter meinen Füßen und meine Lunge füllte sich mit frischer Luft.

Ich öffnete die Augen.

Neben mir keuchten die anderen. Gaven hatte die Augen weit aufgerissen. Er hatte seine Hände auf die Ohren gepresst, sein Mund stand ein wenig offen.

Wir standen in einem Flur, der etwa vier Meter lang war. Er führte in ein kleines Wohnzimmer, in dem ich ein Sofa sehen konnte, rechts davon bog die Wohnung in eine kleine Küche ein. Mr. W, für den das alles wohl normal war, lehnte sich lachend an die Wand und musterte uns.

Neben mir auf dem Boden standen ordentlich aufgereiht ein paar Schuhe. Es waren schmale Stiefel mit spitzen Spitzen. Diese Schuhe passten nicht zu Mr. W, hier wohnte noch jemand. Ich hatte ein mulmiges Gefühl im Magen.

Gerade als Earl nach vorne stolperte, hörten wir Schritte den Gang entlangkommen. »Mensch, W, was machst du denn schon wieder für einen Krach«, sagte eine Männerstimme, mein Herz begann schneller zu schlagen und ich bekam Angst. Ein Mann, etwa 25 Jahre alt, trat lächelnd um die Ecke, und sein Lächeln erstarb, als er uns sah.

Er hatte wild abstehende Haare, wobei sie etwas kürzer waren, als ich sie in Erinnerung hatte. Er trug einen Schal, wahrscheinlich selbst gestrickt, und einen Mantel, der ihm bis zu den Knien reichte, darunter war ein fast durchsichtiges schwarzes Oberteil zu erkennen. Er hatte eine anzugähnliche Hose an, die er in ein Paar der spitzzulaufenden knöchelhohen Stiefel gesteckt hatte. Seine rechte Hand war mit einem Verband versehen, seine Fingernägel schwarz lackiert. Ich wusste sofort, wer er war.

Ich hatte seinen Schmerz gefühlt, hatte gespürt, was er gespürt hatte. Und er musste gespürt haben, was ich gespürt hatte, und nun, endlich nach all dieser Zeit, schienen all die Gefühle, die nicht meine eigenen gewesen waren, Sinn zu ergeben. All die unerklärliche Angst und die Trauer ergab nun Sinn.

Er war es gewesen, er war es schon immer gewesen.

Mir blieb die Luft weg. Ich wollte zu ihm rennen, wünschte, die anderen wären nicht da. Ich wollte etwas sagen, aber ich konnte mich nicht rühren.

Emotionen und Gedanken durchfluteten meinen Kopf. Bilder aus seinem Leben, die in rasender Folge, so schnell, dass ich sie nicht greifen konnte, an mir vorbeihuschten, spielten sich in meinem Kopf ab. Ich fühlte einen Druck in meinem Körper, wie ein Seil, das um meine Rippen geschlungen wurde und mich in seine Richtung zerrte.

Angst, Wut, Glück, Trauer, Schmerz, Hass und Liebe, so viel Liebe, durchfluteten mich.

Plötzlich fühlte ich mich unwohl in meinen dreckigen, verbrannten Sachen. Ich wünschte, ich würde genau so aussehen wie er. So gebrochen und doch so perfekt.

Der Mann starrte mich an, und auch in seinem Blick blitzte Verständnis auf. Wir lächelten nicht und doch spürte ich Freude darüber, dass nun alles klarer war, sich nun mehr und mehr zusammenfügte.

Ich kannte seinen Namen, ohne zu wissen woher: *Xane*.

Er hatte keinen Nachnamen.

Vielleicht hatte er sich entschieden, ihn nicht mehr zu verwenden. Wenigstens für eine Zeit lang nicht. Seit wann konnte ich nicht sagen, es war mir auch egal. Und als sich das Glück über die Freude darüber in mir ausbreitete und meinen ganzen Körper mit einer Wärme überzog, die den kältesten Schnee schmelzen lassen konnte, lächelte Xane, und ich wollte einen Schritt auf ihn zumachen, aber Fera stieß mich zur Seite.

»Xane!«, rief sie und fiel ihm um den Hals.

Erschrocken darüber, dass der stumme Austausch zwischen uns unterbrochen worden war, löste Xane sich aus Feras Umarmung. Sie lachte und weinte gleichzeitig.

»Du bist hier, o mein Mächtiger.« Sie umarmte ihn wieder und dieses Mal schloss auch Xane seine Arme um sie, während Earl, Kara und ich verloren in dem dunklen Gang standen und die beiden beobachteten, sogar Mr. W sah Fera und Xane ein wenig verwirrt an. Nur Gaven starrte nach wie vor ins Leere.

»Fera«, sagte Earl nach ein paar Sekunden Schweigen. »Wer ist das? Wer sind Sie?«

Xane und Fera lösten sich aus ihrer Umarmung und Fera wischte sich über die Augen, während Xanes Blick wieder zu mir glitt.

Seine Augen waren dunkelblau, fast zu dunkelblau.

Er hatte sie schwarz umrandet und auf seinen Augenlidern glitzerte ein wenig dunkler Lidschatten. Genau wie seine Augen war er mehr schwarz als blau.

Fera öffnete den Mund, doch Xane kam ihr zuvor: »Mein Name ist Xane. Kommt doch rein, ihr seht sehr erschöpft aus.«

Wir trotteten den Gang entlang und reihten uns in dem kleinen Wohnzimmer auf, Earl musste einen Schritt in die Küche treten, die offen mit dem Wohnzimmer verbunden war. Ich sah mich nur kurz um, ich wollte die Augen nicht von Xane wenden. Die Couch, auf dessen Lehne er sich setzte, war an einer Stelle eingesessen. Ein Tisch stand daneben, darauf lag ein Buch. An der Wand hing ein schmaler, eckiger Apparat, ein Küchenmesser steckte darin und auf dem Boden lagen Splitter verstreut.

Ich wusste sofort, dass Xane das Messer hineingeworfen hatte. Für einen kleinen Moment sah ich, wie er das Messer von der Küche aus hineinschleuderte und einen stummen Schrei ausstieß. Nach einem Blinzeln war die Szene verschwunden. Xane hatte die Augen auf mich gerichtet, sie schimmerten im milden Schein der Küchenlampe.

Earl wandte sich Fera zu, schien überfordert damit zu sein, wen er zuerst fragen sollte, dann schnellte sein Kopf zu Mr. W herum. »Können Sie uns nach Hause bringen?«

Mr. W verzog keine Miene. Daraufhin begann Xane zu reden und während er sprach, vergaß ich, wie schlecht es um uns stand, und die Worte, die er sagte, schienen nicht dieselbe Wirkung auf mich zu haben wie auf die anderen.

»Nein, das kann er nicht. Derjenige, der es euch gesagt hat, hat gelogen. Oder hast du?« Streng sah er W an.

»Nein.« W schüttelte den Kopf. »Ich kann nicht lügen, das weißt du doch.« Offenbar ärgerte er sich, dass er das preisgegeben hatte, denn er drehte sich weg.

»Was soll das heißen?« Earls Stimme bebte. »Wir haben diesen Hinweis bekommen … Und Waell hat gesagt … Wir …«

Xane lächelte traurig. »Wir haben alles versucht. Es gibt keinen Weg.«

Fera ließ sich auf die Lehne des Sofas fallen, ihre Finger bohrten sich in den Stoff. Kara sah mich mit Tränen in den Augen an. Ich richtete meinen Blick wieder auf Xane.

Nein, dachte ich. Nein, das war nicht das Ende.

»Fal.« Earl packte mich bei den Schultern. »Hast du noch ein Zeichen bekommen? Es gibt immer noch Hoffnung.«

Ich wusste nicht, was ich sagen sollte. »Er ist es«, flüsterte ich und das letzte bisschen Hoffnung in Earls Augen erstarb.

Der leicht irre Ausdruck auf seinem Gesicht verschwand und in wenigen Sekunden schien er um Jahre gealtert zu sein. Er wischte sich über die Stirn, verschmierte das Blut aus der Wunde. Er stützte sich an der Theke der Küche ab und sah Xane und dann mich an.

»Sie sind es?« Seine Stimme brach, er hielt sich die Hand über die Augen und blieb einen Moment lang so stehen. »Sie waren es? Und nun gibt es keinen Weg nach Hause? Keinen Weg?!« Er holte aus und fegte eine Halterung, in der Messer steckten, hinunter. Klirrend fielen sie auf den steinernen Boden. Er funkelte Xane an, der nichts dafür konnte, dass Earl seinem Ziel nun genau so nahe war wie in dem Moment, in dem wir bei ihm im Hotel angekommen waren. »SIE HABEN IHM DIE GANZE ZEIT ZEICHEN GESCHICKT UND NUN WISSEN SIE NICHT, WIE ES NACH HAUSE GEHT?!«, schrie er und deutete mit einem Finger auf Xane, der reglos dastand.

»Earl«, sagte Fera, die wieder aufgestanden war und sich die Tränen aus dem Gesicht gewischt hatte.

»Ich wusste nicht, was es war«, sagte Xane. Ich fühlte mich sehr unwohl in diesem Moment.

»Sie wussten nicht ...? Sie ... Sie ...?« Gaven, dessen Abwesenheit ich nicht bemerkt hatte, stolperte in diesem Augenblick in den Raum. Earl deutete weiterhin mit dem Finger auf Xane und hielt die Tränen, die ihm übers Gesicht liefen, nicht mehr zurück.

»Es war alles nicht echt.« Sein vorwurfsvoller Ton war an mich gerichtet.

Dann sank er auf dem Boden zusammen und vergrub sein Gesicht in den Händen. Haltloses Schluchzen brach aus ihm heraus. Keiner von uns schien zu wissen, was zu tun war.

Gaven hatte die Augen weit aufgerissen und sah von einem zum anderen. Xane warf mir einen Blick zu, und ich fühlte mich furchtbar. Ich hatte Earl Hoffnung gemacht, ihn auf die Idee gebracht, es könnte ein Zeichen sein, es könnte jemand sein, der uns helfen könnte.

Und obwohl mir nun vieles um einiges klarer wurde, wirbelten Fragen in meinem Kopf umher und die Angst gefolgt von Trauer breitete sich wie ein Geschwür in mir aus und zog mir den Magen zusammen. Schließlich bewegte sich Xane. »Wir haben zwei Duschen«, sagte er. »Dort können Sie sich frisch machen, wenn Sie möchten.« Er zögerte und schien noch etwas hinzufügen zu wollen, sagte jedoch nichts mehr.

Earl richtete sich mithilfe von Fera wieder auf und rieb sich über die roten Augen. »Das wäre toll. Danke ... voller Blut«, murmelte er, und Mr. W führte ihn und Fera den Flur hinunter.

Xane lächelte mich an. »Ich werde etwas kochen.«

Er huschte an mir vorbei in die Küche und ich wünschte, er hätte mit mir gesprochen, auch wenn ich nicht wusste, ob ich wollte, dass noch jemand dabei war, und ich glaubte, er wusste das auch und fühlte dasselbe.

Also blieb ich einfach stehen und bemerkte, dass ich immer noch das Messer der Mafé in der Hand hielt. Ich steckte es zurück in meinen Gürtel.

Musik drang aus der Küche. »Fühlt euch wie zuhause«, sagte Xanes dumpfe Stimme und ich packte Kara am Arm und zog sie in den Flur. Gaven hatte sich auf die Lehne des Sofas sinken lassen und sah uns wie betäubt hinterher.

Kara hatte sich die Tränen aus den Augen gewischt und lächelte kurz, als ich sie ansah. »Er war es also?«, fragte sie und lachte leise. Ich nickte und sah zu Boden.

»Warum sagst du denn nichts?«

»Ich wusste nicht wie.«

»Heißt das jetzt, das war's?« Sie zog ihre Jacke aus. »Heißt das, wir werden wirklich für immer in diesem Hotel bleiben?«

Ich schüttelte den Kopf. »Nein, das glaube ich nicht.« Auch in meinen Augen brannten jetzt Tränen. »Das glaube ich nicht.«

Xane ging nach hinten, um Earl und Fera neue Sachen zum Anziehen zu geben, und Gaven und Kara waren in den zwei Duschen.

Sobald Gaven fertig war und auch etwas zum Anziehen bekam, ging ich in das Badezimmer und schloss die Tür ab. Ich sah in den Spiegel und betrachtete mein Gesicht. Ich stellte fest, dass ich nicht wirklich besser aussah als Earl. Auch über meine Stirn zog sich ein unschöner Kratzer und mein Haar war angesengt worden.

Es klopfte an der Tür. Ich wusste, wer davor stehen würde. Als ich sie öffnete, blickte ich in Xanes Gesicht. Der ernste Ausdruck war nicht verschwunden, und doch schien er zu lächeln.

»Faldor Feyn also«, sagte er leise, streckte seine Hand in die Höhe und zeigte mir den Verband.

»Das tut mir leid«, sagte ich, und er schüttelte den Kopf.

»Ich denke mal, ich bin auch nicht ganz unschuldig.«

Ich zuckte mit den Schultern. »Alles gut.« Im selben Moment ärgerte ich mich schon über diese Antwort.

Xane schüttelte abermals den Kopf. »Zeig mal.«

Ich zog den Ärmel nach oben und zeigte ihm das X, das er eingeritzt hatte.

»Scheiße«, sagte er. »Es tut mir wirklich leid. Ich dachte, es wäre nicht real.«

Ich lächelte. »Das dachte ich auch, und nicht nur einmal ...«

Ich sah auf seine Hand. »Ich würde gern ...«

Er unterbrach mich. »Nein, nein. Ich verstehe. Mir ging es auch so.« Er reichte mir einen Stapel mit Kleidung.

»Du kannst deine Sachen auf die Waschmaschine dort legen. Sie saugt sie dann einfach ein.«

Tatsächlich wackelte die Maschine, die links neben dem Waschbecken stand, und ich sah durch ein rundes Fenster Kleider in einem Schaumbad wirbeln.

Ich nickte, das Gespräch war viel zu kurz. Ich wünschte, er würde bleiben. Angst kam in mir auf, ich konnte ihn nicht wieder verlassen – wenn wir nicht mehr nach Hause konnten, dann musste ich bei ihm bleiben, denn allein der Gedanke daran, schon zu gehen, löste Panik in mir aus.

Ich schluckte.»Perfekt«, sagte ich und hob den Stapel Kleidung an.»Danke dafür.«

Xane nickte.»Kein Ding. Es passt sich deiner Größe an, wie du dich drin am wohlsten fühlst.«

»Danke«, sagte ich erneut und schon eine halbe Sekunde später hatte Xane das Bad verlassen und ich drehte den Schlüssel wieder herum.

Ich zog mir die versengten Sachen aus und legte sie, wie Xane gesagt hatte, auf die Waschmaschine. Ich beobachtete, wie sie hineingesaugt wurden und darin verschwanden. Dann betrat ich die Dusche und schaltete das Wasser an. Ich dachte daran, wie unvorsichtig es war, einfach bei ihnen zu sein, aber ich hatte das Gefühl, als kannte ich Xane schon mein Leben lang. Er war wie das wohlige Gefühl, einen Freund, den man schon seit Ewigkeiten nicht mehr gesehen hatte, zu umarmen. Es fühlte sich schön an, hier zu sein. Noch nie hatte ich so viel gespürt, es war wie die Magie, die durch meinen Körper floss und mich nur leicht verletzen konnte. Der Strom war so stark, ich konnte mich darin verlieren.

Ich stellte mich unter den Wasserstrahl und ließ mit geschlossenen Augen die Wärme über meinen Körper fließen. Nachdem ich die Sachen angezogen hatte, betrachtete ich mich erneut im Spiegel. Ich trug nun ein schlichtes schwarzes Oberteil und eine weiche schwarze Hose. Meine Haare rubbelte ich mir so trocken, wie es ging, und wollte das Badezimmer verlassen, da hielt mich ein Geräusch davon ab und ich drehte mich um. Die Kleider flogen aus der Waschmaschine hinaus und hängten sich von selbst in der Luft auf. Ich beobachtete sie eine Weile, Xane oder Mr. W mussten die Technik der Normalen mit Magie versetzt haben, dann ging ich durch den Flur zurück ins Wohnzimmer, in dem alle anderen sich gerade auf das blaue Sofa oder Stühle setzten.

Earl, dessen Augen nicht mehr gerötet waren, fragte W: »Woher wissen Sie, dass Fillgert uns sucht?«

Mr. W lachte und warf Xane einen kurzen Blick zu. Ich setzte mich neben Kara auf einen Stuhl und meine Beine dankten es mir. Erst jetzt wurde mir klar, wie anstrengend die letzten Tage gewesen waren.

»Hier weiß jeder Magier, dass etwas vor sich geht. Haben Sie nicht von dem Zugunglück gehört? Die beiden Auftragskiller von Präsident Fillgert haben dort offenbar etwas erledigt. Man hat sie danach schwer verwundet fliehen sehen.«

»Wir waren in dem Zug«, knurrte Earl.

W grinste. »Das tut mir leid.« Er schüttelte den Kopf. »Al und Trish sind gute Jäger.«

»Al und Trish also.« Fera verschränkte die Arme. »Das haben wir bemerkt.«

Nun wussten wir sicher, dass es Auftragskiller von Fillgert gewesen waren und dass sie uns auf jeden Fall hatten töten wollen. Und ich wusste endlich den Namen des Typen.

Ich schüttelte kaum merklich den Kopf und erinnerte mich daran zurück, als ich ihn geküsst hatte. Xane hatte einen nachdenklichen Blick aufgesetzt und lächelte, als ich ihn ansah. Ich versuchte schnell an etwas anderes zu denken und die Gedanken, an etwas anderes zu denken, waren genug.

Earl richtete sich auf. »Ich bedanke mich«, sagte er und schlug die Hände leicht zusammen. »Aber wir werden wieder gehen. Wir müssen einen Weg finden und wollen Ihre Zeit nicht noch länger in Anspruch nehmen.«

»Das haben wir gerne gemacht«, sagte W und fast zur selben Zeit sagte Xane: »Sie können auch hierbleiben.«

Earl lächelte ihn an. »Das ist sehr freundlich. Aber wir sind eine große Gruppe, wir würden hier nicht alle Platz finden.«

Xane lächelte ebenfalls. »W hat den Multiplizierungszauber drauf wie niemand anderes. Wir können dieses Haus, so oft wir wollen, vervielfältigen und zumindest für die Nacht hier drin ausbauen, sodass alle einen Platz zum Schlafen haben.«

Earl sah zu Fera und Gaven hinüber.

Gaven starrte auf seine Hand, die Xane ihm in der Zwischenzeit genäht hatte, und blickte wie ein trauriger Hund zu Earl hinüber. Er zuckte mit den Schultern.

Fera stand auf. »Ich will Xane nicht verlassen ...« Sie drückte seinen Arm. »Wir müssen Vee holen oder Xane kann bei uns sein. Aber ...« Sie sah zu Boden. »Wenn wir nun schon für immer hier sind, sollten wir ihn bei uns haben, er ist so talentiert und könnte uns helfen.«

Earl zog die Brauen hoch.

»Ich werde jedenfalls bei ihm bleiben«, sagte Fera mit Nachdruck. Sie klang in etwa so, wie ich mich fühlte. Müde und ausgelaugt.

»Sie könnten uns alle hier aufnehmen?«, fragte Earl an W gewandt.

»Nur, wenn sie alle einen Beruf lernen und anfangen ein normales Leben zu leben.«

»Ein normales Leben?«, echote ich und Kara schnappte erschrocken nach Luft.

»Das ist der einzige Deal«, sagte W und strich mit seinen Fingern über die Küchenplatte.

Nachdem einige Zeit lang Schweigen geherrscht hatte, sagte Earl: »Gut. Seid ihr damit einverstanden?«

Fera sah sich um und nickte schließlich. Ich wusste nicht, was ich sagen sollte. Es fühlte sich nicht so an, als würde es nun wirklich vorbei sein, als lautete unsere letzte Möglichkeit: ein normales Leben auf der Erde. War denn schon alle Hoffnung verloren?

»Ich denke schon«, sagte Kara und schrak zusammen, als Gaven eine Vase von einem kleinen Tisch warf und Earl und Mr. W aufgebracht anfauchte.

»Ihr glaubt also, es würde funktionieren? Ihr glaubt, das ist der einzige Weg? NEIN. Nein, das glaube ich nicht. Und das ist keine Lösung für mich. WELCHEN JOB SOLLTE ICH SCHON BEKOMMEN?«

»Es gibt natürlich Ausnahmen«, sagte Mr. W kalt und die Vase setzte sich langsam wieder von selbst zusammen.

Gaven funkelte ihn wütend an.

»Ich werde weitersuchen gehen«, sagte Earl. Seine zusammengesackte Haltung war die von jemandem, der aufgegeben hatte. »Jeder, der möchte, kann mitkommen. Aber vielleicht ist es wirklich die beste Lösung, wenn es für die anderen okay ist.« Er sah W an. »Wenn es für Sie okay ist.«

Mr. W lächelte. »Das ist es gewiss.«

»Wir haben einige schwierige Leute bei uns. Ich werde versuchen sie in Schach zu halten.«

»Kein Problem«, sagte Mr. W zwinkernd. »Ich bin nun erschöpft. Reisen kann ich heute nicht mehr. Wir müssen morgen starten.« Und damit wandte er sich um und verschwand über den Flur in einem der Zimmer.

Xane sah ihm hinterher. »Er ist ein bisschen komisch«, sagte er. »Seine Kraft ist aufgebracht, das Reisen wird immer anstrengender für ihn.«

Er winkte uns zu, ihm zu folgen, und zeigte uns ein Gästezimmer, in dem Kara, ich und Fera übernachten würden. Ich nahm auf der Couch in dem Zimmer Platz und konnte von dort aus dem Fenster in den Himmel schauen. Die Sterne und der Mond wurden von dicken Wolken bedeckt.

Dankend nahm ich die Decke entgegen, die Xane mir reichte. Earl und Gaven würden im Wohnzimmer schlafen. Ich spürte, wie müde ich wurde, während ich mich zudeckte und meinen Blick nach draußen richtete. Xane sah noch einmal in den Raum hinein, und ich hoffte, er würde mich zu sich rufen, doch stattdessen nahm er Fera mit sich, und ich konnte nicht anders als wütend zu sein, dass sie dabei war und ihn kannte und nun statt mir mit ihm redete.

Fera hatte die Tür hinter ihnen noch nicht geschlossen, schon begann Xane zu fragen. »Wie geht es Nate? Ist er auch bei Vee?«

»Nein«, hörte ich Fera sagen, ihre Stimme klang traurig. »Er ist noch dort. Aber was hast du gemacht? Wie ist es dir hier ergangen, so allein?«

»Ich war nicht allein«, sagte Xane und zögerte. Die Tür war kurz davor, sich zu schließen. »Nicht die ganze Zeit jedenfalls.«

Die Tür fiel zu, und ich fluchte innerlich. Auf dem Bett ließ Kara sich in die weichen Kissen fallen und sah an die dunkelblau gestrichene Decke.

»Woher kennen Fera und Xane sich nur?«, fragte sie sich laut und kuschelte sich in die Decken ein.

»Keine Ahnung, aber es scheint mir, als würde sich hier jeder kennen.« Ich starrte immer noch auf die Tür und hoffte insgeheim, ich würde ihre Stimmen hören. Ich verspürte den starken Wunsch, ihnen hinterherzulaufen und sie zu belauschen, aber auch wenn Xane mich nicht hören würde, er würde mich mit Sicherheit bemerken. Außerdem wollte ich nichts über ihn herausfinden, was er mir nicht selbst sagen wollte, obwohl er mir wahrscheinlich schon mehr gezeigt hatte, als ihm lieb war.

»Ich will nicht hierbleiben«, sagte Kara. »Nicht in dieser Welt.«

Ich nickte, ich wollte es auch nicht, aber ich wollte nicht daran denken. Ich sah wieder aus dem Fenster und nach einiger Zeit fielen mir die Augen zu. Schon bald war ich eingeschlafen – und abermals stand ich in dem Theater und Xane saß nur ein paar Reihen vor mir.

Seine Haare waren sehr viel länger und zerzauster als jetzt, doch er trug denselben Schal. Dieses Mal sah er zu mir hinüber und ich sah ihn an, dann sah ich auf die Bühne und das Gesicht des Mannes auf der Bühne war nicht zu erkennen. Eine Träne lief über Xanes Wange, um uns herum verbrannte alles und ich hörte wieder den Schrei und spürte die Schmerzen. Die schlimmsten Schmerzen, die ich je gespürt hatte.

Und dann öffnete ich die Augen.

Ich hatte mich auf dem Sofa aufgerichtet. Mattes Licht fiel durch das Fenster hindurch. Kara und Fera schliefen. Ich wusste, dass ich nun nicht mehr einschlafen konnte und sah aus dem Fenster hinaus.

Ich sah einen Garten, in dem mehrere Rosen und andere Blumen und Sträucher wuchsen. Inmitten des Gartens stand Xane. Ich sprang vom Sofa auf und schlüpfte in meine Schuhe.

Die Schuhe meines Vaters hatten sicherlich schon bessere Tage gesehen, aber gerade war ich sehr glücklich darüber, sie zu tragen, so hatte ich wenigstens etwas Interessantes zu erzählen. Ich schlich zur Tür hinüber und öffnete und schloss sie leise. Während ich den Flur entlang huschte, hoffte ich einfach, dass die Haustür neben den Schuhen von Xane in den Garten hinausführte, und drückte die Klinke hinunter.

Gavens Stimme war so dicht hinter mir, dass ich beinahe aufgeschrien hätte. »Man kann dich trotzdem hören, obwohl du so leise wie möglich sein willst.«

»Mein Sklirb!« Ich hielt mir die Hand aufs Herz. »Du hast mich erschreckt.«

»Ich kann es hören«, sagte Gaven und grinste. »Was hältst 'n von dem Ganzen hier.«

»Ich weiß nicht«, erwiderte ich grimmig.

»Find es ganz schön ätzend.« Gaven verdrehte die Augen. »Aber ich will dich nicht aufhalten mit deinem verbundenen Typ zu reden, viel Spaß dir.«

»Danke ...«

Ich öffnete die Tür. »Aber, Faldor«, sagte er, und ich drehte mich noch einmal um.

»Ja?«

»Vielleicht kann er uns ja doch hier rausbringen.« Er zwinkerte.

»Ich werd mein Bestes geben.« Aber ich wusste, dass Xane keinen Weg kannte, uns von hier wegzubringen.

Ich schloss die Tür hinter mir und lief eine kleine Treppe hinunter, dann kam noch eine Tür, und ich atmete frische Luft ein. Es war so kalt, dass mein Atem Wölkchen bildete. Nach drei Stufen stand ich in einem kleinen Vorgarten, der von einer Hecke von der Straße abgeschirmt wurde. Ich lief nach rechts um das Haus herum und eine weitere Treppe hinunter in den Garten.

Xane zog gerade einen schmalen schwarzen Stab aus seiner Manteltasche heraus und schnitt damit eine Rose ab. Er drehte sich zu mir um, als er meine knirschenden Schritte über das gefrorene Gras hörte, und lächelte.

»Hi, Fal.« Er kam zu mir herüber.

Ich wusste nicht, was ich sagen sollte. Xane steckte den schwarzen Stab in seine Tasche zurück. »Wenn du so genannt werden willst.«

»Ja«, sagte ich und es hörte sich falsch an, so wie ich es sagte. »Fal ist gut.«

Xane drehte die weiße Rose einmal um sich selbst. Langsam, aber stetig färbte sie sich grau und Xane lächelte.

»Warum hast du keinen Nachnamen, Xane?«, fragte ich.

Xane streckte die Hand nach oben und ließ die graue Rose in die Höhe steigen. »Sie wird heute jemanden treffen und diese Rose wird das Leben dieser Person verändern!«

»Warum das?«

»Weil ich mag, mir das vorzustellen.« Er lachte. Ich mochte sein Lachen, auch wenn es schwer und ein wenig traurig klang. »Ich wollte keinen Nachnamen haben, weil ich will, dass man meinen Namen sagt und weiß, von wem man spricht.«

»Ich verstehe.«

Ich sah zu, wie die Rose weiter gen Himmel schwebte. Auf einmal fühlte ich mich traurig und ich wusste, dass Xane sich so fühlte.

Aus irgendeinem Grund musste ich lächeln. Es war schön zu wissen, woher dieses Gefühl kam.

Xane lachte auf. »Es ist so verrückt.«

»Ja«, sagte ich, und wir grinsten uns an.

Nach einer Weile erstarb sein Lächeln. »Es tut mir leid, ich wollte dir das nicht antun.«

»Es ist okay. Ich habe mich nur gefragt, was es ist. Woher es kommt.«

Xane nickte. »Ich mich auch.« Er sah auf seine Armbanduhr.

»Was hat es mit dem Feuer auf sich?«, fragte ich. Ich weiß, vielleicht war es gewagt, diese Frage zu stellen, und vielleicht würde sie alles ruinieren. Als ich spürte, wie es mir schwerer fiel zu atmen, sagte ich: »Tut mir leid.«

»Nein«, sagte Xane schweratmend. »Du hast ein Recht darauf, es zu erfahren, ich habe dich ja oft genug damit gequält.«

»Aber du musst nicht«, sagte ich, obwohl ich wollte, dass er mir sagte, was passiert war.

»Ich bin schon eine ganze Weile hier.« Das gefrorene Gras knirschte unter Xanes Stiefeln, als er das Gewicht verlagerte. »Ich ... Der Mann, den ich versuchte zu erreichen. Er war mein Freund. Er ist gestorben, weil ich es nicht schaffte, ihn zu erreichen.«

»Das tut mir leid.« Die Worte kamen mir plump vor. Für die Gefühle, die er gefühlt hatte, gab es keine Worte, die irgendetwas besser machten.

Xane sah mich an. »Mir auch«, sagte er und es herrschte einige Zeit Schweigen zwischen uns.

Ich hatte noch mehr Fragen, ich wollte wissen, wer der Mann mit dem Hut gewesen war. Was er von ihm gewollt hatte. War es Mr. W gewesen, der ihn vom Dach aufgefangen hatte? Ich verkniff mir die Fragen und Xane fragte stattdessen: »Der Mann mit dem Bart, so rötlich braun. Ist das dein Vater?«

Ich lachte. »Nein, das ist mein Onkel Illn. Meine Eltern sind tot, sie sind in der Schlacht der Drachen gestorben. Aber ich dachte, das wüsstest du schon.«

»Das tut mir leid. Ich war mir nicht sicher.«

»Es ist okay«, sagte ich. »Ich habe ja Illn ...« Ich zögerte einen Moment. »Er hat uns sozusagen hierhergeführt.«

Xane ließ sich auf eine grüne Bank sinken und schloss für einen Moment die Augen. »Dann sollte ich ihm wohl danken.«

»Ja, das habe ich auch vor«, sagte ich und schwieg dann wieder. Xane zog den schmalen Stab wieder aus seiner Tasche, es sah aus, als wäre Rauch in Glas gefangen worden. Ein kleines Wirbeln war mit jeder Bewegung zu sehen.

Ich deutete darauf, als er ihn an seine Fingernägel hielt und die Lücken in dem schwarzen Nagellack ausfüllte. »Was ist das für ein Stab?«

Xane betrachtete den Stab. »Hmmm«, sagte er. »Es ist ein Zauberstab, würde ich mal sagen.« Er drehte ihn zwischen seinen Fingern. »Aber nicht wirklich ein Zauberstab, er gehört nur mir, du könntest ihn nicht verwenden.«

Ich spürte, wie ein Teil von mir sich den Stab greifen wollte. Ich trat einen Schritt zurück. »Warum hast du so einen? Ich habe noch nie davon gehört.«

Xane lächelte wieder. »Das liegt daran, dass ich die einzige Person bin, die einen solchen Stab besitzt.«

»Was bewirkt er?«, fragte ich begierig, meinen Blick weiterhin auf den Stab gerichtet. Xane musterte mich und ich spürte wieder ein Gefühl in mir, das nicht meines war. Unsicherheit. Immer noch pochte in mir das Verlangen, den Stab an mich zu nehmen, und meine rechte Hand zuckte.

Xane stand auf. »Er bündelt meine Magie.«

»Was heißt das?« Ich riss meinen Blick von dem Stab los und sah in Xanes Augen und in seinem Blick lag etwas, das mich ein wenig erschreckte, aber auch nicht überraschte. Es war Kälte, und etwas anderes, das ich nicht ganz einordnen konnte. Ich wusste nur, dass Xane mich in diesem Moment einfach töten könnte, wenn ich etwas Dummes tun würde. Und dass er auch nicht zögern würde es zu tun. Ich und Fera waren wohl der einzige Grund, warum er uns hereingelassen hatte, er war nicht die Art von Person, die einfach so Leute bei sich aufnahm.

Ich erkannte es erst jetzt. Er war jemand, vor dem man sich in Acht nehmen musste.

»So kann ich meine Magie komplett nutzen«, sagte Xane. Ich schmunzelte, irgendetwas hatte er an sich, das mich faszinierte. »Ich hatte Probleme damit, die simpelsten Zauber auszuführen. Eine Freundin hat mir geholfen, den Stab zu entwickeln, seitdem war ich in jedem Schulfach beinahe unschlagbar. War wahrscheinlich gemein, den anderen gegenüber. Aber was hätte ich machen sollen.« Seine Mundwinkel zuckten.

War er der Freund von dem Vee mir erzählte? Hatte er genau dieselben Probleme gehabt, die ich gerade hatte? Wahrscheinlich hatte er das. Hieß das, ich brauchte auch so einen Stab, um meine Magie komplett zu entfalten?

»Wie macht man so einen Stab?«, fragte ich und sah zu, wie er ihn zurück in seine innere Manteltasche steckte.

»Es ist ein dunkler Zauber, man kann ihn nur zu zweit durchführen.«

Ich wollte noch etwas sagen, doch da sah ich aus dem Augenwinkel, wie Earl den Garten betrat. Xane lächelte Earl zu. Ich glaubte, Xane mochte ihn nicht besonders gerne.

»Komm, Fal, wir gehen los und holen die anderen«, sagte er und nickte Xane freundlich zu. Ich ging zu ihm hinüber und sah noch einmal zu Xane zurück.

»Ich komme mit euch«, sagte Xane und ich verkniff mir ein Lächeln. »Vielleicht kann ich einige, die nicht besonders begeistert von der Idee sind, überreden.«

»Das wäre toll, danke«, sagte Earl und wir gingen knirschend über den Rasen zurück zum Haus.

Drinnen hatten sich die anderen schon wieder in ihre normale, reparierte Kleidung geworfen. Xane schoss ein paar Fotos des Hauses und Mr. W erklärte uns den Plan.

»Ich werde alle aus eurer Truppe, die das möchten, hierherbringen. Dann brauche ich aber ein oder zwei Stunden, bis ich wieder reisen kann. Ich warte drei Stunden hier und hole sie dann in Gruppen nacheinander ab. Wenn es welche gibt, die sogar noch eine Nacht warten würden, wäre das toll. In der Nacht erweitere ich dann das Haus.«

»Könnten wir nicht auch einige mit dem Zug reisen lassen?«, fragte Kara. »Würde W so seine Kräfte nicht sparen?«

»Doch schon, aber wir sollten so wenig Aufmerksamkeit wie möglich auf uns ziehen«, sagte W. »Ich möchte nicht, dass Fillgerts Mörder in meinem Haus auftauchen.«

»Stimmt, wäre vielleicht nicht so praktisch. Wobei wir bestimmt genügend Platz hätten, um sie mit aufzunehmen.« Leider lachte niemand über ihren Witz. Ich grinste ihr zu.

»Gut«, sagte Earl und klatschte in die Hände.

Gaven verzog das Gesicht. »Krieg ich ein Einzelzimmer?«, nörgelte er.

Earl rieb sich die Schläfen. »Du kannst bei mir schlafen, Gaven.«

»Um Dtrats willen, nein.« Er schüttelte vehement den Kopf. »Du schnarchst wie ein Hirsch auf Drogen. Das halt ich nicht aus. Dann lieber noch bei Feyn. Der schläft zwar nie, aber wenigstens macht er das leise.«

»Wie klingt denn ein Hirsch auf Drogen?«, fragte Fera.

»Warte, bis Earl eingeschlafen ist, dann weißt du's.«

Fera prustete und auch ich musste lachen.

Nachdem Xane fertig war und sich neben uns aufgestellt hatte, streckte W seine Hände aus. Earl ergriff seine rechte Hand, Gaven klammerte sich dicht daneben und bohrte seine Finger in Ws Arm.

Kara lächelte mich an, wir nahmen ihn an den Armen, und Xane und Fera taten es uns gleich. Dann zwinkerte W und wir verschwanden in der Finsternis.

KAPITEL 55
Deals With The Devil

A While Ago

Eep sah auf seine sterbende Frau hinab. Das Slo-Fieber hatte sich schon weit ausgebreitet. Sie würde sterben und mit ihr das Kind, das sie in sich trug. Ihr hübsches Gesicht war durch die Krankheit entstellt worden, dunkle Ringe breiteten sich unter ihren so liebevollen Augen aus. Sie stierten nur noch vor sich hin, nur manchmal hatten sie noch etwas von dem Leuchten von früher. Ihre Hände waren so dünn und knochig, dass er jedes Mal Angst hatte, ihre Finger zu brechen, wenn er ihre Hände in die Hand nahm.

»Es gibt einen Weg«, sagte der Doktor. Er stand im Dunklen. Eep hatte fast vergessen, dass er da war.

»Welchen?« Eeps Stimme zitterte. Er wusste, dass es einen Preis hatte, doch war er bereit, ihn zu zahlen?

»Ich kann sie beide retten«, flüsterte der Doktor, Eep hörte, wie er lächelte. Das gefiel ihm nicht.

»Wie?«

»Ich habe ein Heilmittel gegen das Slo-Fieber entwickelt. Sie werden beide leben.« Eep schauderte, als der Doktor zu ihm trat und die Hand auf seinen Rücken legte. »Doch es gibt einen Preis.«

»Welchen Preis?«

»Sie.« Die Hand deutete auf Eeps Frau.

Eileen sah ihn an. Tränen standen in ihren Augen, aber sie lächelte Eep schwach zu.

»Sie ist stark«, sagte der Doktor.

»Rette unser Kind«, sagte Eileen. Ihre Stimme versagte. Ihre Augen fixierten Eep. »Es ist okay.«

Und Eep ließ sie gehen.

Nur wenige Stunden später hielt er seine wunderschöne Tochter in den Armen.

Sie hatte Eileens Augen. Ein Gefühl, das er so noch nicht gekannt hatte, strömte durch seinen Körper, nahm ihn ein, veränderte seine Sinne, seinen Verstand. Er wusste, er würde alles für diesen kleinen Menschen in seinen Armen tun, würde für sie töten, würde für sie sterben.

Etwas Wundervolleres und Angsteinflößenderes hatte er noch nie gespürt.

Sie war mehr als nur ein Teil von ihm, war mehr Wert als alles, was er besaß, er würde sein Leben nach ihr richten, wollte nie zulassen, dass ihr ein Leid geschah. Die Freude, die in seinem Körper explodierte und sich aufteilte, in jede Faser seines Herzens schoss, als die kleinen Finger seinen Daumen umschlossen, war alles, was er jemals fühlen wollte. Noch nie hatte er so viele Emotionen auf einmal empfunden und als die Angst kam, wusste er, dass alles, was er tun würde, nicht ausreichen würde. Egal was geschah, sie hatte immer etwas Besseres verdient.

Er wollte Kara an sich drücken, sie nie wieder loslassen und in diesem Moment verharren, bis es keine Zeit mehr gab und keinen Raum, bis alles, was sie verletzen konnte, mitsamt ihm für immer verschwunden war.

Doch es gab keinen Weg, sie vor dem Leben zu beschützen. Fühlten alle Eltern sich so? So ohnmächtig überwältigt vom puren Sein und einer Welt, die ihren perfekten Kindern nie gerecht werden würde?

»Es geht ihr gut«, hallte die Stimme des Doktors durch den Raum und riss Eep von dem Gesicht seiner Tochter fort. »Sie ist geheilt.«

»Ich möchte bei meiner Frau bleiben«, sagte Eep.

Der Doktor lächelte. »Bald. Sie ist schwach. Bald.«

Zwei Assistenzärzte packten ihn an den Armen, schützend drückte Eep Kara fester an seine Brust. Er wurde aus dem Krankenhaus in die Kälte geführt.

Es war tief in der Nacht, als er sich auf die Insel schlich.

Kara lag schlafend zuhause. Er hatte ihr immer gesagt, ihre Mutter wäre tot, aber vielleicht war es gar nicht wahr. Vielleicht war sie noch am Leben. Er musste Gewissheit haben.

Während er über die Wiese schlich, wurde alles dunkel um ihn herum.

Er kniete auf dem Boden, die Hände voller Blut. Um ihn herum lagen die toten Ärzte in Blutlachen verteilt.

Eep weinte.

»Sh, sh, sh«, sagte jemand dicht hinter ihm. »Nicht weinen. Sie ist nicht umsonst gestorben. Aber dein Tod wird es sein.«

»Nein.« Eep keuchte.

»Erst jedoch musst du das alles vergessen.«

Etwas Spitzes bohrte sich in seinen Hals und die Person trat vor ihn. Es war Fillgert. Er grinste ihn freundlich an.

»Nicht, dass du unsere Pläne durchkreuzt, nicht wahr.« Er lachte schallend und Eep verlor erneut das Bewusstsein.

KAPITEL 56
A Broken Heart

Peits Herz klopfte laut, als er die Treppenstufen hinunterlief. Die Stimme, die seinen Namen gerufen hatte, war ihm so merkwürdig vertraut vorgekommen, doch er konnte nicht einordnen, woher er sie kannte. Seine Hände auf dem Geländer zitterten und waren schweißnass.

Im Wohnzimmer am Ende der Treppe lag seine Mutter auf dem Boden. Eine Blutlache breitete sich langsam unter ihrem Körper aus. Rot sickerte zwischen die unebenen Holzdielen. Peit starrte sie an.

Ein Teil von ihm wusste, dass er sich bewegen sollte, zu ihr eilen, um zu überprüfen, ob sie noch atmete, ob er ihr irgendwie helfen konnte. Ein Teil von ihm wusste, dass er mehr empfinden sollte in diesem Augenblick – aber er fühlte sich nur seltsam taub und ... leer.

Hinter seiner Mutter stand in einem weißen, anzugähnlichen Outfit ein Mann mit einem rötlich blonden Bart. Neben ihm standen die Frau und der Mann aus dem Zug, die Peit und die anderen angegriffen hatten. Cliff hatte recht behalten: Sie hatten überlebt.

Von dem Messer, das die Frau in der Hand hielt, tropfte Blut und sie grinste ihn an. Ein Kratzer war in ihrem Gesicht zu sehen, aber er war fast schon verheilt. Es schien ihr zu gefallen, wie er sie ungläubig anblinzelte.

»Hallo, Peit«, sagte der Mann mit dem Bart. Peit stand noch immer am Treppenabsatz. Er kam auf ihn zu, reichte ihm die Hand und Peit streckte ihm seine wie automatisch hin und schüttelte sie.

Der Mann lächelte. »Mein Name ist Fargrim Fillgert. Ich bin der Bruder deines Freundes Earl. Aber das weißt du sicherlich schon.«

Peit nickte, versuchte den Blick nicht auf den Wohnzimmerboden zu richten. Versuchte die Tränen zurückzuhalten, die nun doch nach draußen drängten.

Was wollten sie von ihm? Warum hatten sie das getan? Vielleicht schaffte er es ja, sie wegzulocken und Earl zu warnen. Vielleicht würde Earl ihn dann doch mitnehmen.

Er hätte im Hotel bleiben sollen.

»Das weiß ich, ja«, sagte er mit heiserer Stimme. Seine Beine waren schwach, als würde er gleich ohnmächtig werden. Vielleicht konnte er irgendwie fliehen. Er musste bei Verstand bleiben.

»Ich habe gehört, du hast meinem Bruder geholfen«, sagte Fillgert und seine Stimme klang so freundlich, so friedlich, so vertraut.

»Er hat mir etwas versprochen«, murmelte Peit mit zitternder Stimme. »Was sollte ich denn machen?«

»Was hat er dir versprochen, Peit?«

Peit konnte die Tränen nicht zurückhalten. »Er wollte mich mitnehmen.«

»Er wollte dich mitnehmen, aber natürlich.« Fillgert lächelte wieder. Die Frau stieß ein höhnisches Lachen aus und Fillgert machte »Shh«, um sie zum Schweigen zu bringen.

»Weißt du, Peit«, säuselte Fillgert. »Earl hat nicht nur dich belogen.«

Er legte die Hände auf Peits Schultern und führte ihn um den Körper seiner Mutter herum bis hin zur Haustür. Fillgert lehnte sich gegen den Türrahmen der geöffneten Tür, nach wie vor ein Lächeln auf den Lippen.

»Weißt du, Peit. Es ist verboten, mit normalen Menschen Kontakt zu haben. Niemand darf von uns wissen, das kannst du doch verstehen, oder?«

Peit nickte eifrig. Ein Funken Hoffnung brannte in ihm auf und er sah sich um, vor der Tür stand außer Fillgert niemand sonst. Er sah den Hang hinauf, vom Schornstein des Hotels stieg Rauch auf. Wenn er so schnell rannte, wie er konnte, an Fillgert vorbei, konnte er das Hotel vor Fillgert und seinen beiden Killern erreichen.

Er atmete tief durch. »Das verstehe ich natürlich«, sagte er. »Die normalen Menschen dürfen nicht erfahren, dass es uns gibt.«

Peit nickte wieder. »Ich wusste nicht, was ich tun sollte.« Er wischte sich die Tränen aus den Augen. Fillgert wirkte so verständnisvoll, war er wirklich so böse, wie Earl ihn immer beschrieben hatte? Peit kam es nicht so vor.

Vielleicht würde Fillgert ja verstehen, dass er keine Wahl gehabt hatte und Earl helfen musste, weil er doch so gerne ein besseres Leben hätte. Fillgert wirkte wie jemand, der das verstehen konnte.

Aber vielleicht würde er es auch nicht verstehen. Es schien, als würde Peit niemand verstehen, warum ausgerechnet der Präsident, gegen den alle rebellieren wollten?

»Natürlich wusstest du es nicht.« In Fillgerts Blick lag Verständnis. »Mein Bruder kann sehr manipulativ sein. Glaub mir, ich hatte keine andere Wahl, als ihn zu verstoßen.«

Peit sagte nichts, er wischte sich übers Gesicht und spähte immer wieder den Hang hinauf.

»Es ist ein sehr großes Verbrechen, einem normalen Menschen etwas Magisches zu zeigen.« Fillgert würde ihn nicht mitnehmen, das war klar. Peit wusste nicht, ob er ihm etwas tun würde, allerdings würde er jeden Kontakt zu Magie verdecken und ihm vielleicht sogar die Erinnerungen löschen. Aber lieber gefangen sein, wissend, dass es Magie gab, als hier wie früher in einem trostlosen Leben stecken, ohne zu wissen, dass es sie gab. Ohne Hoffnung auf Rettung.

Er konnte sich nicht vorstellen, dass Fillgert ihn töten würde. Er machte nicht den Eindruck, als wäre er ein schlechter Mensch, und er hatte ja recht: Earl hatte ihn angelogen.

Aber was würde er mit den anderen Verstoßenen tun?

»Was haben Sie vor?«, fragte Peit und konnte ein Zittern nicht unterdrücken.

»Ich werde meinen Bruder töten müssen«, sagte Fillgert sanft. Es klang wie etwas Normales und fast glaubte Peit ihm, dass es etwas Harmloses, ja sogar etwas Alltägliches war.

Wo war er da nur hineingeraten?

Fast wünschte er sich in diesem Moment sein altes Leben zurück. Der Mann mit dem Ziegenbart hatte nun ebenfalls ein Messer gezogen und grinste ihn an. In diesem Moment erkannte Peit: Diese Leute würden ihn und all die anderen im Hotel töten.

Ihn, weil er ein normaler Mensch war und von Magie wusste, und die anderen, weil sie ihm Magie gezeigt hatten und weil sie Fillgert offenbar störten.

Fillgert öffnete den Mund, aber Peit handelte, ohne noch einmal nachzudenken. Er musste die anderen warnen. Vielleicht konnte er so alle retten. Sie hatten nicht verdient zu sterben. Das waren gute Menschen.

Er sprang die Stufen vor der Haustür hinunter und rannte los. Er hörte ein Lachen hinter sich, achtete aber nicht darauf. Er war noch nie schneller gerannt.

Als er den Hang erreicht hatte, warf er einen kurzen Blick zurück, ehe er begann hinaufzuklettern. Schon ein paar Mal hatte er den Hang erklommen, er konnte es schaffen.

Fillgert hatte sich nicht von der Haustür wegbewegt und sah ihm zu. Peit ermahnte sich selbst, nicht zu oft zurückzublicken und kletterte so schnell er konnte, immer wieder rutschte er ab und Äste, an denen er sich festhielt, brachen, die Angst schnürte ihm die Kehle zu.

Er brüllte dagegen an: »VEE!« Sie musste ihn doch hören, irgendjemand würde ihn hören. »VEE!«

Wäre Gaven da gewesen, hätte er ihn bestimmt gehört.

Kein Gesicht erschien am Rande des Abgrunds und hielt ihm helfend die Hand entgegen. Er sah erneut nach unten. Sein Haus konnte er durch die Bäume hindurch nicht mehr sehen. »VEE!«, schrie er abermals und zog sich an einer Wurzel empor. Seine schwitzigen Hände packten die feste Erde am Rande der Schlucht, er stemmte sich nach oben.

Tränen liefen ihm übers Gesicht und er rannte weiter, bis das Hotel in Sichtweite kam. »VEE, EEP! Sie sind hier! Sie kommen. Sie komm... Ugh!« Etwas traf ihn am Hinterkopf, und Peit stürzte zu Boden. Laub wirbelte auf. Er überschlug sich. Vee und Eep hatten ihn nicht gehört. Neben ihm ertönte ein Lachen, und die Welt verschwamm um ihn herum.

Als er die Augen wieder öffnete, lag er auf dem Holzboden seines Hauses. Doch nicht nur Fillgert und die beiden Killer standen bei ihm. Zwei weitere muskelbepackte Männer hatten sich in einer Ecke postiert und auch sie grinsten, als sie sein angsterfülltes Gesicht sahen.

Nicht weit von ihm entfernt saß eine Kreatur – er konnte dieses Etwas nicht anders bezeichnen. Sie hatte blasse graue Haut und beugte sich über den Leichnam seiner Mutter. Laut schmatzend saß sie da, und Peit sah mit wachsendem Entsetzen dabei zu, wie unnatürlich lange, blutverschmierte Hände in den Körper eindrangen und ein Stück Fleisch herauszogen.

Dann hörte er wieder das Schmatzen.

Fillgert hielt eine Pistole in der Hand und grinste Peit an. »Sieh mal«, sagte er und schwenkte sie herum. »Die habe ich bei dir gefunden.« Die Pistole hatte seiner Mutter gehört. »Ein eigenartiges Gerät.« Fillgert richtete sie auf die über die Leiche gebeugte Kreatur.

Es knallte laut und die Kreatur schlug auf dem Boden auf. Dunkles Blut sickerte über den Boden und vermischte sich mit dem seiner Mutter.

»Die Normalen haben tatsächlich einige nützliche Dinge erfunden.« Fillgert betrachtete die Pistole bewundernd.

Die Kreatur zuckte eine Weile, ob es Sekunden oder Minuten waren, konnte Peit nicht sagen. Schließlich regte sie sich nicht mehr.

»Ach, mach dir deswegen keine Gedanken.« Fillgert versetzte der Kreatur mit seinem weißen Schuh einen Stoß. »Es war wieder ein Fehlschlag ... Zu hungrig.« Er kicherte wie ein Kind.

Peit liefen Tränen über die Wangen, als Fillgert die Pistole fallen ließ und ihn am Kopf in die Höhe riss. »Ich bin sehr enttäuscht von dir, Peit«, sagte er und starrte ihm in die Augen.

Peit schüttelte den Kopf und weinte nun unaufhaltsam.

Wäre er doch nur im Hotel geblieben, wäre er doch nur nie aus dem Haus gegangen, als er Earl zum ersten Mal gesehen hatte, wäre er doch woanders aufgewachsen. Hätte er ein besseres Leben gehabt, wäre das alles nicht passiert.

Wie war es nur so weit gekommen. Er hatte nie gedacht, dass es je so weit kommen würde, er hatte nicht damit gerechnet, dass diese Geschichte so für ihn enden würde.

Von dem wundervollen Ort, den er sich vorgestellt hatte, war nichts mehr übrig, jetzt gab es nur noch die Grausamkeit des Mannes, des grausamen Wesens, das tot auf dem Boden lag, und die zwei Killer, denen es offenbar Spaß machte zu töten. Es war alles verloren und Peit wusste, dass es nun vorbei war. Er hoffte, es würde nicht wehtun. Fillgerts Fingernägel bohrten sich in seine Kopfhaut.

»Ich werde nichts sagen«, versuchte er sich noch einmal verzweifelt zu retten.

Fillgert schüttelte nur den Kopf.

»Entschuldigung, das kann ich nicht zulassen, wie könnte ich dir jetzt noch trauen?«

»Nein ...«, flüsterte Peit, Fillgert jedoch drehte seine Hände mit Gewalt zur Seite.

Es knackte laut, als Peits Genick brach.

Er fiel zusammen, Fillgert hielt seinen Kopf noch in den Händen, dann ließ er den Körper nach unten sinken, trat auf Peits Bein und drückte seine Hände in den Kopf.

Der Schädel knackte. Blut lief an Fillgerts Händen entlang und er drehte den toten Kopf noch ein wenig weiter herum.

Al starrte auf den Jungen und dann auf Fillgert. Sie hatten nicht geplant ihn umzubringen. Es hätte ganz anders laufen sollen, offenbar hatte Fillgert seinen Plan geändert, und als Al ihm in die Augen sah, konnte er den Wahnsinn darin erkennen.

Es knirschte und knackte und dann zog Fillgert an Peits Kopf, ein unangenehmes, knackendes und spritzendes Geräusch erfüllte das Wohnzimmer, ehe Fillgert seine Hände in die Höhe riss. Blut spritzte ihm ins Gesicht und auf seinen weißen Anzug. Irre grinste er die anderen an, als Peits Körper auf dem Boden aufschlug.

Er warf Al Peits Kopf zu und drehte sich um.

»Steckt ihn vor das Haus. Sie werden bald zurückkommen. Dann gebt ihnen den Befehl.«

Er wirkte plötzlich erschöpft. Während er auf die Haustür zuschritt, trank er einen pinken Trank und bevor er sie erreicht hatte, war er verschwunden.

KAPITEL 57
The Head

3. Oktober

Nachdem die erstickende Dunkelheit verschwunden war, standen wir auf dem Waldweg, der zum Hotel hinaufführte. Mr. W stolperte nach hinten und Xane stützte ihn, bevor er auf den Boden fiel.

Er keuchte und sah nicht besonders glücklich aus. »In drei Stunden«, sagte er und war schon wieder verschwunden.

Xane sah uns an und grinste. »Er ist jetzt die nächsten Tage etwas schlecht drauf, aber das wird. Spendieren Sie ihm einfach 'ne Flasche Bourbon.«

Earl nickte und winkte uns ihm zu folgen.

»Ich dachte eigentlich, ich kann meinem Vater jetzt sagen, dass wir nach Hause gehen«, sagte Kara betrübt.

»Wir kommen wieder nach Hause«, sagte ich. »Das ist nicht das Ende.«

»Ja.« Sie starrte auf ihre Schuhe.

Es war schrecklich, Kara so niedergeschlagen zu sehen, das passte nicht zu ihr. Es war mehr Lanees Ding, schnell niedergeschlagen zu sein. Auf einmal zuckten Gavens Ohren und er blieb stehen.

»Hört ihr das?«, fragte er.

Wir hielten an und lauschten. Tatsächlich, da war eine Stimme und sie schrie voller Angst. »Vee, Eep! Sie sind hier, sie kommen! Vee, Eep. Sie sind hier, sie kommen.« Die Stimme wiederholte sich und mit jedem neuen Rufen wurde sie lauter und klang ängstlicher.

»Das ist Peit!«, rief Earl und rannte los. Wir folgten ihm. Warum rief er so voller Angst um Hilfe? Was war geschehen? Das Hotel kam in Sicht, und als wir um die Kurve gebogen waren, wusste ich, dass etwas Schreckliches passiert war. Wir hörten ein Hämmern an der Tür, die Fenster waren verdunkelt.

Vor der Tür, unter dem Vordach des Hotels, war ein Stock in den Boden gerammt worden und darauf steckte, mit blutunterlaufenen Augen und eingedelltem Schädel, Peits Kopf. Eine kleine Blutlache zeichnete sich auf dem Schotter ab und Fliegen flogen um ihn herum. Der Mund bewegte sich und formte die Worte, die er als Letztes gerufen haben musste.

Nun klangen sie nur noch wie ein erschöpftes Weinen. »Vee, Eep. Sie sind hier, sie kommen. Sie sind hier. Sie kommen. Nein ...« Dann war ein Knacken zu hören und der Kopf sackte zusammen.

Ein Tropfen Blut fiel aus seinem Mund auf den Boden und er regte sich nicht mehr.

Kara hielt sich die Hände vor den Mund. Fera starrte geschockt auf den Kopf und Earl schien im Lauf eingefroren zu sein. Xane betrachtete den Kopf und schüttelte sich entsetzt.

»Ahhhh.« Earl gab einen leidenden Laut von sich.

Gaven regte sich als Erster, legte die Hand auf Peits Kopf und die Augen schlossen sich. Er packte den Kopf und legte ihn neben dem Hotel in einen Busch. »Sie sollten ihn nicht sehen«, sagte er und sah Earl an. »Wir müssen uns beeilen. Na los!«

Earl erwachte aus seiner Starre, machte einen großen Schritt über die Blutlache am Boden hinweg und legte die

Hand auf den Türknauf. Von innen wurde noch immer gegen die Tür gehämmert. Kara hatte meinen Arm gepackt.

»Nehmt eure Sachen so schnell wie möglich«, sagte Fera. »Wir müssen uns beeilen.«

Kara und ich nickten.

Die Tür sprang auf. Beinahe hätte Eep mit einer Axt Earls Schädel gespalten, doch als er uns erkannte, hielt er mitten in der Bewegung inne, seine Miene hellte sich auf.

»Earl! Ihr seid wieder da! Die Tür ging auf einmal nicht mehr auf, wie ist es gelaufen ... Was ist los?«

Earl beugte sich zu Eep hinunter und flüsterte: »Wir wurden angegriffen, sie haben Peit getötet und die Tür verschlossen. Wir haben einen neuen Ort zum Bleiben gefunden, sag den anderen Bescheid, wir müssen uns beeilen.«

Erschrocken sah Eep Earl an, dann schnappte er sich Karas Hand und zog sie ins Haus hinein. Er rief etwas und ein Raunen ging durch die Menge, die um die Haustür versammelt war, und die Leute setzten sich in Bewegung.

Stimmengewirr wurde laut. Gaven packte mich am Oberarm und wir bahnten uns einen Weg nach oben.

Aus dem Augenwinkel sah ich, dass Xane uns folgte. Kara und Eep bogen vor uns in den Gang zu ihren Zimmern ab.

Gaven zog mich weiter die Treppe hinauf. In unserem Zimmer stopfte ich meine wenigen Habseligkeiten in den Rucksack, den Xane mir ausgeliehen hatte.

Dann knallte es und das Haus bebte, ich stolperte, und Xane packte mich am Oberteil und bewahrte mich vor einem Sturz. Gaven hatte es nicht so gut, er fiel über seine Bücher, rappelte sich jedoch, so schnell er konnte, wieder auf und strich sich die Haare aus dem Gesicht.

Da begannen die Schreie. Sie drangen durch meine Ohren hindurch und setzten sich in meinem Kopf fest, dort würden sie eine lange Zeit bleiben.

»Vee«, flüsterte Gaven und drängelte sich an uns vorbei, doch kaum hatte er die Tür erreicht, wurde er von einem kreischenden Wesen zu Boden gerissen.

Obwohl ich es noch nie gesehen hatte, wusste ich sofort, dass es ein Slonk war. Es trug ein Gewand aus Moos und hatte lange Krallen. Faltige grüne Haut spannte sich darüber, ließ die Knochen herausstechen. In der Hand hielt der Slonk ein langes Messer und sein Gesicht verzog sich zu einem fröhlichen Lächeln. Es stimmte nicht, dass Slonks Masken aus Holz trugen. Es waren ihre Gesichter, und es sah mehr aus wie festes dunkelgrün-graubraunes Leder als echtes Holz oder Haut. Ich glaubte sogar, dass ein wenig Moos in dem Gesicht des Slonks wuchs.

Gaven knurrte und drückte den Slonk von sich.

Einen schrillen Schrei ausstoßend, versuchte dieser mit seinen langen Fingern das Messer in Gavens Hals zu rammen. Xane reagierte blitzschnell. Aus der Innenseite seiner Tasche zog er den Stab und richtete ihn auf den Slonk. Dessen Kopf explodierte. Schwarzes Blut spritzte durch das Zimmer. Dieser Slonk musste der magischen Kraft nicht sehr mächtig gewesen sein, wenn Xane ihn einfach so hatte töten können. Außer der Stab verlieh Xane noch mehr Macht.

Gaven stieß einen weiteren angeekelten Laut aus und warf den Slonk von sich. »DANKE!« Er wankte auf uns zu.

»Wir müssen Kara und Lanee finden!«, rief ich.

»NEIN! Wir müssen nur hier raus! Na LOS!«

Wie konnte er das nur sagen, hatte er eben nicht auch noch Vee suchen wollen? Wahrscheinlich war er sich sicher, dass sie allein durchkommen würde, aber was war mit den anderen? Die, die noch keine fertige Ausbildung hatten? Gaven zog mich mit sich, und wir stolperten aus dem Zimmer.

Auf dem Gang war eine Fensterscheibe zerschlagen und nur von unten hörten wir Rufe und Tumult. Xane warf einen

Blick aus dem Fenster.»Wir müssen noch ein paar Stockwerke runter, dann können wir springen«, flüsterte er. Gaven heulte leicht auf. Wahrscheinlich konnte er aus dieser Höhe springen, ohne sich zu verletzen, dass er bei uns blieb, rechnete ich ihm hoch an.

Auf der Treppe kam uns Kara entgegen. Eep war dicht hinter ihr und schlug mit seiner Axt einem Slonk den Schädel ein, der auf der Treppe nach oben drängte.

Kara packte mich am Arm.»Hast du Lanee gesehen?«

Ich schluckte.»Nein.« Kara zitterte am ganzen Körper.

»Hallo?«, hörten wir auf einmal eine Stimme und Stan, der eine Hand weniger hatte, sah aus seinem und Owens Zimmer heraus.

Als er zu uns herüberkam, tauchte das Gesicht eines Slonks am Fenster auf. Ehe ich eine Warnung rufen konnte, schleuderte er ein kleines Messer durch das Fenster und verfehlte Stan nur um ein paar Millimeter. Der schrie auf und warf sich auf den Boden, der Slonk wollte sich durch das Fenster stemmen, da richtete Eep die Hand auf das Messer, das der Slonk geworfen hatte, und es schoss zurück und bohrte sich in den Schädel des Slonks. Mit einem Fiepen stürzte der Slonk in die Tiefe.

Xane ließ die übrigen Fensterscheiben explodieren, die Scherben formten sich spitz zu und schossen wie Pfeile aus den Fenstern und an der Außenwand entlang nach unten. Die schmerzerfüllten Schreie der Slonks drangen zu uns herauf.

»Wir müssen los!«, rief Eep und wir rannten alle die Treppe hinunter. Gaven bildete die Nachhut.

Menschen hasteten umher, aus den anderen Stockwerken liefen immer mehr Leute auf die Treppe. Einige packten einander bei den Händen und als ein Slonk vor ihnen auftauchte, sah ich Blut an die Wand spritzen. Rotes Blut.

Weitere Schreie, diesmal lauter und schmerzerfüllter, hallten durch das Treppenhaus.

Ich glaubte, Lanee unten in der Menge zu erkennen, doch schon erschütterte eine weitere Explosion das Haus und Staub regnete von der Decke.

»Lanee!«, rief ich, als ich jedoch wieder nach unten sah, war dort nur Rauch und Staub.

Stan lächelte matt, er schien sehr erschöpft zu sein, seine Haut hing in Fetzen an seinem Körper hinab und unter seinen Augen hatten sich dunkle Ringe gebildet.

»Fal, ich ...«, begann er, aber ich zog ihn mit mir, ohne ihm zuzuhören.

Ich fühlte mich wehrlos. Würden wir erneut angegriffen werden, würden Kara, Stan und ich uns kaum verteidigen können. Wir stolperten über einen Körper. Eine Frau, die eben noch die Treppe hinuntergeeilt war, lag zuckend an einer Wand. Blut lief über ihre Hände, die sie an ihren Hals gedrückt hatte, und Tränen rannen über ihr Gesicht. Nach ein paar Sekunden regte sie sich nicht mehr, ihre Hände schlugen auf dem Boden auf.

Ich wurde weiter gezogen.

Warum griffen die Slonks uns an? Hatte Fillgert sie geschickt, war er hier gewesen, hatte er Peit ermordet? Das Bild von Peits Kopf schimmerte vor meinen Augen. Ich versuchte nicht daran zu denken.

Ein Pfeil zischte nur ein paar Zentimeter an meinem Kopf vorbei, ich wich aus und verlor das Gleichgewicht. Bei meinem Versuch, mich festzuhalten, riss ich Kara zu Boden. Sie schrie auf und versuchte sich am Geländer festzuklammern, doch wir stürzten die Treppenstufen hinunter.

Stan und Xane waren ein paar Stufen über uns und eilten los, um uns aufzuhelfen, da wurde Eep von einem Slonk aus einem Gang heraus angegriffen.

Gaven wollte ihm helfen, aber Xane wirbelte herum und streckte seinen Stab in Eeps Richtung. Der Slonk wurde von ihm geschleudert, Eep richtete sich wieder auf.

Dann explodierte die Wand neben uns. Staub und Putz wirbelten durch die Luft. Kara und ich wurden noch weiter nach unten gerissen. Xane flog über mich hinweg, Gaven landete mit einem Fluchen auf mir. Durch den Staub hindurch sah ich, wie die dunkle Gestalt von Eep gegen das Treppengeländer geschleudert wurde. Es knackte.

Gaven rief etwas. In meinem Kopf hallte ein Piepen von der Explosion nach. Noch immer hatte ich nicht realisiert, was passiert war, und schon wurde ich wieder durch die Luft geschleudert.

Als ich aufkam, breiteten sich stechende Schmerzen in meinem Schädel aus. Mein Körper fühlte sich taub an. Ich schmeckte den Schmutz und spürte, wie warmes Blut an meinem Kopf hinunterrann. Ich sah mich nach Xane um.

Nur eine Armlänge von mir entfernt richtete er sich auf. Erleichterung überkam mich, er war noch am Leben. Während ich mich aufrappelte, begriff ich, dass die gesamte Wand gesprengt worden war. Ich rief nach Kara, dann sah ich, wie sie an Stan, der auf wundersame Weise noch am Leben war, vorbeischwankte und sich durch den Schutt einen Weg zu ihrem Vater bahnte, der neben dem zerbrochenen Treppengeländer lag.

Ich hievte mich hoch, da hörte ich Kara schreien, wie ich es noch nie von ihr gehört hatte.

Der Rauch verschwand langsam. Jetzt bemerkte auch ich, dass eine zunehmende Anzahl Slonks ins obere Stockwerk eindrang, da sie uns erspäht hatten. Sie stürmten auf uns zu. Ich wollte Kara und Eep zurufen, sie sollten sich beeilen, aber die Worte blieben mir im Hals stecken.

Kara hatte nicht wegen der Slonks geschrien.

Ich hatte gesehen, wie Eeps Kopf gegen das Geländer geschlagen war und es zum Brechen gebracht hatte. Sein Schädel war an der Stelle, mit der er aufgeschlagen war, eingedellt. Blut lief aus seinem rechten Auge, in dem man nur noch weiß sehen konnte. In seinem linken, offenstehenden Auge hatte sich Staub abgelegt, es starrte ins Leere. Er war tot.

Kara schüttelte ihn und schrie verzweifelt. Gaven wollte sie mit sich ziehen, die Slonks waren bereits gefährlich nah, aber sie schüttelte seine Hand ab. »Nein. Nein«, sagte sie und rüttelte an ihrem Vater. »Wach auf!« Sie starrte in sein lebloses Auge. Stumme Tränen rannen ihr über das Gesicht, ich konnte mir nicht vorstellen, welchen Schmerz sie in diesem Moment fühlen musste.

»Bitte nicht.« Ihre Stimme brach.

Sie hielt Eeps Hand, konnte ihn nicht loslassen, und ich war mir nicht sicher, ob sie mitbekam, wie bedrohlich die Lage für uns wurde, denn die Slonks drangen von allen Seiten über die Treppen zu uns vor.

Schließlich packte Gaven sie ungeachtet ihres Protestes und riss sie von ihrem Vater fort. Xane schleuderte etwas in die Richtung der Slonks, die uns am nächsten waren, und einige von ihnen gingen zu Boden. Dann packte er meine Hand und sprang mit mir durch das von den Slonks gesprengte Loch aus dem Hotel hinaus.

Wir kamen auf dem Boden auf – sanfter, als ich es erwartet hatte. Sofort hielt Xane kampfbereit seinen Stab vor sich. Neben uns landeten Kara, Gaven und Stan, auch sie unverletzt.

Kara sah so aus, als würde sie nichts mehr mitbekommen. Ich hielt ihre Hand fest, während wir in den Wald hinaufrannten, weil ich befürchtete, sie könnte sonst einfach stehen bleiben.

Ein Blick über die Schulter zeigte mir Al, der durch das riesige Loch in der Wand hinter uns herschaute. Irgendwie war mir klar gewesen, dass er den Sturz überlebt hatte – seine Gefährtin war dann wohl nicht weit. Er rief etwas, woraufhin etwa zehn Slonks aus dem Loch heraussprangen und die Verfolgung aufnahmen.

Ich steckte einen Baum in Brand, und somit auf die Idee gebracht schleuderten Xane und Gaven Flammen auf unsere Verfolger. Der Laubboden fing Feuer und verschaffte uns einen kleinen Vorsprung. Wir hasteten weiter, bis wir nur noch den vom Hotel aufsteigenden Rauch sehen konnten.

Mit einem letzten Blick zurück begannen wir den bewaldeten Hang auf der anderen Seite hinunterzuklettern, und ich dachte an Lanee und hörte wieder die Stimme ihrer Mutter in meinem Kopf.

»Lass sie nicht allein.«

***

Lanee hatte Vee geholfen Cliffs Wunde zu versorgen, als die erste Explosion das Hotel erschüttert hatte. Die Schreie hatten eingesetzt und es waren andere grausame Geräusche zu hören gewesen, die nicht von Menschen stammten.

Vee war aus dem Zimmer gegangen, um nachzusehen, und seitdem wartete Lanee mit Cliff und Dave, der seinem Freund nicht von der Seite gewichen war. Sie hatte sich noch nicht entschieden, ob sie Cliff und Dave so besonders gern mochte, aber sie schienen harmlos zu sein, jedenfalls wenn einer von ihnen verwundet war.

»Was ist da los?«, fragte sie besorgt und auch Cliff richtete sich mühsam auf und spähte zur Tür. Seine Wunde war schon fast verheilt, es brauchte nicht mehr besonders lange und eine große Narbe würde auch nicht zurückbleiben.

Lanee hörte Schritte und wartete darauf, dass Vee in ihrem grünen Kleid zurückkam und ihnen sagte, was da oben los war. Doch es war nicht Vee, die die Tür öffnete.

Es war ein Slonk. Er hielt einen Speer in der Hand und grinste. Angst lähmte Lanees ganzen Körper, eine viel größere Angst als ihre Angst vor den Verstoßenen.

Dave reagierte in Sekundenschnelle, stieß Lanee zur Seite und schleuderte den Slonk aus der Tür hinaus.

»Was machen Slonks hier?«, rief Cliff und zog sich mit schmerzverzerrtem Blick ein T-Shirt über.

»Ich weiß nicht«, entgegnete Dave überraschend ruhig.

Sie hörten einen Schrei von draußen und wenige Augenblicke später betrat eine Lanee bisher unbekannte Frau mit kurzen braunen Haaren den Raum. In der Hand hielt sie ein Messer, von dem schwarzes Slonkblut tropfte.

»Nancy, was ist da los?«, fragte Dave.

»Los, beeilt euch. Sie greifen uns an. Präsident Fillgert will uns alle umbringen.«

»Was?«, rief Lanee erschrocken.

»Na komm schon«, sagte Cliff und stolperte hinter Dave und Nancy her.

Lanee hatte nur einmal mit Nancy geredet, sie schien sehr nett zu sein, sie konnte sie jedoch noch nicht richtig einordnen. Die anderen waren schon aus der Tür raus, als sie sich endlich rühren konnte. Erneute Angst überkam sie, diesmal die Angst davor, allein zurückgelassen zu werden. Sie stürzte den anderen hinterher.

Sie kamen an einem am Boden röchelnden Slonk vorbei, dem Nancy die Kehle durchgeschnitten hatte. Dann standen sie in der Eingangshalle vor der kämpfenden Menge.

Schreie ertönten, Schmerzensschreie, Triumphgeschrei, das Geschrei der Slonks, das Lanee in den Ohren wehtat. Irgendwo konnte sie ein Stück von Vees Kleid erkennen. Sie hielt sich die Hand vor den Mund. Nancy packte sie am Oberarm und rannte mit ihr durch die Leute hindurch. Sie schlug einen Slonk von dem Rücken einer Frau, aber sie war schon längst tot. Hätte Nancy sie nicht mit sich gezerrt, wäre Lanee vor Entsetzen erstarrt.

Die meisten Leute mussten das Gebäude schon verlassen haben. Lanee sah nach oben. Fal, Kara und Stan rannten soeben die Treppe herunter. Ein anderer Mann war noch bei ihnen, Lanee hatte ihn noch nie gesehen. Dann erschütterte eine weitere Explosion das Hotel, und Lanee warf sich auf den Boden, Rauch und Staub erfüllten die Luft und sie glaubte jemanden ihren Namen rufen zu hören.

Sie schrie auf, dachte auf einmal an eine Person, die nicht geschützt war. Die ganz allein war und die sie vielleicht sogar alle retten konnte.

»Lori!«, stieß sie aus, rappelte sich auf und rannte zu der Tür, die zum Keller führte.

»Lanee, NEIN!«, rief Nancy hinter ihr, doch sie hörte nicht auf sie. Sie stürmte die Stufen hinunter und sah von Weitem schon, dass die Tür geöffnet worden war.

Lanee hielt jedoch nicht an.

Vor der mit Blauweidenholz versehenen Tür blieb sie abrupt stehen. Ein Slonk hatte sich über den leblosen Körper von Lori gebeugt und stach immer und immer wieder mit einem Messer auf sie ein. Er wandte sich um, als er Lanees Keuchen hörte.

Er sah anders aus als die anderen Slonks. Seine Augen waren rot unterlaufen und dickflüssiges Blut lief aus seinem Mund. Seine Hand schien gebrochen zu sein und einige Zähne fehlten. Einen erstickten Schrei ausstoßend, warf er sich auf Lanee.

Eine weitere Explosion erschütterte die Decke, Steine knallten auf den Boden.

Lanee hielt schützend den Arm über ihren Kopf, aber der Slonk rammte seine Zähne in ihren Arm.

Lanee schrie, und in diesem Moment wurde der Slonk von ihrem Körper gerissen. Nancy, Cliff und Dave halfen ihr auf die Beine und sie drückte ihre Hand auf die blutende Wunde. Der Slonk krümmte sich vor Schmerzen, sie ließen ihn zwischen den Trümmern liegen.

Dave richtete die Hand auf die Wand am Ende des Kellers, sodass diese explodierte.

Die Schreie waren leise hier unten.

»Na los. Kommt«, rief er.

Im selben Moment traten ein Mann mit Ziegenbart und einige Slonks in den Kellergang.

»Der Kerl aus dem Zug, der uns angegriffen hat!«, rief Cliff.

Der Mann grinste und deutete mit seinem Messer auf Lanee und die anderen. »Schnappt sie euch.« Und die Slonks schnellten auf sie zu.

Cliff ließ weitere Teile von der Decke herunterstürzen und erwischte ein paar Slonks mit den Gesteinsbrocken, die krachend den Boden zerbrachen.

Einige Slonks schrien vor Schmerzen, als die Hälften ihrer Körper darunter begraben wurden. Lanee wusste nicht, wie ihr geschah, es ging alles so schnell.

Der Ziegenbart brach das Genick der schreienden Slonks mit einem Schwenker seiner rechten Hand. Nancy ergriff abermals wie selbstverständlich Lanees Hand und die vier flüchteten aus dem Loch in der Wand, entfernten sich mit jedem Schritt weiter von ihren Freunden.

Auf dem Boden des Raumes, nicht weit von dem dickflüssigem Blut spuckenden Slonk entfernt, zuckte Loris Hand.

KAPITEL 58
Loser?

Mr. W stolperte in seine Küche. Oh, wie dumm war er doch gewesen, er hätte sie einfach gehen lassen sollen. Warum war Xane eine so hilfsbereite Person, er hätte ihn niemals aufnehmen sollen, aber er hatte sich mal wieder einen Vorteil davon versprochen.

Wie dumm er doch war.

Nein, eigentlich war Xane nicht einmal hilfsbereit, jedenfalls nicht so plötzlich. Was war mit ihm passiert, als diese Gruppe sein Haus betreten hatte?

W fluchte und rammte ein Messer in den Küchentisch. Daraufhin hörte er ein Lachen. Es war nur leise, aber es war sicherlich da und nicht nur wieder in seinem Kopf – er hatte gelernt die Unterschiede zu erkennen.

Langsam drehte er sich um, das Messer in der Hand, denn das Reisen hatte ihn geschwächt.

Jemand war hier in seinem Haus.

Dann hörte er das Wasser im Badezimmer und ein Mann in einem weißen anzugähnlichen Gewand trat heraus und zu ihm in die Küche.

»Präsident Fillgert«, sagte W erstaunt und legte das Messer beiseite. Er würde mit einem Messer bei Fillgert nicht besonders weit kommen.

»Hallo, Wilferan«, sagte Fillgert und warf das Handtuch,

mit dem er sich die Hände abgetrocknet hatte, achtlos auf den Boden. Was wollte er hier?

»Ich höre nicht mehr auf diesen Namen.« Wütend verzog W sein Gesicht. Wie konnte er ihn überhaupt kennen? Wie kam er hierher?

»Oh, natürlich tun Sie das.« Fillgert grinste ihn an.

»Was wollen Sie?«

Fillgert trat einen Schritt auf ihn zu. »Ich weiß von Ihnen, von Ihrer Geschichte. Ich weiß, wo sie sich befinden.« Sein Lächeln wurde immer breiter und Ws Hände begannen zu zittern. War das nur eine Finte?

»Wo sind sie?«, fragte er hastig.

Fillgert stützte sich auf der Küchenplatte ab.

»Nein. So läuft das nicht.«

W ballte die Hände zu Fäusten. Fillgert verzog keine Miene, als er ihm ins Gesicht sah.

Normalerweise erahnten die Menschen dann, was er wirklich war, oder besser: einst gewesen war. Doch Fillgert verspürte keine Angst. Keine Furcht lag in seinen Augen, vielleicht sogar genau deshalb: Weil er wusste, was W war.

Und weil er etwas von ihm wollte, das nur er ihm geben konnte, wenn er wieder war, was er einst gewesen war.

»Wenn Sie wollen, dass ich Ihnen helfe und Sie zu ihnen bringe, müssen Sie mir versprechen, dass Sie mir einen Gefallen tun werden.«

»Welche Art von Gefallen?«

»Sie können sich das schon denken.« Fillgert grinste weiter.

»Es wird Jahre dauern, wenn ich es schaffe.«

»Nur für Sie. Nicht für mich.« Fillgert zögerte, dann streckte er W eine Hand hin. »Also, haben wir einen Deal?«

Mr. W blickte auf die ausgestreckte Hand und nach einigem Zögern ergriff er sie schließlich. Es war die einzige Chance, die er seit etwa hundert Jahren erhielt.

»Ja, haben wir«, sagte er. Fillgerts Gesicht hellte sich auf, er zog einen Trank aus seiner Jacke und schüttete sich ihn in den Mund.

Und W lächelte, während sie verschwanden und eine leere Küche zurückließen.

KAPITEL 59
The Leader

»Ich wünschte, du würdest hierbleiben«, sagte Marc und sah Illn in die Augen. Er strich ihm über die Haare, aber zog seine Hand schnell wieder zurück.

»Ich auch«, sagte Illn lächelnd. »Aber ich muss gehen.«

Marc hatte ihn in der Tür buchstäblich aufgefangen. Dann hatte er ihn so gut es ging zusammengeflickt, ihm etliche Tees eingeflößt und ihn einem Reinigungszauber unterzogen, der die letzten Spuren des grauenerregenden Wesens weggewaschen hatte.

Dann hatte Marc ihn in sein Bett gelegt und Illn hatte so gut geschlafen wie lange nicht mehr.

Letzte Nacht hingegen hatte er ... na ja, kaum geschlafen. Er sah Marc an und Glück breitete sich in seinem Körper aus. Er war schon zu lange hiergeblieben.

Illn wünschte sich, jeder Stress, jede Gefahr würde einfach vergehen. Er wünschte sich, er wäre nicht so involviert in all das, was gerade passierte. Er wünschte sich auch, er könnte hierbleiben, hier im Haus am Meer. Vielleicht konnte er es ja, vielleicht würde Fal es sogar verstehen.

Gestern hatte Marc ihm von einer Gruppe erzählt, nicht einmal klein sogar, die sich gegen Fillgert auflehnte. Aus der Zeitung hatte er erfahren, dass die Frau des Anführers William Greene sich vor ein paar Tagen umgebracht hatte.

Schon als Marc angefangen hatte von ihm zu reden, während er Illn einen weiteren Reinigungstrank gebracht hatte, hatte Illn gewusst, dass er diesen William Greene aufsuchen musste. Vielleicht bestand mit dieser Gruppe eine Chance, Fillgert zu stürzen und Fal nach Hause zu holen. Oder vielleicht besaßen sie Tränke, da die Verstorbene bei Fillgert gearbeitet hatte.

»Komm doch mit«, sagte Illn.

Marc lachte, während er sich umdrehte. Illn legte einen Arm über seinen Rücken und schloss wieder die Augen.

»Ich muss hierbleiben. Mein Job hat keine Pausen. Das weißt du.«

»Die Welt geht unter«, sagte Illn. »Die Leute können auf deinen Job verzichten, denke ich.«

Er und Marc lachten, aber er wusste, er musste diesen Weg allein gehen. Marc konnte nicht mitkommen und dabei hätte Illn sich so gewünscht, ihn an seiner Seite zu wissen.

Illn sah auf die Uhr. Ein paar Stunden noch. Er wollte die Wärme, den Komfort des Bettes nicht verlassen. Er wollte das Haus und Marc nicht verlassen. Doch wie immer, wenn man nicht wollte, dass die Zeit vorbeiging, zog sie umso schneller vorüber.

Die Minuten wurden zu Stunden und schon begann die Sonne wieder unterzugehen. Illn zog sich frische Kleidung an, die Marc ihm gegeben hatte und die ihm ein wenig zu groß war, und betrachtete sich im Spiegel.

»Was denkst du?«, fragte er und drehte sich zu Marc, der mit einer Tasse in der Hand am Küchentisch saß und mit einer kleinen Brille auf der Nase in der Zeitung blätterte. Illn stellte sich gerne vor, dass er nach etwas suchte, das Illn davon abhalten würde zu gehen.

Marc schaute auf und grinste. »Meine Kleider stehen dir gut.« Gespielt mühsam richtete er sich auf.

Illn lächelte. Er sollte nicht so glücklich sein, aber was sollte er nur tun. Marc flüsterte ihm etwas ins Ohr. Grinsend schnappte Illn sich die Tasche, die Marc für ihn bereitgestellt hatte.

Er sah Marc an, und wie letztes Mal, als er gegangen war, schien es mit einem Mal anders zwischen ihnen zu sein und sie verabschiedeten sich nur knapp.

Aber als Illn sich noch einmal umdrehte, erwiderte Marc sein Lächeln. Und wieder stürzte er sich in die Fluten hinein. Dieses Mal schmerzte es sogar noch mehr. Dass er nicht wusste, wann er Marc wiedersehen würde, war wie bei ihrem letzten Abschied, und doch war es nun anders: Er hatte erfahren, was es hieß, bei ihm zu sein, und er wollte keinen Tag mehr ohne ihn verbringen. Während das Wasser über ihm zusammenschlug, fluchte er innerlich und gleichzeitig musste er lachen.

Das Wasser seiner Dusche ging an, Illn stolperte und wäre beinahe hingefallen, schaffte es gerade noch, sich festzuhalten. Er erinnerte sich daran zurück, als er zum ersten Mal hier gelandet war. Es war noch gar nicht so lange her, es kam ihm jedoch wie eine Ewigkeit vor.

Er trocknete sich innerhalb weniger Sekunden. Es fühlte sich so gut an, die volle Kraft über seine Magie wieder erlangt zu haben. Er öffnete die Tür einen Spalt und lugte aus dem Badezimmer hinaus.

Durch die Küche hindurch konnte er sehen, dass die Hüttentür halboffen stand. Er wollte nicht riskieren von irgendjemandem bemerkt zu werden, deswegen schloss er sie nicht und verschloss stattdessen die Badezimmertür.

Auf dem Boden breitete er den Inhalt der Tasche aus. Auf einer Karte stand die Adresse von William Greene und darunter war noch etwas notiert: *Blattgoldenes Skwiirrll*. Verwirrt sah Illn auf die Karte und steckte sie dann ein.

Draußen war es noch hell, er musste die Nacht abwarten. Die Hütte der Greenes lag fast ganz am Ende von Ratrou. Illn konnte es nicht drauf ankommen lassen, dass ihn jemand entdeckte.

Er krampfte seine Hände um den Rand des Waschbeckens. Was, wenn William Greene doch nicht gegen, sondern für Fillgert arbeitete? Schreckensszenarien spielten sich vor seinem inneren Auge ab. Immer noch spürte er die Schmerzen und schrecklichen Erinnerungen, die die Kreatur auf ihn übertragen hatte.

Beinahe hätte er aufgeschrien, als etwas wie ein Stromschlag durch sein Gehirn schoss, und ein schreiender Mann mit blutigen Striemen am Rücken tauchte in seinem Gedächtnis auf. Das waren nicht seine Gedanken, nicht seine Schmerzen, er versuchte es sich immer wieder einzureden. Marc hatte ihm gesagt, dass er nur so dagegen vorgehen konnte. Es würde zwar noch lange dauern, bis die Albträume und Erinnerungen, die nicht seine waren, verschwanden, aber er musste dagegen ankämpfen.

Ein Rapplatuk war es gewesen, hatte Marc gesagt und in Illn waren Erinnerungen an eine lang vergessene Unterrichtsstunde aufgetaucht. Genveränderte Rapplatuks, die die Schmerzen von Menschen auf sich nehmen konnten. Doch die Experimente waren schiefgegangen, wie war Illn nicht schon früher darauf gekommen.

Aber die eigentliche Frage: Wie hatte Fillgert Besitz von einem dieser Viecher ergreifen können?

Illn atmete tief durch. Aus der Schachtel mit den kleinen Steinkugeln nahm er vorsichtshalber einige lose und steckte sie in die Jackentaschen, den Rest verstaute er wieder in der Tasche. So wenig wie möglich mitnehmen. Für einen möglichen Nahkampf steckte er sich ein kleines, scharfes Messer in die Tasche. Noch einmal atmete er tief durch.

Vielleicht war es übertrieben, aber er würde nicht erneut gefangen genommen werden. Illn lehnte sich an die Badewanne und zog den kleinen Vogel aus der Tasche. Er war für Earl, um ihm eine weitere Nachricht zu schicken. Das würde er erst später tun, nachdem er alles erledigt hatte.

Er sah aus dem Fenster und fütterte den Vogel mit einer kleinen Nuss, dann lehnte er den Kopf zurück und döste für einige Minuten ein. Als er die Augen öffnete, funkelten die Sterne am Himmel. Illn prüfte noch einmal seine Taschen, dann richtete er sich auf und ging in sein Schlafzimmer, öffnete das Fenster und kletterte dort hinaus. Er schlich zum Wald hinüber und lief im Schatten der Bäume weiter.

Sein Körper kribbelte, die Aufregung und das Adrenalin schossen durch seinen Körper und ließen ihn erhitzen. Er war fest entschlossen. Er erinnerte sich daran, wie er früher mit Earl und den anderen durch den Wald geschlichen war. Oh, er fühlte sich fast so wie damals und dieses Gefühl gab ihm noch mehr Kraft und er beeilte sich voranzukommen.

In der Hütte von Willam Greene brannte noch Licht, durch die Fenster erkannte Illn Schatten. Er sah sich um, niemand war auf den Straßen unterwegs. Das war ungewöhnlich, so spät war es ja noch gar nicht. Illn dachte nicht weiter darüber nach und huschte zu der Hütte hinüber. Sie war recht groß, sogar zu groß für eine vierköpfige Familie, fand Illn.

Er klopfte an die Tür.

Drinnen waren Stimmen zu hören, dann Schweigen und schließlich eilige Schritte. Die Tür wurde aufgerissen.

Ein Mann, etwa in Illns Alter, vielleicht ein wenig älter, sah ihn grimmig an. Seine Augenbrauen standen sehr tief und gaben ihm wohl nicht nur jetzt den Ausdruck, als wäre er nicht besonders glücklich. Er trug eine Jeans und ein weißes Top unter seinem offenstehenden Hemd und in der linken

Hand, mit der er sich an der Tür abstützte, hielt er eine Gabel. Wahrscheinlich hatte Illn ihn gerade beim Essen gestört. »Was wollen Sie?«, fragte William.

Illn starrte auf die Gabel und überlegte im Stillen, wie viel Kraft William aufbringen musste, um ihm die Gabel in den Kopf zu rammen. Schnell verscheuchte er die Gedanken und sah William direkt in die Augen. »Mein Name ist Illn Feyn und ich möchte mit Ihnen über die Vernichtung des Präsidenten reden, ich ...« Die Gabel drückte ihm gegen die Kehle.

Doch Illn hatte sein kleines Messer gezogen, und als William den Schritt nach vorne gemacht hatte, hatte er ihm das Messer ebenfalls an die Seite seines Halses gehalten.

William schnaubte wütend.

»Ich will Ihnen nichts tun«, sagte Illn und gab dem Messer etwas Druck, gleichzeitig ließ er die Kugeln in seiner Tasche leicht schweben. Sicher war sicher. »Ich will nur meinen Sohn retten. Er wurde von Präsident Fillgert unschuldig verstoßen.«

William knirschte mit den Zähnen, schien zu überlegen. »Dann kommen Sie halt rein«, sagte er schließlich und ließ die Gabel sinken. »Und schreien Sie hier draußen nicht mehr so herum. Es ist nicht mehr sicher hier!«

Er schlug hinter Illn die Tür zu und führte ihn durch den Flur hindurch in ein recht großes Esszimmer. Auf dem Esstisch stand noch dampfendes Essen. Ein Mädchen mit braunen Locken saß am Tisch. Ihre Augen waren rot unterlaufen, wahrscheinlich hatte sie geweint. »Dad, wer ist das?«

»Hallie, ich erkläre es dir später. Geh bitte auf dein Zimmer«, sagte William. Das Mädchen schien wütend, vielleicht auch enttäuscht, warf beim Aufstehen den Stuhl um und rannte polternd die Treppe ins Obergeschoss.

William deutete auf einen Stuhl, vor dem kein Teller auf dem Tisch stand, und Illn setzte sich, das Messer nahm er jedoch nicht aus der Hand. An der Wand hingen Bilder, einige selbst gemalt, nicht einmal schlecht. Daneben Fotos von der Familie. Ein heller Fleck an der Wand zeigte, dass eines der Bilder entfernt worden war.

»Hm, also«, sagte William, selbst ebenso Platz nehmend, und nickte Illn zu. »Illn Feyn.«

Illn räusperte sich. »Mein Sohn, Faldor Feyn, wurde unschuldig verstoßen. Ich habe Kontakt zu den Verstoßenen. Darunter auch zu Earl Abethorthy, dem Bruder von Präsident Fillgert.« Williams Augen wurden etwas größer, doch Illn redete weiter, ohne ihn zu Wort kommen zu lassen.

»Sie versuchen einen Weg nach Hause zu finden, ich weiß nicht, wie es ihnen jetzt geht, da ich einige Tage keinen Kontakt zu ihnen hatte. Aber ich muss sie nach Hause holen und mein Freund Earl will Fillgert stürzen.« Er verschluckte sich beinahe an seinem eigenen Atem. »Ich weiß, dass Sie eine Organisation gegründet und dasselbe Ziel haben.«

Nun schwieg er und er konnte förmlich sehen, wie die Informationen, die er William gerade gegeben hatte, in dessen Kopf herumwirbelten.

William schwieg für ein paar Sekunden.

»Hm, okay. Illn Feyn. Und was genau wollen Sie jetzt von mir?« Drohend sah er ihn an, die Gabel noch immer in der Hand. Illn umklammerte das Messer unter dem Tisch noch etwas fester.

»Ich hatte auf Ihre Hilfe gehofft«, sagte er ruhig. »Wie ich schon sagte, mein Freund Earl will Fillgert stürzen. Allerdings sind die Verstoßenen geschwächt und ...«

»Was, wenn es nicht wahr ist?« William rammte die Gabel zwischen ihnen in den Holztisch und starrte ihn eindringlich an. »Was, wenn ich keine geheime Organisation gegen Präsident Fillgert gegründet habe und wenn ich eigentlich für ihn arbeite?«

Illn sagte so gelassen, dass es sogar ihn überraschte:»Dann werde ich Sie wohl töten müssen.«

William sah ihn an, als versuchte er zu ergründen, wie Illn tickte. Das Ergebnis war anscheinend nicht so schlecht, denn er zog die Gabel aus dem Tisch und lehnte sich auf seinem Stuhl zurück.

»Hm, gut.« Ein kleines Lächeln huschte über sein Gesicht, doch das Misstrauen in seinem Blick blieb.

»Es stimmt. Und ich sehe, Sie wollen Fillgert auch vernichten, ich könnte jemanden wie Sie in meinen Reihen gebrauchen. Aber ich kann Ihnen nicht helfen.«

Im Spiegel auf der anderen Seite des Esszimmers hatte Illn das Messer gesehen, das langsam von der Küche aus auf ihn zugeflogen war und nun hinter seinem Kopf schwebte. Mit einer kleinen Bewegung seiner Hand ließ er das Messer fallen. William hatte nicht besonders viel Kraft angewendet, es war ein Leichtes, das Messer seiner Kraft zu entziehen. Es fiel hinunter und im selben Moment stürzte sich William auf Illn und riss ihn zu Boden.

Illn wollte ihm nicht wehtun, dennoch stiegen die Kugeln aus seinen Taschen in die Höhe und schwirrten um die beiden Ringenden. William drückte die Gabel hinunter, sie war nur einige Zentimeter von Illns Gesicht entfernt.

»Was hat Fillgert Ihnen bezahlt?!«, rief William. Die Gabelzinken näherten sich Illns Auge.

Als William nach dem Messer griff und es zu ihm herübergeschwirrt kam, nutzte Illn diesen Moment aus und rammte seine eigene Hand durch die Gabelzinken hindurch. Dadurch konnte er William nach hinten schleudern und das Messer wirbelte durch die Luft, bohrte sich nur ein paar Zentimeter von William entfernt in den Boden.

»Er hat mir nichts bezahlt!«, schrie Illn und zog sich mit einem Keuchen die Gabel aus der Hand. Blut tropfte auf den

Boden und er deutete mit seinen blutigen Fingern wütend auf William, der sich langsam aufrichtete.

»Er hat mich gefoltert und mir meinen Sohn genommen!« Illn schrie so laut, dass er glaubte, die ganze Nachbarschaft würde ihn hören können. Er zog sich halb die Jacke aus und zeigte William seinen Arm.

Das F, das Fillgert hineingeritzt hatte, hatte Marc nicht heilen können. Es brannte nach wie vor rot auf seiner Haut. William starrte darauf, vielleicht verstand er jetzt alles.

»Er hat mich zu seinem Rapplatuk geworfen!« Illn bemerkte erst, nachdem er die Worte ausgesprochen hatte, dass er gerade versuchte seinen gesamten Schmerz hinauszuschreien. William starrte immer noch auf das F.

Illn zog sich seine Jacke wieder über und umklammerte seine verwundete Hand fester.

»Ein Rapplatuk?«, fragte William. »Ich dachte, die leben nur in den Wäldern, ich dachte, die Schmerzensbringer-Versuche sind alle gescheitert.«

»Offensichtlich nicht.« Illn brannte die Wunde an seiner Hand mit einem schnellen Zauber aus.

»Aber ...« William sah ihn verwirrt an.

»Das heißt, dass Fillgert noch mehr Macht hat, als Sie angenommen haben«, sagte Illn. »Und, dass er alles tun würde, um diese Macht zu behalten.«

Er keuchte leise und ließ die Kugeln zurück in seine Taschen schweben.

William stützte sich auf seinem Stuhl ab. »Haben Sie wieder Kontakt zu Ihren Freunden?«

»Ich werde ihnen, sobald ich zuhause bin, eine Nachricht schicken.«

William zögerte, dann sagte er: »Ich kann Ihnen vielleicht einige Tränke besorgen. Wenn es stimmt, was meine Leute sagen, dann plant Fillgert den Angriff auf Ihre Leute bereits.

Es wird kein friedliches Zusammentreffen sein, das sage ich Ihnen.«

»Damit habe ich auch nicht gerechnet. Kann ich auf Ihre Gruppe zählen?« Illn stützte sich ebenfalls auf einen Stuhl, beugte sich leicht vor. »Kann ich Earl ausrichten, dass er Unterstützung bekommen wird?«

William sah ihn an. In seinem Kopf herrschte Chaos. Sein halbes Leben hatte er auf so einen Moment gewartet, er hatte sich so einen Moment erhofft, davon geträumt, ja sogar dafür gebetet.

Und nun, da der Moment gekommen war, da er nun endlich das tun konnte, worauf er schon immer hingearbeitet hatte, konnte er sich nicht darüber freuen. Er konnte kaum darüber nachdenken und planen, was eine Entscheidung nun als Folge hatte.

Stephanie war nicht da, seine helfende Hand, die, die alles viel schneller erfasst hatte als er, sie war sein Rat gewesen, er wusste nicht, wie er ohne sie entscheiden sollte.

Dennoch fasste er einen Entschluss und er wusste, dass es Probleme geben würde, doch er lächelte, als er daran dachte.

»Unter zwei Bedingungen, ja«, sagte William.

Illn fluchte innerlich, er hätte ahnen müssen, dass es nicht so leicht werden würde. »Die wären?«

»Präsident Fillgert hat meine Frau ermordet. Ich will ihn umbringen.«

Earl würde nicht zulassen, dass jemand anderes außer ihm Fillgert tötete, aber das wusste William ja nicht. Also nickte Illn.

»Und somit will ich auch der nächste Präsident von Ratrou werden.« Auch das würde Earl nicht zulassen.

William hatte sich aufgerichtet und die Hände von der Stuhllehne genommen. »Natürlich wird es wieder Wahlen geben, aber bis dahin ...«

Illn ärgerte sich sehr, aber er lächelte und nickte freundlich.
»Das wird, denke ich, kein Problem sein.« Er streckte William seine Hand entgegen.

Dieser schüttelte sie kurz. »Ich werde den anderen Bescheid sagen, sie werden Sie kennenlernen wollen. Ich berufe für morgen ein Treffen ein, Sie sollten kommen. Es wäre gut, wenn sich Ihr Freund bis dahin gemeldet hat, sodass wir mehr wissen«, sagte William. »Unterdessen versuche ich einige Tränke zu bekommen.«

»Danke«, sagte Illn erleichtert und reichte William die blutbeschmierte Gabel über den Tisch.

»Danke ...?«, sagte er verwirrt.

»Bitte schön.« Illn wandte sich zum Gehen. Er durfte keine Zeit verlieren, er musste Earl schnellstens Bescheid sagen und deswegen schlug er die Tür hinter sich zu, huschte wieder zum Waldrand hinüber und verschmolz mit der Dunkelheit.

KAPITEL 60
Shattered Glass

3. Oktober

Wir hasteten den Hang hinunter. Ich klammerte mich an Äste und Wurzeln. Meine Füße überschlugen sich und ich wäre mehrmals beinahe hingefallen.

Stan hatte sich noch mehr von seiner Haut abgerissen, und Gaven stützte Kara, die nicht mehr wirklich hier zu sein schien und immer wieder hinfiel.

Neben mir schlug etwas in den Boden ein und ich wurde durch die Luft geschleudert. Ich stürzte den Abhang einige Meter hinab, riss kleine, zarte Bäume um und schluckte Erde, bis ich mich mit den Beinen bremsen konnte und einen Ast zu fassen bekam. Ehe ich mich aufrichten konnte, brach dieser jedoch ab und ich fiel weiter abwärts.

Jemand rief meinen Namen. Endlich konnte ich meinen Sturz stoppen und mich aufrappeln. Ich sah nur kurz nach oben, dann stolperte ich weiter den Hang hinunter.

Hinter mir brannte der Wald, die anderen waren nicht mehr zu sehen. Von irgendwoher war aber ein Slonk aufgetaucht und verfolgte mich. Aus dem Augenwinkel bemerkte ich, wie er etwas nach mir warf. Dicht hinter mir bohrte sich ein Messer in einen Baumstamm. Ich keuchte auf und rannte, ohne nachzudenken, weiter, als etwas neben mir explodierte. Schützend hielt ich mir die Hände vors Gesicht.

»Xane?«, rief ich und hielt verzweifelt Ausschau nach meinen Freunden.

Da sah ich Xanes Schal zwischen den Bäumen hindurchhuschen. Doch der Weg zu ihm wurde von dem Slonk versperrt, der von der Seite immer näher auf mich zuhielt.

Ich beschleunigte meine Schritte und wäre beinahe ein weiteres Mal den Abhang hinuntergefallen.

Während ich in Xanes Richtung stolperte, warf sich der Slonk auf mich. Er hatte sein einziges Messer verworfen und versuchte mir nun die Kehle zuzudrücken. Ich sah in die schwarzen Augen und das fiese Gesicht. Die Hände schlossen sich um meinen Hals.

Weitere Slonks stürmten an uns vorbei. Niemand würde mir zu Hilfe eilen.

Ich erinnerte mich an das Messer, das ich der Mafé gestohlen hatte, und zog es aus meiner Tasche. Das Gesicht des Slonks verzog sich zu einem Grinsen, als ich zu röcheln begann. Mein Griff um das Messer lockerte sich.

Mit letzter Kraft drückte ich den Slonk von mir und rammte das Messer in ihn hinein. Das war schwerer, als ich erwartet hatte. Ich fühlte, wie die Klinge sein schlagendes Herz durchbohrte, und ließ erschrocken los. Das Pochen konnte ich durch den Griff in meinen Handflächen spüren. Der Slonk stieß einen erstickten Ruf aus. Dunkles Blut tropfte aus seinem Mund auf mein Oberteil.

Langsam fiel der Slonk auf mich. Ich wollte das Gefühl, das noch in meiner Hand pochte, nicht mehr fühlen. Tränen stiegen in meine Augen, als ich mich von dem Slonk befreite und ihn auf dem Boden liegen ließ. Vorsichtig stupste ich ihn an, vielleicht war er ja gar nicht wirklich tot.

»Faaal?!«, rief eine Stimme. Xane. Er klang weit entfernt. Ein letztes Mal sah ich auf den Slonk, wischte mir über die Augen und folgte dann Xanes Stimme den Hang hinunter.

Hinter mir hörte ich wieder Schritte und ein leidendes Rufen. Ich fuhr herum. Ein Slonk, der eine Art Krone aus Holz auf dem Kopf trug, beugte sich über den toten Slonk.

Dann warf er mir einen Blick zu, in seinen Augen blitzte purer Hass.

»DU!« Seine Stimme war dunkel und voller Schmerz.

Ich wusste, ich hätte eigentlich wegrennen sollen, doch ich blieb wie angewurzelt stehen. Ein Teil von mir wollte sich entschuldigen für den Schmerz, den ich ihm zugefügt hatte.

Der Slonk schnellte hoch, griff auf seinen Rücken und zog einen Speer hervor. Mit einem Schrei warf er ihn nach mir. Xane sprang vor mich.

»Neeiiiin!«, schrie ich, weil ich dachte, der Speer hätte ihn getroffen, aber er prallte von Xane ab und zersprang in tausend kleine Teile.

Der Slonk stieß einen markerschütternden Ruf aus. Dann deutete er auf uns. Xane verschwendete keine Zeit, nahm meinen Arm, drehte sich um und rannte den Hang hinab.

Unten angekommen warteten Gaven, Stan und Kara auf uns. Gaven musste sie nun fast tragen. Als sie mich sah, sank sie auf dem Boden zusammen. Sie stieß einen leisen Laut aus, der fast wie der Laut des Slonks klang, und vergrub ihr Gesicht in den Händen.

»Wir müssen weiter«, drängte Gaven und sah besorgt zu unseren Verfolgern hinauf. Die Schreie der Slonks waren ein deutliches Signal, dass uns nicht mehr viel Zeit blieb. Xane war der Einzige, der nicht besorgt wirkte.

»Kara.« Ich kniete mich neben sie.

»Nein!«, heulte sie. Sie sah furchtbar aus. »Ich kann nicht mehr. Ich will nicht mehr.«

Stan sah mich an. Ich erwiderte seinen Blick mit verengten Augen, vielleicht waren wir nur hier wegen ihm. Ich holte tief Luft. Nein, in einer Situation wie dieser sollte man zusammenhalten. Das war der einzige Grund, weswegen ich ihn nicht zurückgelassen hatte.

»Du musst, Kara«, sagte ich und sah ihr in die Augen. Wir hörten die Slonks den Hang herunterstürmen. »Bitte, Kara. Bitte.«

Eine Träne lief über ihr Gesicht und sie schloss für einen Moment die Augen, dann nahm sie meine Hand und ich half ihr auf die Füße.

Ich stützte sie und wir rannten über die Wiese. Links von uns lag Peits Haus, das Cliff mir gezeigt hatte. Ein unförmiges Bündel lag davor im Gras und ein unwohles Gefühl überkam mich, und vor meinem inneren Auge sah ich Peits Kopf auf dem Stab aufgespießt, und mir wurde schlecht, während ich daran dachte, und ich versuchte meine Gedanken auf etwas anderes zu lenken.

Auf der anderen Seite der Wiese rannten wir in den Wald. Schon bald hörten wir vor uns Autogeräusche, hinter uns ertönte das stete Kreischen der Slonks.

Xane setzte erneut einen der Bäume in Brand, blieb einige Sekunden stehen und schwenkte seinen dunklen Stab. Eine Wand aus Feuer schoss in die Höhe, sodass die Slonks, die uns am nächsten gewesen waren, brennend zu Boden gingen.

»Das wird sie nicht lange aufhalten.« Xane zog mich und Kara weiter.

Gaven starrte auf die Flammen und folgte uns dann, sein Gesicht war schmerzverzerrt. Seine Beine schienen an so langes Rennen nicht gewöhnt und sein Atem rasselte mit jedem Zug lauter. Ich wusste nicht, wie lange er durchhalten würde.

Ich wusste nicht, wie lange ich durchhalten würde.

Schließlich konnte ich durch die Bäume hindurch eine Straße sehen, über die mehrere Autos fuhren.

Xane beobachtete angestrengt die fahrenden Lärmmaschinen, dann sah er nach hinten auf das Feuer, das schwächer und schwächer wurde. Er streckte die Hand aus und richtete sie auf die Straße – und die Autos, die an uns vorbeigedonnert waren, fuhren nun nur noch wie in Zeitlupe. Xane winkte uns zu. Zwischen den Autos hindurch, die wie in der Zeit eingefroren über die Straße krochen, liefen wir ihm hinterher und kaum hatten wir die andere Seite erreicht, schossen die Autos wieder an uns vorbei, als wäre nichts gewesen.

Xane winkte uns weiter. Abermals ging es in einen Wald hinein, dann einen kleinen Hang hinunter. Bevor die Straße aus unseren Blicken verschwand, drehte ich mich noch einmal um. Der Slonk mit der hölzernen Krone auf dem Kopf blickte hinter uns her, schien sich dann aber vor den Blicken der Normalen in den Autos schützen zu wollen und rief seine Leute zurück in den Wald.

Wir wussten, dass sie uns nicht weiterverfolgten, trotzdem blieben wir nicht stehen. Mein Körper schmerzte und ich atmete schwer. Xane bog nach rechts ab und wir kämpften uns durch eine Dornenwand hindurch, bis sich ein kleiner Parkplatz vor uns erstreckte.

Ein Fast-Food-Laden stand keine zehn Meter von einem roten Auto entfernt, in dem eine Frau saß und eine Zeitschrift las.

Xane sah nach rechts und links. Dann deutete er auf das Auto und lief los. Seine Schuhe klackerten über den Boden. Er erreichte das Auto in dem Moment, in dem die Frau ausstieg. Xane richtete den Stab auf sie und die Frau wich ein Stück zurück, ihre Augen verdrehten sich und sie sackte zusammen.

Xane packte sie und setzte sie auf eine grüne Bank nicht weit von ihrem Auto entfernt. Schnell huschten wir zu ihm und nahmen im Auto Platz. Ich setzte mich auf den Beifahrersitz, um neben Xane sitzen zu können, Gaven, Kara und Stan quetschten sich auf die Rückbank. Xane warf seinen Rucksack auf meinen Schoß, den er als Einziger die ganze Zeit auf dem Rücken gehabt hatte. Den, den er mir gegeben hatte, lag noch in meinem Hotelzimmer und Kara und die anderen hatten offenbar gar nicht angefangen zu packen.

»Was hast du mit ihr gemacht?«, fragte Gaven.

Wir alle waren erleichtert, als Xane das Auto startete. Die Reifen quietschten, als wir von der Raststätte wegfuhren, und Xane sah Gaven durch den Spiegel hindurch an. Gaven sah nicht hinein.

»Ich habe sie nur betäubt«, sagte Xane. »Sie wird ihr Auto wieder finden.«

»Okay.« Gaven seufzte, schloss die Augen und lehnte sich nach hinten.

Ich sah auf den Stab, den Xane in der Hand hielt, und aufs Neue packte mich das Verlangen, danach zu greifen und ihn an mich zu nehmen. Schnell wandte ich den Blick ab.

»Wo fahren wir hin?«, fragte Kara. »Wir müssen die anderen finden.«

»Wir fahren zurück zu W«, sagte Xane. »Wenn wir die anderen finden wollen, brauchen wir Ws Hilfe.«

Kara nickte stumm und sah aus dem Fenster. Ich fragte mich, ob sie es vermied, die Augen zu schließen.

Stan zitterte am ganzen Körper, er zog an einem Hautfetzen, der von seiner Hand hinabhing, und betrachtete ihn, während er zwischen seinen gläsernen Fingern zerbröselte. »Es ist meine Schuld, es ist alles meine Schuld, meine Schuld«, flüsterte er. Keiner antwortete ihm. Das war wirklich alles seine Schuld, er hatte schon recht, nur wollte ich es ihm in diesem Moment nicht noch mehr unter die Nase reiben. Ich wollte nicht über seine Fehler reden.

Wir bogen von der Autobahn auf eine unbefahrene Straße ein, die durch den Wald führte. Xane sah auf die Uhr. »Heute schaffen wir das nicht mehr, bis nach Hause.« Er verlangsamte das Tempo.

Gaven warf einen Blick nach hinten. »Meinst du, wir haben sie abgehängt?«

»Fürs Erste«, sagte Xane und bog noch einmal rechts ab.

»Dann halt an«, sagte Gaven. »Da vorne kommt 'ne Scheune, da können wir bleiben. Nicht bewohnt.« Er starrte auf seine Hände.

Xane legte die Stirn in Falten.

»Wahrscheinlich keine so schlechte Idee«, sagte er dann und warf einen Blick in den Spiegel.

Bestimmt sah er, dass Kara blutete, denn er nickte noch einmal und murmelte: »Wunden versorgen.« Ich spürte, dass er eigentlich recht gut gelaunt war.

Er sah zu mir hinüber und dann wieder auf die Straße. Erst als er vor einer schäbigen, kleinen Scheune hielt, steckte er seinen Stab zurück in den Mantel. »Woher weißt du davon?«, fragte er Gaven.

Der zuckte mit den Schultern. »Hab halt mal da übernachtet, bevor ich die anderen gefunden habe. Keine Ahnung.« Er stützte Kara beim Aussteigen und ging mit ihr zum Scheunentor hinüber. Sie stieß ihn von sich und Stan, der ihr seine Hand anbot, ließ sie gar nicht erst an sich heran. Sie verschwand in der Scheune und wir hörten etwas über den Boden kratzen.

Als wir ebenfalls die Scheune betraten, saß Kara auf einem Stuhl, den sie durch die Staubschicht am Boden vom Tisch weggezogen hatte, nahe zu einem Fenster, das vor Staub und Schmutz starrte. Sie hatte die Knie hochgezogen und ihr Blick verharrte auf der Scheibe, durch die sie nicht schauen konnte.

Xane wandte sich mir zu, während Gaven sich mit schmerz-verzerrtem Gesicht den Verband von der Hand zog. Die Wunde war wieder aufgegangen, das Blut hatte den Verband durchweicht.

Xane sah sich meine vom Sturz aufgeschürfte Hand und meinen Hals an, an dem sich dunkle Flecken bildeten.»Ich kann eure Wunden nicht ganz heilen, aber ich kann die Ver-bände verstärken, sodass sie sich mit eurer Haut verbinden.« Er wollte sich Karas Wunden ansehen, doch sie drehte sich weg. Ich setzte mich auf einen alten Strohballen.

Xane beugte sich zu Kara hinunter und flüsterte irgend-was, dann streckte sie ihm doch seinen Arm hin, er fuhr mit dem Stab durch die Luft und der Verband wickelte sich um ihren Unterarm.

Ich wusste nicht, was ich sagen oder tun sollte. Was tat man in so einem Moment, alle Worte brachten doch nichts.

Jedes Mal, wenn mir gesagt worden war, wie sehr es ih-nen leidtat, dass meine Eltern gestorben waren, hatte ich mir gedacht: *Ja, mir auch und danke.* Aber was hatte es ge-bracht? Gar nichts. Es gab keine Worte, die irgendetwas bes-ser machten.

»Mir tut sehr leid, was passiert ist«, sagte Xane und legte Kara kurz eine Hand auf die Schulter.

Tränen glitzerten wieder in ihren Augen. Vielleicht war es doch richtig, etwas zu sagen, wenn Xane es sagte, klang es gut. Aber wenn ich mir vorstellte es zu sagen, auch nachdem er es jetzt ausgesprochen hatte, klang es in meinem Kopf schon furchtbar.

Gaven ließ sich von Xane die vergiftete Hand erneut ver-binden. Jetzt sah die Hand fast aus wie von einem Hand-schuh umhüllt.

Gaven öffnete die Tür und verschwand nach draußen. Ich sah ihm nach.

Xane ging ebenfalls zur Tür, betrachtete seine Hände, strich über einen kleinen Schnitt und sah dann zu mir hinüber. Er lächelte und folgte Gaven.

Ich wünschte, Stan würde auch nach draußen gehen. Ich zog einen der Stühle zu Kara hinüber. Meine Hände zitterten. Immer wieder sah ich Eeps Gesicht vor mir, wie er mit dem Kopf auf dem Treppengeländer aufschlug und es sich verbog, ich versuchte die Erinnerung auszublenden.

Kara sagte nichts. Ich öffnete den Mund. »I...«

»Du meintest, es hört irgendwann auf«, sagte Kara. »Es wird weniger. Das meintest du doch, oder nicht?«

Ich sah sie an. Das stimmte vielleicht in meinem Fall, aber so einen Schmerz wie den, den sie gerade fühlte, hatte ich noch nie gefühlt. Nicht so. »Ich denke schon«, sagte ich und verfluchte das Beben in meiner Stimme. Ich wollte nicht weinen, nicht vor Kara, ich fühlte mich, als hätte ich nicht das Recht dazu zu weinen. Ich war es nicht, der eine geliebte Person verloren hatte.

»Vielleicht. Ist es nicht immer so?« Unbeholfen strich ich ihr über den Arm.

Tränen liefen nun stumm über ihr Gesicht. Ich hasste es, wenn sie weinte, mein Herz schmerzte, sie so verletzt zu sehen, und auf einmal musste ich wieder an Lanee denken.

»Er war doch eben noch da«, flüsterte Kara.

Was für eine Antwort gab man darauf? Etwas, das in einem Buch stand? Es gab so viele Szenen, so viele Möglichkeiten. Ich wusste es nicht, alles, was ich je gelesen oder gesehen hatte, passte nicht hier hin, nicht in diesen Moment. Deswegen nahm ich Kara einfach nur in den Arm und auch das fühlte sich nicht richtig an.

Kara schluchzte und legte die Arme um meine Schultern. »Was soll ich denn jetzt nur tun?«, flüsterte sie in mein Ohr, sodass nur ich sie verstand.

»Jetzt müssen wir ihn töten«, sagte ich, löste mich aus der Umarmung und sah Kara in die Augen. »Jetzt müssen wir sie alle töten.«

Und Kara wischte sich die Tränen aus dem Gesicht, während sie langsam nickte.

***

Gaven ertrug es nicht. Wie hatte das passieren können? Wie hatte Eep nur sterben können? Er lief zwischen den Bäumen hindurch und schluchzte auf.

An einem Baumstamm sank er hinunter.

»Geht es dir gut?«, fragte eine Stimme und Gaven richtete sich blitzschnell wieder auf. Xane stand nicht weit von ihm entfernt und hielt seinen Stab mit der rechten Hand umklammert.

»Ja«, knurrte Gaven. Er wusste nicht, ob er ihm trauen konnte.

»Wer war der Mann, der gestorben ist?«, fragte Xane.

Warum musste er das fragen? Wenn Gaven an Eep dachte, bekam er kaum noch Luft, es schnürte ihm die Kehle zu. Er wollte nicht, dass er tot war. Er konnte es nicht ertragen. Er wischte sich über die Augen.

»Eep Oegen«, sagte Gaven mit erstickter Stimme. »Der Vater von Kara.« Er deutete auf die Hütte.

»Kanntet ihr euch lange?«, fragte Xane.

Gaven funkelte ihn an.

Er wollte nicht an ihn denken, er wollte Xane nicht erzählen, dass es Eep gewesen war, der ihn gefunden und zu Earl gebracht hatte. Ein kurzes Lächeln huschte über sein Gesicht, als er daran dachte, wie sehr Eep sich immer angestellt hatte. Es versetzte seinem Herzen einen Stich, als er an Eeps Lächeln dachte.

Xane richtete seinen Stab auf einen Baum und die Rinde bröckelte ab. In das Holz schnitzte er die Buchstaben, die Gaven ihm gesagt hatte. Nach ein paar Minuten war es erledigt und in dem Baum stand nun: EEP OEGEN.

»Es ist nicht das Beste«, sagte Xane und sah dennoch zufrieden auf die eingeritzten Buchstaben. »Aber wenigstens etwas.«

Gaven nickte. Vielleicht war Xane doch nicht so schlimm, wie er gedacht hatte.

»Meinst du, noch andere haben überlebt?«, fragte er ihn.

Xane nickte zuversichtlich. »Ich bin mir sicher.«

»Dann müssen wir sie suchen gehen«, sagte Gaven. »Wir brauchen jede Unterstützung, die wir kriegen können.«

* * *

Ich malte eine unförmige Figur in die dreckige Fensterscheibe. Stan stand etwas verloren am anderen Ende des Raumes.

»Wie sind die hergekommen?«, fragte Kara neben mir, in ihrer Stimme schwang Zorn mit.

»Wahrscheinlich hat Fillgert sie geschickt«, antwortete ich und fast gleichzeitig sagte Stan: »Mit Tränken, nehme ich an. Slonks können nicht ...«

Ich sprang auf, sodass der Stuhl zu Boden knallte. Stan und Kara sahen mich erschrocken an.

»Tränke!«, rief ich. »Tränke!«

In diesem Augenblick öffnete sich die Tür, Gaven und Xane traten wieder herein. »Was?«, krächzte Gaven.

Ich fuchtelte mit den Händen. »Die Slonks müssen mit Tränken hergekommen sein!« Xanes Blick hellte sich auf.

»Du hast recht.« Kara war nun auch aufgestanden.

»Wir brauchen diese Tränke«, sagte Gaven und in seinen Augen funkelte es.

Kara drehte sich weg, als ihr wieder Tränen in die Augen stiegen. Ihr Vater hätte hier bei uns sein sollen. Nun würden wir vielleicht nach Hause gelangen, aber er würde nicht mitkommen.

***

Wir hatten vor der Scheune ein Feuer gemacht und wärmten unsere Hände daran. Es wurde kälter und ich wollte wieder in die Hütte gehen, wobei es dort wahrscheinlich kälter war als an diesem Feuer.

Wir würden in ein paar Stunden aufbrechen und das Lager der Slonks suchen. Xane meinte, egal wo Slonks kämpften, sie hatten ein Lager, bei dem die schwächsten zurückblieben und wo sie, wenn sie mordeten, noch weitere schlimme Dinge taten. Wegen Kara wollte er das wohl nicht weiter ausführen und auch ich war mir nicht sicher, ob ich erfahren wollte, was Slonks noch so taten. Vielleicht war es besser, einige Dinge nicht zu wissen.

Nachdem wir besprochen hatten, was zu tun war, hörte ich ein Knacken im Unterholz hinter mir, doch als ich mich umdrehte, war dort nichts in der Dunkelheit.

»Fal ...«, sagte Stan und ich wandte mich ihm zu. Seine Haut schimmerte grau im Schein des Feuers.

Kara löste ihren Blick nicht von den Flammen und warf vertrocknete Blätter hinein.

»Hm?« Ich musterte Stan. »Du siehst grausam aus.«

»Danke.« Stan lächelte knapp. Er sah auf den Boden und dann zu Kara. Als sie nicht reagierte, wandte er sich wieder mir zu. »Es tut mir leid«, sagte er und ich nickte. »Es ist alles meine Schuld, hätte ich die Seite der Slonks doch nur nie betreten. Ich wollte doch nur ... Fillgert ...« In seinem Blick flackerte Verzweiflung. »Er hat mir versprochen, dass alles besser wird. Er hat mir ein gutes Leben versprochen. Es tut mir leid … Ich weiß jetzt, wie dumm das war.« Er sah auf seine Hand, die nun schon fast wieder gläsern war. Xane und Gaven wandten sich unserem Gespräch zu, Gavens Ohren zuckten umher.

»Und du hast ihm geglaubt?«

»Er hat es mir versprochen«, sagte Stan. Ich wusste nicht, ob ich ihm jemals vergeben konnte, dass er seine besten Freunde für so ein Versprechen verraten hatte.

»Warum wollte Fillgert, dass du auf die Seite der Slonks gehst?«, fragte Xane. Sein misstrauischer Tonfall machte mich hellhörig. Warum hatte ich mir diese Frage bis jetzt noch nicht gestellt?

»Er wollte es …« Stan zögerte und sah mich dann an. »Wegen dir.« Xane und ich tauschten einen kurzen Blick.

»Warum würde er das tun wollen?«, fragte Xane.

»Der Mann auf dem Zug, er wollte mich lebend zu ihm bringen«, sagte ich und meine Gedanken begann zu rasen.

War das alles nur meinetwegen? War Karas Vater etwa wegen mir gestorben, war alles passiert, weil ich nicht geschnappt worden war? Mir wurde schlecht und wieder sah ich Eep mit seinem Kopf auf das Geländer aufschlagen und hörte das Knacken in meinem Kopf widerhallen.

Es knackte laut und ich versuchte es zu verdrängen.

Stan ignorierte Xanes Frage und deutete mit zitternden Fingern auf uns. »Das ist aber nicht das Einzige.« Er wirkte nun sehr aufgeregt. Er schien gar nicht schnell genug reden zu können.

Knack. Knack. Knack.

»Die Skelette in der Schlucht, Fillgert …«

Erneut knackte es und diesmal war es nicht nur in meinem Kopf. Stans Augen weiteten sich. Ein schmaler Speer hatte sich durch seinen Oberkörper gebohrt.

Er packte meinen Arm. Während wir alle wie versteinert dasaßen, öffnete sich sein Mund ein letztes Mal. »Fal.« Seine Stimme klang schwach und voller Angst.

Dann knackte es erneut und sein Oberkörper zersprang in tausend kleine Teile, sein Kopf schlug auf dem Boden auf und rollte über die Scherben, die einst sein Körper gewesen waren. Er stieß an den Stein, auf dem ich saß, und so zersprang auch Stans Kopf.

Sein erschrockener Blick brannte sich in mein Gedächtnis ein. Unwillkürlich dachte ich an den Moment zurück, als ich ihn und Ian auseinandergerissen hatte, er wäre beinahe auf dem Stein zerbrochen. Das hatte ich nie gewollt.

Stans Hand hielt immer noch meinen Arm umklammert, als Xane mich in die Höhe riss. Aus dem Wald heraus preschten Slonks auf uns zu. Xane zog mich mit sich, während ich dunkle Magie in der Luft spürte und ein Sirren meinen Kopf erfüllte. Ich griff nach hinten, um Karas Hand zu fassen zu bekommen, doch sie und Gaven waren zu weit entfernt.

Xane drängte mich in den Wald auf der anderen Seite der Hütte hinein. Meine Glieder schmerzten.

»Wir müssen zu W!«, rief Xane. »Er wird nach Hause gegangen sein!« Er drehte sich um und schleuderte über Karas und Gavens Köpfe hinweg Bäume auf die Slonks.

»Nehmt meine Hand!«, rief er und ich packte seinen Arm noch fester. Kara und Gaven stürmten heran und taten es mir gleich. Xane sprang.

Luft zischte, als wir wieder landeten. Die Slonks waren nur noch in der Ferne zu hören.

»Langstreckensprünge«, erklärte Xane keuchend.

Wir waren auf einer wenig befahrenen Straße gelandet, die in einen Tunnel führte und sich durch den Wald schlängelte. Ein hupendes Auto kam mit aufblinkenden Lichtern auf uns zu.

»Entschuldigung.« Xane richtete seinen Stab auf das Auto. Es hielt mit quietschenden Reifen an. »Alle rein!«, sagte Xane und beeilte sich in das Auto zu klettern.

»VERSCHWINDEN SIE!«, schrie ein Mann, da hatte Xane ihm schon den Stab an die Schläfe gehalten und etwas gemurmelt. Ich riss die hintere Tür auf und begegnete dem verängstigten Blick eines Mädchens.

»Dad!«, kreischte es, doch auch auf sie richtete Xane seinen Stab und sie verstummte.

»Rein jetzt!« Xane setzte sich auf den Beifahrersitz, während Gaven in einen Laderaum im hinteren Teil des Autos kletterte und ich und Kara neben dem kleinen Mädchen Platz nahmen.

»Fahren Sie. NA LOS!« Das Auto heulte auf, als der Mann das Gaspedal betätigte, und wir rasten in den Tunnel. Keine Sekunde zu früh, denn schon nach wenigen Sekunden hatten auch die Slonks die Straße erreicht.

»Xane!«, sagte Gaven, der aus dem Kofferraumfenster spähte. »Xane!«

»Was ist denn?!« Xane sah nach hinten.

Die Slonks richteten ihre Hände auf uns und aus ihren Körpern drangen schwarze Flammen in die Höhe. Sie zischten durch die Luft und brannten sich in den Beton des Tunnels.

»SCHNELLER!«, befahl Xane dem Mann.

Das schwarze Feuer nahm den Tunnel ein und schoss in einer unmenschlichen Geschwindigkeit auf uns zu.

Gaven hielt sich die Arme über den Kopf, aber wir waren schnell genug und hatten den Tunnel verlassen, ehe das Feuer uns erreichte.

Der Wagen bretterte um eine Kurve, ich hielt mich am Türgriff fest, um nicht umhergeschleudert zu werden.

Xane seufzte. »Sobald wir bei W sind, wird er uns helfen.«

KAPITEL 61
The Cliff

3. Oktober

Lanee keuchte, der Biss in ihrem Arm brannte wie Feuer und doch rannte sie. Sie war nicht den ganzen Weg hierhergereist, nur um jetzt getötet zu werden. Mit Sicherheit nicht. Ihre Tränen hatte sie aufgebraucht.

Cliff, Dave und Nancy waren dicht hinter ihr. Der Wald schien kein Ende zu nehmen.

Sie hatte den Wald immer geliebt, jetzt allerdings kam er ihr wie ihr größter Feind vor. Ein ums andere Mal verfing sie sich in Dornen und Sträuchern. Die Rufe der Slonks waren zu nahe. Anhalten durften sie nicht, sonst würden sie sterben.

Wo waren die anderen nur? Hatte Fal überlebt? Und Kara, Stan und Vee? Oder waren sie auch gestorben, so wie Lori und wie viele andere noch. Lanee schluckte.

Es wurde dunkel. Die Rufe ihrer Feinde waren erloschen und sie drosselten ihr Tempo. Trotzdem trauten sie sich nicht anzuhalten, bis Cliff stolperte und auf dem Boden zusammenbrach.

»Cliff!« Dave eilte ihm zu Hilfe. Cliff war blass, seine Augen glasig. »Wir müssen uns ausruhen.«

Nancy deutete einen Hang hinauf. »Dort entlang.«

Sie führte die anderen drei den Hang hinauf und stoppte abrupt. Dort, mitten im Wald, war eine Schlucht, die sich metertief ins Dunkel zog. »Wir machen hier Rast.« Nancy suchte Holz für ein Feuer zusammen. »An der Schlucht entlang führt ein Weg zur nächsten Stadt. Passt nur auf.«

»Das sollte kein Problem sein«, sagte Dave und stützte den erschöpften Cliff.

Lanee ließ sich auf die Erde sinken. Ihre Beine schmerzten, sie seufzte, als Nancy sich ihren Arm ansah und ihn mit einem Stück ihres T-Shirts verband. Dann sah sie sich auch Cliffs Wunde an. Das Gift saugte ihm zwar die Kraft aus dem Körper, aber ihn töten würde es nicht mehr. Er war sicher.

Das Feuer knisterte in der nächtlichen Stille. »Wir müssen heute noch weiter«, sagte Nancy. »Sie werden uns finden.«

Lanee nickte. Angst schnürte ihr die Kehle zu.

»Ich habe euch schon längst gefunden«, sagte da eine Stimme. Alle vier fuhren zusammen.

Es war Al. Lässig lehnte er an einem Baum nicht weit von ihnen entfernt. Sie hatten ihn nicht kommen hören.

Die vier sprangen auf. Er hatte nur wenige Slonks bei sich. Sie konnten sie besiegen. Auch wenn Lanee kaum nützlich war, hatte sie doch mittlerweile erlebt, über welche Fähigkeiten die anderen verfügten.

»Was willst du?«, fragte Dave, doch Cliff ließ ihn nicht ausreden und schleuderte einen der Slonks gegen einen Baum, sodass sein Rücken brach. Lanee wich zurück, als die Slonks auf sie zuschnellten, und versuchte an irgendeinen Zauber zu denken, aber als sie die Arme ausstreckte, um einen Schwall Feuer auf den Slonk abzufeuern, der breit grinsend auf sie zusetzte, passierte gar nichts.

Nancy riss den Slonk noch im letzten Augenblick von den Füßen und schleuderte ihn auf Al, während Cliff einen weiteren Slonk durch die Luft wirbeln ließ. Dave war zur Seite weggerutscht und verbrannte sich die Hand, als er Feuer in das Gesicht seines Angreifers schleuderte.

»Jetzt stirbst du, du Drecksstü...« Weiter konnte Cliff nicht sprechen, denn Al hatte sein Messer geworfen. Es bohrte sich durch Cliffs Auge.

»Oh ...«, seufzte Cliff und stolperte nach hinten, verlor den Boden unter den Füßen und stürzte in die Schlucht hinab, wo er mit der Dunkelheit verschmolz.

»Nein!«, schrie Dave und streckte die Arme nach Cliff aus, doch seine Magie konnte ihn nicht mehr erreichen.

Bevor Lanee begreifen konnte, was gerade passiert war, wirbelte Dave mit wutverzerrtem Gesicht herum, aber ehe er Al mit einem Zauber belegen konnte, hatte dieser einen pinken Trank geschluckt und war verschwunden. Zwischen dem Geschrei der Slonkarmee konnte Lanee Daves Wimmern nur kurz hören.

»Komm, Dave!«, sagte Nancy mit schwacher Stimme.

»WIR MÜSSEN IHN HOLEN!«, rief Dave, Nancy schüttelte jedoch den Kopf.

»Er ist tot. Er ist tot, Dave. Kommt.« Sie zog ihn auf die Beine, packte Lanee am Arm und rannte wieder los. Lanee verbot sich an ihre ausbleibende Magie zu denken.

Nancy hatte gesagt, sobald sie die Stadt erreichten, waren sie sicher. Die Slonks würden es nicht wagen, die Stadt zu betreten. Also rannten sie und rannten. Das Zentrum der Stadt würden sie allerdings nie erreichen.

KAPITEL 62
Empty House

3. – 4. Oktober

Xane schloss die Tür des Hauses auf.

Wir hatten das Auto mit den beiden Normalen in einem kleinen Waldabschnitt geparkt und Xane hatte sie wieder erwachen lassen, aber bevor sie realisierten, was passiert war, waren wir schon verschwunden.

Die Slonks hatten wir seit dem Tunnel nicht mehr gesehen. Ich glaubte und hoffte gleichermaßen, dass wir sie abgehängt hatten.

Xane eilte die Treppe hinauf. »W?«, rief er und verschwand in der Küche.

Ich stützte Kara, wir wankten die Stufen empor. Mein Kopf schmerzte.

»W?!«, rief Xane erneut, ich sah ihn durch den Flur laufen, während ich Kara zu dem blauen Sofa im Wohnzimmer hinüberhalf. Sie sank darauf zusammen und vergrub ihren Kopf in einem der Kissen.

»Er ist nicht da!«, grummelte Gaven. Er lief zum Wasserhahn in der offenen Küche und trank einen großen Schluck Wasser.

»Er muss hier sein.« Xane stieß mit dem Fuß gegen eine kleine Flasche, die laut über den Boden rollte. Ich erkannte das Gefäß sofort. Es war eine leere Trankflasche.

Xane hob sie auf und starrte sie an. Sie war vollkommen leer. »Er ist wirklich fort«, murmelte er.

»Was soll das bedeuten?«, fragte ich.

»Er hat uns verraten«, knurrte Xane. »Das heißt es.« Er schleuderte die Flasche gegen die Wand neben den zerbrochenen Fernseher. Ihre Scherben klirrten zu Boden.

»Was sollen wir jetzt tun?« Meine Stimme klang panisch. »Wir können die Slonks nicht allein aufhalten, es sind zu viele.« Ich raufte mir die Haare.

Gaven stützte sich an dem marmornen Waschbecken ab. Er leckte sich über die Hände. Xane sah mich an. Zum ersten Mal schien auch er ratlos zu sein.

Ich ließ mich auf die Armlehne des Sofas sinken. Meine Beine schmerzten, aber ich wollte mir nicht erlauben mich zu entspannen, dafür fühlte ich mich zu unsicher.

Kara richtete sich wieder auf. »Wir werden sie eben töten müssen«, sagte sie mit ausdruckslosem Gesicht. »Wie du meintest, Fal, wir werden sie alle töten müssen. Ich werde nicht aufhören, bis ich meinen Vater gerächt habe.«

»Hör zu, Kara«, sagte Gaven ruhig. »Dein Vater ist tot. Auch Rache wird ihn nicht zurückbringen. Wir müssen überlegt handeln.«

»Sag so etwas nicht.« Sie strich sich die Haare aus dem Gesicht. »Ich habe immer gut in der Schule aufgepasst. Es gibt Wege. Man kann einen toten Menschen zurückbringen. Man braucht nur Zeit dafür. Und dafür müssen wir sie töten. Oder wir gehen zu dem Mann, über den Waell geredet hat. Dem Mann mit Hut, du weißt ...«

»NEIN!«, rief Gaven aus. Ich zuckte über die plötzliche Lautstärke zusammen.

Kara funkelte ihn an. »Du weißt nicht, wovon du redest. Man kann die Toten nicht zurückbringen. Und den Mann mit Hut gibt es nicht!«

»Ach nein?! Ich habe es genau gesehen. Die Angst in deinen Augen, als er seinen Namen erwähnt hat. Du fürchtest ihn. Es gibt ihn, ich weiß es. Er wird meinen Vater zurückbringen.« Gavens Augen schimmerten golden. »Du hast keine Ahnung, was du von dir gibst.«

»Es gibt ihn wirklich«, sagte ich ruhig. Xane hob warnend die Augenbrauen. »Ich habe ihn gesehen. Du hast ihn ebenfalls gesehen.

Hoffnungsvoll sah Kara Xane an. »Wo ist er?«

»Nein«, sagte Xane mit einem wütenden Seitenblick auf mich und wandte sich Kara zu. »Er ist nicht hier.«

Nach einigem Zögern fügte er hinzu: »Dein Vater ist verloren, Kara. Leute, die von Slonks getötet wurden, sind nicht mehr im Bereich der Lebenden. Wir hätten ihn gleich mitnehmen müssen.«

»NEIN!« Kara sprang auf. »Wir können ihn noch holen. Er ist noch dort. Wir müssen ihn retten. Bitte helft mir.« Sie griff nach meiner Hand.

»Er kann ihn ohnehin nicht wieder holen«, sagte Gaven kalt. »Die Toten sind verloren, es gibt keinen Weg, sie zurückzubringen. Nichts als Märchen wurden euch erzählt. Ihr kennt die Wahrheit nicht, ihr seid nicht bereit dafür.« Ich konnte sehen, wie er innerlich kochte, seine Nägel wuchsen und das Gold in seinen Augen wurde intensiver.

»Wenn ihr nur annähernd verstehen würdet, was ihr redet, würdet ihr nichts von alledem in den Mund nehmen.«

»Würdest du nicht wollen, dass wir alles tun würden, wenn du an seiner Stelle wärst?«, rief Kara. »Würdest du nicht wollen, dass wir dich retten?«

»ER KANN NICHT MEHR GERETTET WERDEN!«, schrie Gaven. »Und nein! Ich würde nicht gerettet werden wollen, ich wünschte, ich könnte mich töten, ich wünschte, ich hätte mich wie Feras Sohn selbst in die Luft gesprengt, ich erwarte den Tod. Wage es nicht, mich als Grund zu benutzen, von ihm zu reden.« Seine Fingernägel bohrten sich in den Marmor des Waschbeckens.

»Ich glaube dir nicht«, fauchte Kara.

Im nächsten Moment zersprangen die Scheiben hinter uns und rieselten auf das Sofa.

Ich wurde auf den Boden geworfen. Dunkelheit machte sich vor meinen Augen breit, schränkte meine Sicht ein. Ich hörte Schreie. Der Slonk mit Krone erschien hundertfach vor meinen Augen. Er grinste.

Dann wurde alles schwarz.

KAPITEL 63
Beating Hearts

4. Oktober

»Fal!«, sagte eine Stimme. »Fal.«

»Halt die Klappe!«, rief jemand anderes.

Mein Kopf dröhnte. Ich ließ die Augen geschlossen. Da hörte ich den Schlag einer Peitsche, gefolgt von einem Schmerzensschrei. Nun öffnete ich doch die Augen. Vor mir kniete Xane. Ich richtete mich auf und Xane half mir dabei. Wir saßen in einem Käfig aus Holz, wie ich feststellte, er stand auf dem Waldboden und ein Feuer prasselte nicht weit von uns entfernt. Meine Sicht war noch verschwommen, ich blinzelte ein paarmal, bis ich alles richtig erkennen konnte. Wir befanden uns mitten in einem Lager der Slonks. Der Käfig stand nicht weit von einem Hügel aus Taschen und Kisten entfernt, daneben brannte ein Feuer.

Davor lag Kara. Reglos.

Ihre Kleider waren zerrissen, ihre Arme bluteten stark.

Ich zuckte zusammen, doch Xane packte mich und schüttelte den Kopf. »Sie lebt noch«, flüsterte er.

Ich versuchte mich zu entspannen und beobachtete tatsächlich ihren langsamen Atem. Unglaubliche Erleichterung durchflutete mich und ich atmete tief durch.

Ein erneuter Peitschenhieb ertönte und ein Schrei.

Jetzt erkannte ich die Stimme.

Rechts von uns war zwischen zwei Bäumen Gaven an Armen und Beinen aufgehängt worden. Die Slonks hatten ihm die Kleider vom Körper gerissen. Eine Menge hatte sich um ihn herum gebildet und einige Slonks schlugen abwechselnd mit einer Peitsche auf seinen blutenden Körper ein.

»Die werden ihn noch umbringen«, wisperte ich. Xane legte die Hand auf die Lippen und deutete zu dem Stapel Taschen und Kisten hinüber.

Jetzt fielen mir die Speere auf, die um das Feuer herum im Boden steckten. Darauf waren menschliche Herzen gespießt worden. Mein Magen drehte sich um, als ich einen der Slonks sah, der eines der Herzen anfasste und sich anschließend genüsslich die Finger ableckte.

Dann sah ich an die Stelle, zu der Xane hinüberdeutete. Neben einer Kiste, in der sich ein Pulver befand, lag eine Tasche, aus der es pink leuchtete. Ich hörte wieder die Schläge auf Gavens Haut und seine schmerzerfüllten Schreie.

Ich umfasste das Gitter des Käfigs und strengte mich an, dachte an Feuer, an Flammen, die das Holz verbrannten und uns entkommen ließen.

»Das bringt nichts«, sagte Xane. »Das ist Blauweidenholz. Es dimmt die Magie ein.« Er nickte zu der Tasche hinüber – dort lag sein Stab und ich fluchte innerlich.

Der Slonk mit der Krone auf dem Kopf schritt durch die lachende Menge, einige berührten Gavens Beine und leckten das Blut ab, das an ihm herunterlief.

Dann schrien sie noch lauter und einer der Slonks schnitt etwas in seinen Oberschenkel.

Nach zwei weiteren Schlägen sank Gavens Kopf auf seine Brust hinab und er regte sich nicht mehr. Angst und Panik breiteten sich in mir aus und ich warf mich gegen die Gitterstäbe, als die Menge dem Slonk mit der Krone Platz machte und er sich neben Kara kniete.

Er legte seine Hand auf ihren Kopf. Sie schrie auf, versuchte wegzukriechen, doch der Slonk packte sie und hielt sie mit einer Hand in die Höhe, dann ließ er sie wieder auf den Boden hinabsinken, ohne jedoch seinen Griff von ihrem Kopf zu lösen. Kara warf mir einen verstörten Blick zu, ehe der Slonk sie zu Boden warf. Sie keuchte und versuchte sich aufzurichten, aber der Slonk drückte sie mit einem Zauber auf den Boden. Tränen rannen über ihr Gesicht.

Der Slonk schlenderte an den Herzen vorbei und grinste mich an. Einen der Stäbe zog er aus dem Boden und roch an dem Herz, das darauf gesteckt war. »Hmmm«, machte er mit seiner dunklen, tiefen Stimme. »Eep Oegen war es, nicht wahr?«, sagte er und ging wieder zu Kara hinüber. Das pure Entsetzen stand ihr ins Gesicht geschrieben.

»Wir müssen hier raus!«, zischte ich Xane zu.

Der Slonk riss Kara erneut in die Höhe, öffnete den Mund und fuhr mit der Zunge an Eeps Herz entlang. Grinsend versenkte er seine spitzen Zähne in dem toten Organ und riss ein Stück heraus. Blut tropfte von seinem Kinn auf seine Brust und er lachte, als er Karas Tränen sah.

»Weine nicht«, sagte er und zog sie dicht an sein Gesicht heran. »Dein Vater schmeckt wirklich vorzüglich, Kara Oegen.« Den Speer mit dem Herz, von dem Blut auf den Boden tropfte, hielt er ganz nahe vor ihren Mund. Mit seinem blutverschmierten Daumen wischte er ihr die Tränen aus dem Gesicht. »Willst du nicht auch einmal kosten, nicht mal probieren?« Er lachte und ließ Kara fallen.

Vor seinen Füßen blieb sie liegen und obwohl der Slonk den Fluch beendet hatte, regte sie sich nicht mehr.

»Nimm meine Hand«, sagte Xane auf einmal. »Schnell.«

Der Slonk, der nahe an unserem Käfig stand und Xane vorhin schon angefahren hatte, zischte uns an. Und ich packte Xanes Hand, ohne auf den Slonk zu achten.

»Konzentriere dich darauf, dass du ihn sprengen willst. Wir haben nicht mehr viel Zeit«, flüsterte Xane und blickte auf Kara, die nun langsam versuchte wegzukriechen, und dann auf den Slonkkönig, der das Herz ihres Vaters von der Spitze des Speeres aß.

»Ich frage mich, wie deines schmecken wird?« Der Slonk schmatzte laut. Kara kroch nun über den Boden von ihm weg, doch ich wusste, so würde sie nicht entkommen können.

»Ich kann das nicht«, sagte ich voller Panik, denn ich ahnte, was passieren würde, wenn der Slonk das Herz aufgegessen hatte. Die Slonks hatten sich von Gaven abgewandt und traten in einem Halbkreis um ihren Anführer und Kara herum. Sie versperrten ihr absichtlich nicht den Weg. »Ich kann kaum etwas.« Mein Kopf war leer. Ich sah Xane nur verschwommen, da in meinen Augen Tränen schwammen.

»Herzen, die vor Angst schneller schlugen, schmecken am besten.« Der Slonk riss noch ein Stück mit seinen Zähnen ab. »Ein wahrliches Festmahl.«

»Es ging mir genauso«, flüsterte Xane. »Genau so, ich habe genau dasselbe gefühlt. Allein schaffen wir es nicht, aber gemeinsam. Du musst dich konzentrieren, Fal. Wir werden unsere Kräfte verbinden.«

Seine Worte wirbelten in meinem leeren Kopf herum und ich packte seine Hand fester, meine andere nahm er auch und schloss die Augen.

Ich konzentrierte mich auf seine Hände, spürte ein Kribbeln, das meine Arme hinauflief, und den Druck, die Magie, die meinem Körper nicht entfliehen konnte. Sie wanderte zu Xanes Fingerspitzen hinüber.

Ein furchtbarer Schmerz ließ mich aufstöhnen. Ich spürte, wie die Haut an meinen Fingern verbrannte und aufriss. Ich öffnete die Augen und sah, dass Xane seine ebenfalls geöffnet hatte, sie leuchteten golden. Ein grelles Licht, so hell, wie ich es noch nie gesehen hatte, stieg von unseren Händen auf, verbrannte unsere Haut. Noch nie hatte ich etwas Mächtigeres und gleichzeitig Schmerzhafteres gespürt.

Blut floss an meinen Armen hinunter, als sie aufrissen und das Licht hinaufwanderte. Xane grinste mich durch den Schmerz hindurch an.

Ich sah zu den Slonks hinüber. Der Anführer hatte das Herz aufgegessen und näherte sich Kara. Er drehte den Speer einmal in der Hand und holte aus.

»NEIN!« Mit meinem Schrei zersprang der Käfig in tausend winzige Teile, die durch den Wald geschleudert wurden, einige Vögel flogen kreischend davon.

Der Slonk drehte sich um und Xane ließ meine Hände los. Ich wusste, was zu tun war. Ich rannte zu der Tasche mit den Tränken hinüber, Xane tat es mir gleich, ich schnappte mir die Tasche und Xane packte seinen Stab. Der Slonk mit der Krone bellte einen Befehl, woraufhin die Slonks heranstürmten. Doch ich hatte mich noch nie stärker gefühlt und ich wusste, dass die Slonks uns nichts mehr tun konnten.

»Nimm einen Trank«, rief Xane und lief schon weiter, seinen Stab schwingend.

Flink zog ich einen Trank aus der Tasche und schüttete mir die Flüssigkeit in den Mund. Ein Hochgefühl durchflutete mich. Ich kam wieder nach Hause.

Ich wich einem Slonk aus und riss einige der aufgespießten Herzen um.

Die Slonks sprangen auf mich zu und ich richtete meine Hand auf sie. Weitere Schnitte breiteten sich auf meinen Armen aus, während die Slonks röchelnd zu Boden gingen. Ich wusste nicht einmal, was ich getan hatte, als ich neben Kara auf den Boden fiel und sie am Handgelenk packte.

Ein Slonk, der den König schützte, holte aus und warf einen Speer nach uns. Um Haaresbreite konnten wir ausweichen.

Erstaunt darüber, dass er uns nicht nachsetzte, hob ich den Kopf. Ein weiterer Speer bohrte sich durch seinen Körper. Ich begann alles verschwommen zu sehen.

Ich schlang meine Arme um Kara, als ein grinsender Xane hinter der sterbenden Figur des Slonks auftauchte, den blutenden Gaven in den Armen.

Er packte Gaven fest an der Hand und ergriff meine mit der, in der er auch seinen schwarzen Stab hielt. Die anderen Slonks schnellten zu ihrem König und auf uns zu. Einer bekam Xanes Bein zu fassen. In meinen Ohren rauschte es. Xane befreite sich mit dem Stab zwischen unseren Händen von dem Griff des Slonks. Ich schloss die Augen, die anderen würden uns nicht mehr erreichen können.

Und ich behielt recht, in der nächsten Sekunde waren Kara, Gaven, Xane und ich von der Lichtung im Wald verschwunden und das Rauschen in meinem Kopf wurde lauter.

Auch diesmal tauchten die Bilder von Xane auf, der die Stufen des Theaters hinunterrannte, und das Feuer verschluckte ihn. Dann aber blickte ich hoch in den dunklen Sternenhimmel und als ich einatmete, wusste ich: Wir waren wieder zuhause.

KAPITEL 64
Plan

4. Oktober

Illn lag in der Badewanne. Er versuchte sich all die Namen der Leute zu merken, die er vor einer Stunde getroffen hatte. Aber darin war er schon immer schlecht gewesen. Die einzigen Namen, die er sich wirklich hatte merken können, waren Tibor und Mikaela. Sie hatten auch am meisten mit ihm geredet. Alle anderen waren ihm etwas misstrauisch gegenüber gewesen.

Na ja, die beiden eigentlich auch. Allerdings hatten sie erkannt, dass es die beste Idee war, Fillgert zu stürzen.

William traute Illn nach wie vor nicht. Er überlegte, wie lange es normalerweise dauerte, bis man sich mit jemandem gut verstand, der versucht hatte einen mit einem schwebenden Messer umzubringen. Er konnte ihn ja verstehen. Und William hatte ihm sogar angeboten bei ihm zu schlafen. Illn hatte dankend abgelehnt. Er hatte sich zu essen eingepackt und lauschte vom Badezimmerboden aus den Geräuschen der Stadt.

Fillgert hatte angeordnet, dass man nach Einbruch der Dunkelheit nun nicht mehr aus dem Haus gehen durfte. Einige Familien hatten das Dorf verlassen und es herrschte hauptsächlich Schweigen in Ratrou. Irgendwie schien jeder zu wissen, dass bald etwas passieren würde.

Illn konnte die Bedrohung, die von Fargrim Fillgerts Präsidentengebäude ausging, förmlich spüren. Er steckte sich noch einen Chip in den Mund und lächelte über die Nachricht, die Marc ihm geschrieben hatte.

Er hatte ihn nicht vergessen. Seine Seele wurde durch die Nachricht gewärmt und gleichzeitig blieb ihm die Luft weg und wenn die Furcht sich in seinen Körper stahl, brachen die Bilder, die der Rapplatuk in seinen Schädel gesetzt hatte, aus der Dunkelheit hervor wie unheilvolle Boten des Todes. Was, wenn der Plan, Fillgert zu stürzen, nicht aufgehen würde?

Die Leute, die für William bei Fillgert arbeiteten, machten sich gerade auf den Weg, um einige Tränke zu holen. In zwei Tagen wollten sie zur Erde aufbrechen, in zwei Tagen würden sie sie retten. Illns Herz klopfte bei der Vorstellung schneller denn je, er wusste, es würde funktionieren.

Er hatte Earl schon eine Nachricht geschickt und wartete nur noch auf seine Antwort.

William hatte noch einmal betont, dass er Fillgert töten würde.

Eine Frau aus der Gruppe hatte es gewagt, vorzuschlagen, dass sie ihn doch auch einfach einsperren konnten. William hatte sie angeschrien und sie am Ende sogar zum Weinen gebracht. Illn war sich nicht sicher, ob William ein guter Anführer dieser Gruppe war, doch er hatte seine Frau verloren. Vielleicht war er vor ihrem Tod ein guter Anführer gewesen.

Illn seufzte, die Chips waren aufgegessen und er hatte immer noch Hunger. Illn sah auf seinen Bauch hinunter, er hatte tatsächlich abgenommen. Er schloss nicht die Augen, er wollte die Bilder, die der Rapplatuk ihm eingepflanzt hatte, nicht wieder sehen. Bei Marc waren sie nicht da gewesen, aber jetzt, da er allein war, drängten sie an die Oberfläche, und er wünschte sich nicht allein zu sein.

Da hörte er einen Schlag an der Haustür und erstarrte. Hatte Fillgert ihn gefunden? Er ließ die kleinen Kugeln und ein Messer hinter sich in die Höhe steigen.

Dann hörte er eine Stimme, die ihm sehr vertraut vorkam. »Leg ihn dort auf die Couch. Illn? Illn?!« Die Stimme klang verzweifelt. Ohne Vorsicht riss Illn die Tür auf. In dem halb zerstörten Wohnzimmer stand Fal.

Illn brauchte einen Augenblick, um sich bewusst zu machen, dass er nicht träumte.

Es war Fal, der da vor ihm stand.

Er sah anders aus, dünner und mitgenommen. Voller Blut und Schmutz. Schuld breitete sich in ihm aus, er hatte ihn nicht beschützen können und er sah aus, als hätte er Furchtbares erlebt. Illn sah es in seinen Augen, sie hatten Dinge gesehen, die er nie hätte sehen sollen.

Neben ihm sank Kara vor dem Sessel zu Boden. Blut lief über ihr Gesicht. Ein Mann mit wilden Haaren, der ebenfalls mit Dreck bedeckt war und einen schlecht gestrickten Schal trug, stützte einen anderen Mann mit noch wilderen Haaren und einem zerzausten Bart. Er legte ihn auf die Couch, wischte sich die Haare aus dem Gesicht und schmunzelte.

Dann fiel Fal Illn um den Hals, Blut lief an seinen Armen hinab und verschmierte sein Oberteil.

»Fal, du bist hier«, sagte Illn und konnte es kaum glauben.

Der Mann mit den wilden Haaren deutete auf den Mann, der verblutend auf der Couch lag. »Haben Sie Desinfektionsmittel da? Wir müssen seine Wunden reinigen.« Er kam Illn erstaunlich bekannt vor.

Fal nickte und eilte in die Küche, während Illn sein Glück noch kaum fassen konnte.

***

In der zerstörten Küche schnappte ich mir aus einem noch heilen Schränkchen das Desinfektionsmittel und flitzte zurück ins Wohnzimmer.

Was war hier nur passiert?

Der Tisch war umgeworfen, Blut klebte an den Schränken und Lebensmittel lagen auf dem Boden verstreut herum. Ich reichte Xane die Flasche Desinfektionsmittel und sah an meinen blutenden Armen hinunter. Die Tasche mit den Tränken hing immer noch über meiner Schulter und ich setzte sie ab. Illn starrte mich jetzt nicht mehr wie einen Grahn an, ein Lächeln breitete sich auf meinem Gesicht aus.

Ich umarmte ihn wieder. Er drückte mich fest an sich und als er mich losließ, glitzerten Tränen in seinen Augen.»Fal, was ist passiert?«, fragte er, setzte mich auf einen Stuhl und untersuchte meine Arme. Er ließ einen Verband aus einem Regal fliegen und während er noch meine Wunden versorgte, wickelte sich der Verband von selbst um meine Arme.

Ich sah zu Kara hinüber, die nichts sagte und sich nicht bewegte. Sie blutete an ihren Händen und am Kopf war eine unschöne Wunde zu sehen.

»Wir wurden angegriffen«, sagte ich.»Lanee ist noch dort, alle anderen sind noch dort, Illn.« In meinem Kopf schwirrten die Gedanken herum wie Fliegen.

Ich wusste, wir mussten noch einmal zurück, wir mussten die anderen retten, aber ich wusste auch, dass Illn mich nicht gehen lassen würde.

Mein Blick flog über das Chaos um uns herum. Ein paar Figuren, die Illn mal gesammelt hatte, waren zerbrochen, einen der Köpfe stieß Xane gerade mit seinem Schuh an. Außerdem sah ich ein Buch, das Illn mir vorgelesen hatte. Es war in zwei Hälften zerrissen und ich konnte nur eine sehen.

»Was ist hier passiert?«, fragte ich Illn. Ich spürte einen Kloß in meinem Hals, in meiner Vorstellung war alles ganz gewesen, das perfekte Zuhause, in dem wir bisher immer gelebt hatten, gab es jetzt nicht mehr.

»Fillgert hat mich angegriffen«, sagte Illn und als er mein erschrockenes Gesicht sah, fügte er gleich hinzu:»Aber es ist nicht schlimm. Alles gut.«

Zwar glaubte ich ihm nicht, aber ich nickte. In Illns Augen sah ich etwas, das ich früher nicht gesehen hatte. Irgendetwas lag darin, das mir Angst machte und mir die Tränen in die Augen trieb. Er war dünner als jemals zuvor und einige graue Haarsträhnen und Falten um seine Augen ließen ihn älter erscheinen, als er eigentlich war.

Illn wandte sich von mir ab. Irrte ich mich, oder wirkte er schuldbewusst? Gab Illn sich die Schuld daran, dass wir überfallen worden waren?

Er kniete sich neben Kara.»Hey«, sagte er sanft.»Du bist zuhause.« Er versorgte die Wunden an ihrer Hand.»Du bist in Sicherheit.« Doch Kara schüttelte den Kopf.

»Nein. Mein Vater ist tot. Er ist dort gestorben, er ist nicht mitgekommen.« Ihre Stimme brach.

»Das tut mir so leid, Kara«, sagte Illn und warf mir einen Blick zu. Ich kramte eine Decke aus dem Schrank und legte sie über Gaven, der schwer atmend auf dem Sofa lag.»Illn, wir müssen noch einmal los.« Ich wünschte, ich müsste es ihm nicht sagen.»Wir müssen die anderen retten.«

»Nein«, sagte Illn scharf und Xane ließ sich erschöpft auf einen der Stühle fallen, die nicht zerbrochen waren.»Ich lass dich nicht noch einmal dort hingehen.«

»Ich muss ...«, begann ich, aber Illn unterbrach mich.

»Nein. Ich habe einige Leute getroffen, die uns helfen werden Fillgert zu stürzen. Ich habe Earl schon eine Nachricht zukommen lassen. Ihr könnt bei ihnen warten. Ich kann zu Earl gehen.«

»Wer sind diese Leute?«

»Ihr Anführer heißt William Greene, er arbeitet schon lange gegen Fillgert«, sagte Illn und griff sich die Tasche, in der die Tränke leuchteten.

Er würde nicht davon zu überzeugen sein, dass ich noch einmal ging. Aber er kannte sich auf der Erde doch gar nicht aus. Wenn ich nun nicht ging, würde mein Hochgefühl bald weg sein. Ich fühlte mich verantwortlich, vielleicht wäre das alles nicht passiert, wenn ich nicht gegangen wäre.

Ehe ich mich entscheiden konnte, wie ich das Illn am besten begreiflich machte, steckte Xane seinen Stab in die Manteltasche und sagte: »Ich werde gehen. Mein Name ist übrigens Xane.« Er schüttelte Illn die Hand.

Dieser musterte ihn misstrauisch.

»Du kannst nicht allein gehen«, protestierte ich.

Illn legte die Stirn in Falten und warf einen Blick auf Gaven auf dem Sofa. Für einen Moment kam es mir vor, als hätte er ihn erkannt. War Gavens Andeutung an meinem ersten Tag im Hotel wahr gewesen und er hatte mit Illn schon einmal etwas zu tun gehabt?

»Dann gehen wir zusammen.« Illn stellte die Tasche wieder ab.

»Und was ist mit William Greene?«, fragte Xane. »Sollen wir allein zu ihm spazieren?« Er deutete auf Kara, mich und sich selbst.

»Nein.« Illn sah ebenfalls aus dem Fenster. Draußen konnte man Rufe hören.

Illn straffte sich. »Ich werde William Bescheid sagen«, sagte er und wirkte abgelenkt.

Ich trat vor ihn und sah ihm tief in die Augen.

»Illn. Wir müssen gehen, du musst mit William Greene alles abklären und wir finden Earl und die anderen. Die meisten kennen euch doch überhaupt nicht.«

Er sah mich wütend an. Er wusste, dass ich recht hatte.

»Ihm wird nichts passieren. Die Slonks werden nicht zurück-kommen«, sagte Xane.

»Slonks?!«, rief Illn aus und schlug sich die Hand vor den Mund, hinter ihm schluchzte Kara leise auf und er drehte sich kurz um, dann wandte er sich wieder mir zu.

»Fillgert hat Slonks zu euch geschickt? Sie sind auf seiner Seite?«

»Ja«, antwortete Xane. »Aber nun werden sie wohl kaum noch dort sein. Fillgert wird sie hierherholen. Da bin ich mir sicher.«

Illn raufte sich die Haare. »Ich muss William Bescheid ge-ben«, sagte er leise und schloss kurz die Augen.

Als er sie wieder öffnete, sagte er: »Na schön. Geht. Aber sobald du wieder hier bist, Fal, bleibst du in dieser Hütte und du kommst nicht mehr raus, bis ich es dir sage!«

»Okay«, log ich. Es war mir unangenehm, dass er es vor Xane hatte sagen müssen.

Illn warf uns noch einen Blick zu, dann warf er sich eine Jacke über, reichte mir eine kleine Pappschachtel und ver-ließ die Hütte. Ich zeigte Xane die Schachtel. Darin befan-den sich Kugeln.

»Das freut Earl sicherlich«, sagte ich.

Dann hockte ich mich neben Kara und legte meine Hand auf ihre Schulter. Ich hätte mehr für sie da sein müssen.

»Ihr geht wirklich noch einmal?«, fragte sie und sah uns an. Ich nickte und sie wischte sich die Tränen aus dem Gesicht.

»Ich sollte bei Gaven bleiben. Wenn er aufwacht, sollte je-mand bei ihm sein, den er kennt. Ich warte hier auf euch.« Sie lächelte knapp und ich umarmte sie.

»Wir kommen wieder und wir bringen Lanee mit«, sagte ich. Kara grinste.

»Das hoff ich für dich.«

»Bist du bereit?«, fragte Xane.

Ich warf einen Blick in die Tasche und hoffte, dass es genug Tränke sein würden. »Nein«, sagte ich und schüttete mir einen Trank in den Mund.

Xane packte meine Hand und ich winkte Kara zu, ehe ich erneut aus dieser Welt gerissen wurde.

KAPITEL 65
Grearts / The Dead

Wir liefen durch die Straßen. Obwohl es dunkel war, waren sie durch all die Lampen hell erleuchtet und die Lichter spiegelten sich auf dem nassen Asphalt wider.

Mein Herz polterte empört.

Ich hätte es nicht tun sollen. Jetzt war ich erneut in dieser Welt, in der ich nicht sein wollte. In die ich nicht gehörte. Was sollte das, ich hätte bei Kara bleiben müssen.

»Ich werde nicht in der Hütte bleiben«, platzte ich heraus. Xane, der sich die ganze Zeit nach einem Auto umgeschaut hatte, sah mich nun verwirrt an.

»Das, was Illn gesagt hat«, murmelte ich und folgte ihm zu einem leerstehenden schwarzen Wagen hinüber. »Ich werde nicht einfach nur warten.«

»Das habe ich auch nicht angenommen.« Xane grinste, als er das Auto aufknackte und sich auf den Fahrersitz setzte.

Ich schwang mich auf den Beifahrersitz und platzierte die Tasche mit den Tränken auf meinen Schoß. Xane startete den Motor und bog in die Straße ein. Ich atmete tief durch und lehnte mich zurück.

»Ich hätte nie gedacht, dass mir so etwas passiert«, sagte ich nach ein paar Minuten Stille.

Xane lachte. »Ich glaube, das hat niemand von uns.«

Er hielt an einer roten Ampel.

»Was hast du eigentlich alles gesehen?«, fragte ich ihn. Er wusste sofort, worauf ich hinauswollte.

»Ich habe dich gesehen«, sagte er und wirkte etwas angespannt. »Dich und deine Freunde, deinen Onkel Illn. Ich sah, wie ihr euch gestritten und die Bücher verbrannt habt.« Er zwinkerte mir zu. »Hin und wieder einen Ausschnitt aus deinem Leben, wie ein Buch, von dem du nur Fetzen hast.«

Ich lächelte. Ich fand es nicht schlimm, dass er so viel von meinem Leben gesehen hatte, und wahrscheinlich kam es mir mehr vor, als es tatsächlich war.

»Was hast du gesehen? Wie viel noch?«

»Ich habe dich in der Gasse gesehen«, sagte ich zögernd. »Mit dem Mann ...«

»Nein ...«, hauchte Xane und umklammerte mit beiden Händen das Lenkrad. Er bedachte mich mit einem kurzen Blick, und ich konnte Angst in seinen Augen erkennen.

»Du hättest ihn niemals sehen dürfen.«

»Aber du hast ihn doch auch gesehen.«

Xane schüttelte den Kopf. »Das ist etwas anderes. Ich verstehe nicht, wie du ihn sehen konntest.« Er bog nach rechts ab und schon bald knirschten Steine unter den Reifen. »Du darfst niemals wieder über ihn reden. Erwähne ihn nicht noch einmal. Wecke in niemandem die Hoffnung, einen geliebten Menschen zurückholen zu können, es ist zwecklos.«

»Aber warum?«, fragte ich. »Was hat es mit ihm auf sich?«

»Ich weiß es nicht.« Ich spürte, dass er log, sagte jedoch nichts mehr dazu.

Vom Hotel waberte noch immer Rauch in den dunklen Nachthimmel empor.

Ich richtete mich im Autositz auf, die Hand auf dem Türgriff, bereit, aus dem Auto zu springen und zu tun, was ich tun konnte, um den Leuten zu helfen.

»Meinst du, sie haben überlebt?«

»Wir können nicht die Einzigen sein«, sagte Xane. »Das wäre sehr unwahrscheinlich.«

»Bist du sicher?«

»Ja.« Xane parkte vor dem Hotel.

In dem Gebüsch, in das Gaven Peits Kopf gebettet hatte, waren Geräusche zu hören, von denen mir schlecht wurde. Irgendein Tier musste wohl gerade seinen Hunger stillen.

Ich eilte zur Tür. Sie war noch nicht verbrannt, nur im oberen Stockwerk schien es zu brennen. Wenn sie noch hier waren, warum hatten sie das Feuer dann nicht gelöscht. Ich befürchtete, dass in diesem Hotel niemand mehr aufzufinden war. Und doch trat ich ein. Steine knirschten über den Boden, als ich die Tür aufzog.

Dort in der Eingangshalle des Hotels standen sie – dort standen die Toten, denen die Slonks die Herzen herausgerissen hatten.

Einige bemerkten mich, bewegten sich langsam, so wie Geister, und aus ihren Wunden lief noch Blut. In manchen Augen lag für einen kurzen Moment Hoffnung, aber als sie mich ansahen, schienen sie in sich zusammenzufallen und einigen liefen nun stumme Tränen über die Augen.

Sie machten keine Geräusche, nur ihre Schuhe knirschten über den Boden und ich versuchte mir die Gesichter nicht zu merken.

Xane trat neben mich. »Das sind Grearts«, sagte er. »Ihnen wurden die Herzen herausgerissen. Der dunkle Zauber, der dafür verwendet wird, hält sie am Leben, bis sie ihren letzten Satz gesprochen haben. Lass uns gehen, Fal.«

»Vielleicht sind sie hier irgendwo.« Trotz Xanes Fluchen schritt ich durch den Raum.

Je weiter ich ging, desto mehr Grearts liefen mir hinterher. Und immer mehr Tränen rannen über ihre Wangen. Am Treppenabsatz vor der gesprengten Wand blieb ich stehen.

Oben auf der kaputten Treppe stand Eep und auch auf seinem Gesicht glitzerte eine Träne, als er mich sah. Sein Schädel war eingedrückt, sein rechtes Auge war weiß. Wie bei den anderen Grearts klaffte in seiner Brust ein Loch. Er stolperte die verbliebenen Stufen herunter.

Ich kletterte ihm entgegen und als wir uns erreicht hatten, streckte er seine Hände aus und legte sie um mein Gesicht. Seine Hände waren eiskalt. Xane blieb unten an der Treppe stehen und beobachtete uns.

»Faldor.« Eeps Stimme war ein schwaches Flüstern, voller Schmerz und Trauer. »Geht es Kara gut? Ist sie am Leben?«

Mit Tränen in den Augen nickte ich. »Ja, es geht ihr gut. Sie ist sicher, sie ist wieder zuhause.«

Eep lächelte. »Ich habe nicht mehr viel Zeit.« Seine Haut färbte sich langsam grau und seine Finger zitterten. »Sag ihr bitte, dass ich sie liebe. Sag ihr, dass alles gut werden wird. Ich werde immer bei ihr sein. Sag ihr das bitte. Und sag ihr, dass ich stolz auf sie bin, so unfassbar stolz. Versprich mir es ihr zu sagen. Versprich es mir.«

Meine Antwort war kaum mehr als ein heiseres Flüstern. »Ich werde es ihr sagen. Ich verspreche es.«

»Danke.« Die Träne, die auf seinem verformten Gesicht hinunterlief, blieb stehen und Eep fiel in sich zusammen.

Er stürzte die Stufen hinunter und landete neben Xane auf dem Boden. Mit einem letzten traurigen Lächeln auf dem Gesicht.

»Hier ist niemand mehr«, sagte Xane, kletterte zu mir, nahm mich am Arm, führte mich die Treppe wieder hinunter und aus dem Hotel hinaus.

Ich hatte noch nie so etwas gefühlt. Mein Herz schien leer zu sein, Eeps Stimme hallte in meinem Kopf wider. Wir mussten sie mitnehmen, wir konnten sie nicht hierlassen. Gerade wollte ich Xane sagen, dass wir als Nächstes die Umgebung absuchen, uns vielleicht sogar aufteilen sollten, da spürte ich die scharfe Spitze eines Speers an meiner Kehle.

»Ihr seid es«, sagte dann eine Stimme und der Speer wurde von meinem Hals genommen.

Fera kam um das Gebüsch, hinter dem sie sich versteckt hatte, herum und umarmte Xane. »Ich dachte schon, ihr seid tot.« Sie wischte sich über die Stirn. »Wo sind die anderen, seid ihr die Einzigen? Ich dachte Kara, Eep und Gaven waren noch bei euch?«

Ich hielt die Tasche mit den Tränken in die Höhe und Feras Augen weiteten sich.

»Kara und Gaven sind schon zuhause«, sagte ich. »Eep ...« Wie sagte man so was, wie sagte man jemandem, dass ein Freund gestorben war. Während ich meinen Mund auf- und zuklappte, musste ich an Stan denken und es versetzte mir einen Stich.

»Er ist tot«, sagte Xane. Fera schluckte und Tränen glitzerten in ihren Augen. »Bist du ganz allein?«

Sie schüttelte den Kopf, nahm hastig eine der Flaschen aus der Tasche und steckte sie sich in ihre Jackentasche. »Wir sind unten bei Peits altem Zuhause, dort haben wir noch ein paar Slonks erledigt und ein paar unserer Leute ... beerdigt. Ich wollte Peits Kopf holen.« Sie hielt kurz den Beutel hoch, den sie in der Hand hielt.

Mir wurde wieder fast schlecht. Immerhin war es doch kein Tier gewesen, das ich vorhin gehört hatte.

»Ist Lanee bei euch?«, fragte ich.

Fera schüttelte den Kopf. »Nein, ich habe sie nicht gesehen«, sagte sie. »Sie ist nicht da drin?«

»Nein.«

»Ich habe es nicht über mich gebracht ...«, sagte Fera. »Bei Slonks ...« Sie deutete auf die Tür und Xane und ich nickten verständnisvoll.

»Wir werden Hilfe bekommen«, sagte ich. »Mein Onkel versammelt gerade Leute. Wir kommen zurück nach Hause. Ihr kommt wieder nach Hause. Und wir werden Fillgert besiegen.«

Fera lächelte mich an. »Ja, Earl hat Illn schon eine Antwort geschickt. Kommt mit, ich bringe euch zu ihnen.«

Wir kamen an der Stelle vorbei, an der ich den Slonk getötet hatte, schwarzes Blut benetzte die Blätter und mein Messer lugte aus dem Laub heraus.

Ich bückte mich und hob es auf, steckte es in meinen Gürtel und spürte wieder, wie der Herzschlag des Slonks langsam erlosch. Vielleicht konnte ich dieses Messer noch einmal gebrauchen. Irgendwie fühlte ich mich so, als müsste ich es mitnehmen. Warum hätte ich es sonst wiedergefunden?

KAPITEL 66
WoodCrown

Fillgert bahnte sich einen Weg durch das Unterholz. Seine weißen Schuhe waren nass und schwarz gefärbt durch die feuchte Erde des Waldbodens.

Die Luft hing nass an den Bäumen und tropfte als Regen von den Blättern herunter. Fillgert atmete die Luft tief ein, er liebte die Kälte. Vielleicht war es eines der letzten Male, die er durch den Wald laufen würde.

Wenn sein Plan fehlschlug, wenn W ihn hinterging ...

Er verdrängte diese Gedanken aus seinem Kopf. Er erinnerte sich an friedlichere Zeiten, an Earl und all die anderen Leute, die er geliebt hatte. Sie waren verschwunden, aus seinem Kopf gefegt worden. Er hätte Earl niemals wehgetan. Und nun wollte er ihn leiden sehen.

Sein Bruder verdiente es. Das war sicher. Aber hatte er nicht schon genug gelitten?

Es war egal. Die Figur Earl war auf seinem Spielplan zu eigenem Leben erwacht. Und sie entwischte fortwährend seinen Fingern, wenn er versuchte sie zu packen.

Fillgert hatte sie lebendig werden lassen, als er Faldor Feyn verbannt hatte. Sein vielleicht größter Fehler bisher.

Und doch freute er sich über das Umherrennen der Figuren, die nun nicht mehr auf seine Züge warteten, sondern gegen ihn zusammenarbeiteten.

Er war auf dem Weg, sein Leben zu retten oder wenigstens, wenn er sich nicht retten konnte, einige Leben zu nehmen. Seine Zeit als makelloser Präsident war vorbei, er wusste es. Die Leute spürten es in der Luft, einige von ihnen hatten bereits das Dorf verlassen, um bei einem anderen Präsidenten in einem der anderen Dörfer Schutz zu suchen.

Sie würden keinen Schutz finden. Fillgert lächelte in sich hinein. Jetzt war es egal, dass er nicht mehr als perfekter Präsident angesehen wurde. Er hatte Geschichte geschrieben. Der Frieden war vorüber.

Er hatte es kommen sehen, schon vor langer Zeit. Die Taten, die er begangen hatte, waren nicht verziehen worden. Sie konnten nicht vergessen werden. Er war einer der größten Verbrecher, getarnt als Held.

Die Verbannten hatten nicht einmal annähernd das getan, was er getan hatte. Sie waren nur so dumm gewesen, sich von ihm erwischen zu lassen. Etwas, das Fillgert lange nicht mehr passiert war. Und wieder dachte er an Faldor Feyn, als der Boden vor ihm sich aufwölbte und Äste und Wurzeln sich wanden, um ihm einen Weg, eine Brücke über die Schlucht der Drachen zu bauen.

Er sah über das Geländer der Brücke. Unten lagen die Skelette. Nur vor seinen Augen waren sie nicht verborgen.

Er dachte an einen alten Freund, während er die Brücke verließ und sich zwei Wachen des Slonkkönigs zu ihm gesellten und ihn tiefer in den Wald hineinbegleiteten. Er redete nicht mit ihnen, sie redeten nicht mit ihm.

Die Stimmung war angespannt. Sie hatten viele Verbündete durch ihn verloren.

Magier waren eben nicht leicht zu schlagen. Auch wenn die dunkle Magie der Slonks problemlos gegen die der geschwächten Magier hätte ankommen sollen. Offenbar hatte Fillgert seinen Bruder unterschätzt.

Die Wachen des Königs führten ihn durch ein Tor aus Dornen und stellten sich zu beiden Seiten auf.

Ein Weg aus weichem Moos führte auf eine Lichtung, wo, auf einem Thron aus Wurzeln, Ästen und Holz, der König der Slonks saß. Zu seinen Seiten waren die Köpfe seiner Opfer aufgespießt worden. Sein gesamter Körper war mit Blut bedeckt und er trank es aus einem zerbrochenen Menschenschädel. Rot tropfte es sein Kinn hinunter. Es war das Ritual des Sieges, oder des Verlustes. Es lief auf dasselbe hinaus. Sie würden immer Blut trinken, ihre Opfer essen und ihre Kraft aus ihrem Blut saugen.

»Halloh, Fahrgrimmh«, säuselte der Slonkkönig und ein kurzes Lächeln umspielte seine Lippen, doch Fillgert kannte ihn schon länger und konnte die Wut in seiner Stimme hören. Tief verborgen, sodass niemand die Gefahr kommen sah, wenn er zu einem sprach.

»Hallo, Vatzaltee.« Fillgert bemühte sich den Namen richtig auszusprechen. Es war schwierig, die Slonks lebten nach den Regeln der alten »Sprache« und benannten sich nach den Dingen, die sie am besten konnten. Oder für die sie berühmt geworden waren. Es war also klar, dass Fillgert seinen Schädel nicht in Vatzaltees Hände legen wollte.

»Ichh habeh viele Verlusteh erlittenh.« Jetzt konnte Fillgert ganz sicher den Zorn des Slonks hören. »Deihnetwegen! Unsreeh Magieh existiert dort kauhm.«

»Es tut mir leid«, sagte Fillgert. »Ich werde dich entlohnen und für deine Verluste aufkommen. Wie versprochen.«

»Duh sagtest, sie währen schwachh! Aber sieh sind nicht schwachh.«

»Ich irrte mich. Bitte vergib mir.«

Der Slonkkönig sprang auf. »Mein Sohn ist TOT!«

Blut spritzte aus seinem Mund und der Schädel, den er weggeschleudert hatte, bohrte sich in einen Baumstamm.

Fillgert blieb ruhig stehen. Er fürchtete sich nicht. Das Verhalten des Slonkkönigs belustigte ihn sogar.

»Der Jungeh, den du verbanntesth, tötete ihnh«, zischte Vatzaltee und sank zurück auf seinen Stuhl.

»Der Feyn-Junge?«, fragte Fillgert ungläubig.

»Jah!«, grollte der König. »Alsoh, Fahrgrimmh Fillgerth. Warum bist du hierh? Willst du ebenfalls sterbehn?«

Fillgert schüttelte den Kopf und lächelte.

»Das ist nicht mein Plan. Ich bedaure den Verlust deines Sohnes sehr, aber ich habe ein Angebot für dich.«

Vatzaltee sah ihn kalt an. Seine schwarzen Augen fixierten jede Bewegung, die Fillgert machte.

In diesem Moment, zwischen all den mächtigsten der Slonks, war Fillgert fast machtlos.

Aber auf dem Spielbrett hielt er die Figur mit der hölzernen Krone fest umklammert.

»Welches Angebot?«

»Ich werde in den Krieg ziehen. Gegen die Verbannten.«

Vatzaltee lachte. »Ein neuer Krieg?« Er spuckte auf den Boden. »Hieer, wo sieh noch meehr Macht haaben?«

»Ihr werdet nicht allein kämpfen. Ich werde an eurer Seite stehen. Ihr werdet eure Rache bekommen.«

Vatzaltee sah ihn an. »Siehst du es nicht?«, fragte er Fillgert. »Siehst duhh es nicht?«

»Was soll ich sehen?«, fragte Fillgert.

Es nervte ihn, er hatte noch andere Dinge zu tun, er wollte eine Antwort von Vatzaltee und keine Rätselfrage.

»Hörst du die Rufe nicht, Fargrim Fillgert?«

Der Slonk beugte sich vor.

»Deine Zeit ist um, meine Zeit ist um. Der König, ich kann ihn flüstern hören.« Er zeigte Fillgert seine spitzen Zähne. »Vernimmst du seine Rufe nicht? Er ist hier!«

»Wovon sprichst du?«

»Bald, mein Freund, wird es all das, wofür du glaubst zu kämpfen, nicht mehr geben. Dein Spiel wird beendet sein, ehe deine Figur das Ziel erreicht hat. Das Brett zerstört von steinerner Hand.«

Fillgerts Atem blieb in der Luft stehen. »Was soll das bedeuten?«

»All deine Pläne haben keine Bedeutung mehr.« Vatzaltee streckte die Hand zur Seite aus und ein Slonk reichte ihm eilig den nächsten mit Blut gefüllten Menschenschädel. Zum ersten Mal seit Langem spürte Fillgert kochende Angst in sich aufsteigen. Es waren nicht die Stimmen in seinem Kopf gewesen, die ihn riefen, mit dunkler Kraft, mit unaufhaltsamer Macht. Er keuchte.

»Ich wusste, du hörst ihn auch.« Vatzaltee beugte sich ganz nahe an Fillgerts Gesicht heran. »Es ist alles bedeutungslos und doch verlor ich meinen Sohn.«

Er grinste. Blut tropfte zu dem Dreck auf Fillgerts weißen Schuhen. »Überlass mir den Feyn-Jungen und ich werde mit dir kämpfen. Jetzt geh! Bevor ich deinen Schädel breche.«

Fillgert nickte.

Er drehte sich um und geriet ins Straucheln.

Etwas schnürte ihm die Kehle zu, er musste zurück nach Hause. Hatte Vatzaltee recht? Und wieder rief die Stimme in seinem Kopf seinen Namen.

KAPITEL 67
i lost my mind

4. Oktober

Lanee war nicht bei den anderen. Ich wusste es schon, als ich auf der Wiese neben Peits Haus ankam und Earl mich leicht umarmte. Sie war nicht da.

Auch Cliff konnte ich nirgendwo entdecken, ich hörte nur, wie Sean über den Verlust seines Bruders klagte und wie jemand anderes versuchte ihn zu trösten. Dave war ebenfalls nicht da, auch, als mein Blick durch die Menge huschte, konnte ich weder ihn noch Nancy entdecken.

Immerhin war dort Joanne, ihre blonden Haare hatten sich durch Blut rot gefärbt und aus dem Augenwinkel sah ich, wie Sean Fera umarmte.

Vee kam auf mich zu, ihr Kleid war zerrissen, sie hatte einige Schrammen im Gesicht, aber es schien ihr gut zu gehen. »Gaven?!«, fragte sie, ehe sie mich erreicht hatte.

»Es geht ihm gut!«

Erleichtert hielt sie sich die Hand an die Brust. »Ist er …«

»Er ist schon zuhause«, antwortete ich, bevor sie fertig reden konnte. »Hast du Lanee gesehen? Ist sie hier?«

Vee schüttelte den Kopf und sie begann sich umzusehen.

Ein Vogel zischte durch die Menge und flog Earl ins Gesicht, der jubelnd die Tasche mit den Tränken in die Luft gehoben hatte. Die Leute schrien und umarmten sich.

Einige realisierten noch nicht, dass das, was jetzt kommen würde, viel schlimmer war als das, was bisher geschehen war. Ich selbst wollte es nicht glauben.

Earl fischte einen Zettel aus dem Gefieder des Vogels und wandte sich dann Fera zu. Ich konnte hören, was sie sagten. »Illn meint, der Plan hat sich geändert. Dieser William kommt mit einigen seiner Leute vorbei. Er sagt, es wäre nicht schlau, jetzt anzugreifen, und wir sollten besser planen. Außerdem will er uns mit William vertraut machen, sie kommen gleich an. Ich werde sie abholen.«

»Ich komme mit«, sagte Fera und die beiden entfernten sich von der zerstreuten Gruppe. Sie würden sich sicherlich ein Auto besorgen, um die anderen aus der Gasse abzuholen. Ich fühlte den Trank, den ich wie Fera sicherheitshalber in meine Hosentasche gesteckt hatte, schwer darin liegen. Xane hatte sich in die Gruppe gestürzt und half den Verwundeten.

Eine andere Frau mit gelockten schwarzen Haaren lief auf mich zu. Sie streichelte Maggie, die leise weinte, über den Rücken und stand schließlich vor mir. Sie schien nicht viel älter zu sein als ich. Bisher war sie mir noch nicht aufgefallen. »Hi«, sagte sie und lächelte mich freundlich an.

»Hallo.« Meine Stimme klang dumpf.

Ich wollte nicht hier sein, wusste nicht einmal mehr, warum ich hergekommen war.

»Ich bin Allison. Deine Arme bluten, soll ich mir das mal ansehen?« Ich sah an meinen Armen hinunter. Tatsächlich, die Verbände, die Illn um meine Arme geschlungen hatte, waren rot gefärbt.

»Okay«, sagte ich. »Du blutest auch.« Ich deutete auf ihr blutdurchtränktes T-Shirt.

»Ist nicht mein Blut.« Sie lächelte.

»Ich bin Fal«, stellte ich mich vor.

»Ich weiß, wer du bist.« Das hatte ich mir fast schon gedacht. Schweigend nahm sie mir die Verbände ab und schüttete Öl auf meine Haut, dann sprach sie einen Zauber und pustete über die Wunden.

»Ich kann nichts«, sagte ich. »Meine Magie ist verloren gegangen, ich kann sie spüren, doch es ist schwer.«

»Es wird alles besser.«

»Ich konnte niemandem helfen.«

Tränen brannten in meinen Augen. Ich wusste nicht, warum ich mich so öffnen konnte und ich mich bei ihr so wohl fühlte.

»Mein bester Freund ist gestorben.«

»Das tut mir sehr leid. Aber es ist nicht deine Schuld.« Sie klopfte mir auf den Rücken. »Du hättest niemals alle retten können. Das hätte keiner von uns. Du hast uns ermöglicht zurückzukehren. Dafür danke ich dir.« Sie lächelte wieder. »Wenn du etwas brauchst, frag einfach nach Allison.«

Ich nickte dankend und sie wandte sich dem nächsten Verwundeten zu.

Eine Hand auf meiner Schulter ließ mich umdrehen.

Maggie stand vor mir. Direkt fühlte ich mich an die Unterhaltung im Wald erinnert und an meine eigenartige Vision.

»Geht es Kara gut? Ist sie in Sicherheit?«

»Ja.« Meine Stimme klang rau. »Sie ist sicher.« Einen Moment starrte ich auf meine Füße. »Hast du Lanee gesehen?«

Sie schüttelte den Kopf und auch alle anderen, die ich fragte, hatten weder sie noch ihre Leiche irgendwo gesehen. Sie war wie vom Erdboden verschluckt

Xane kam durch die Leute auf mich zu. »Wie geht es dir?«

»Meine Freunde sind verschwunden oder tot. Für einen Moment war alles in Ordnung und auf einmal kämpfen wir um unser Leben.« Ich schüttelte den Kopf und rieb mir über die Augen. »Ich glaube, es geht mir nicht gut.«

Xane friemelte an seinem Schal herum. »Das kann ich gut verstehen.«

»Glaubst du, dass es einen Krieg geben wird? Ich meine einen großen? Glaubst du, es wird immer so weitergehen?« Ich bohrte meine Stiefelspitze ins Gras. »Ich hatte noch so viele Pläne, es gab noch so vieles, was ich machen wollte. Und jetzt? Jetzt sieht es so aus, als würden wir alle den morgigen Tag nicht mehr erleben.«

»Hey!« Xane grinste mich an, in dem Dunkelblau seiner Augen las ich Mitgefühl. »Kein Grund, so negativ zu reden. Ich weiß, es ist hart. Aber es gibt immer Krieg, es wird lange dauern, bis es wirklich Frieden gibt. Aber verliere die Hoffnung nicht. Du wirst nicht sterben. Heute nicht und morgen auch nicht.«

»Du auch nicht!«

»Nein«, seufzte Xane. »Ich auch nicht.«

KAPITEL 68
Nothing Left

Der Biss des Slonks pochte an Lanees Arm. Schweiß rann über ihre Stirn. Cliff, der die Schlucht hinunterstürzte, verschwand nicht aus ihrem Kopf.

Die Bäume um sie herum sah sie nur noch verschwommen. Der Wald war nicht mehr so dicht bewachsen wie vor einigen Metern, doch noch immer schien er kein Ende zu nehmen. Sie wusste nicht, ob die Slonks noch hinter ihnen waren. Sie konnte sie nicht mehr hören.

Dann ertönten Schreie und ein lauter Knall. Vor Schreck wandte Lanee den Kopf nach hinten und fiel hin. Dann stolperte jemand über sie. Sie schrie und schlug nach der Person aus. Ein Schmerzensschrei war die Antwort und Lanee selbst spürte Schmerzen, die sie so noch nie gefühlt hatte. Sie brannten sich in ihren Körper, loderten ihren Arm entlang, begannen sie von innen heraus zu zerfressen.

Die Bäume um sie herum waren nur noch schwache Linien.

»Jackson!«, rief Nancy und eilte zu Lanee herüber.

Ihre Sicht klärte sich wieder und sie richtete sich auf. Ein Mann war über sie gestolpert. Blut sprudelte aus einer Wunde an seinem Bauch. Er hatte kurz geschorene Haare.

Nancy legte Blätter auf die Wunde und ließ sie sich mit seiner Haut verbinden. Röchelnd sog Jackson die frische Luft ein und atmete tief durch.

»Den Mächtigen sei Dank, dass du lebst.« Nancy drückte ihm einen Kuss auf die Stirn. »Aber die Wunde muss besser behandelt werden.«

»Entschuldige«, sagte Jackson an Lanee gewandt. Ihre Tränen ließen ihn verschwimmen.

»Ich wollte dir keinen Schmerz zufügen.«

»Okay«, keuchte Lanee.

»Ihr geht es nicht gut«, sagte Jackson. »Was hat sie?«

»Ein Slonk hat sie gebissen«, sagte Dave, der von irgendwoher aufgetaucht war. Lanee hatte ihn nicht wahrgenommen. War er die ganze Zeit neben ihr gewesen? Er besah sich die Wunde. »Irgendwas stimmt hier nicht.« Er strich sich über die Augen und trat einen Schritt beiseite.

Die Wunde an Lanees Arm eiterte. Entsetzt schnappte sie nach Luft. Jetzt beugte sich auch Nancy über ihre Wunde. »Das ist nicht normal.«

»Wir müssen weiter«, sagte Lanee schwach und versuchte aufzustehen. »Sie sind gleich da.«

Jackson zog sie auf den Boden zurück. »Nein!«, sagte er und lächelte. »Sie sind weg. Die Slonks sind nicht mehr hier. Sie sind alle zurückgereist.«

»Dann können wir zurück!«, sagte Dave. »Wir können nach Cliff sehen.« Er wandte sich schon um.

»Wo ist Cliff?«, fragte Jackson.

»Er ist ...«

»Er ist tot!«, sagte Nancy energisch.

»ER IST NICHT TOT!«, rief Dave und stieß Nancy zur Seite.

Lanee stiegen wieder die Tränen in die Augen. Dann hörte sie etwas. Ein Knacken. Ein leises Geräusch, tief verborgen im Dickicht.

»Nancy.« Sie packte sie am Ärmel. »Hier ist noch jemand.«

Nancy und Dave hörten augenblicklich auf zu streiten.

»Zeige dich!«, rief Nancy. Nichts war zu hören. Dunkel lag

der Wald vor ihnen. Lanee hielt mit Mühe ein Wimmern zurück. Jackson atmete schwer.

Aus dem Wald flog etwas auf sie zu. Nancy blockte es ab, zielte mit ihrer Hand auf das dunkle Gebüsch, aus dem das Etwas geflogen war, und rief:»Wyzäga!«

Ein Aufschrei war zu hören und ein Schlag auf den Boden, dann ein wildes Rascheln von Blättern.

»Bleibt hier«, sagte Nancy.»Ihr seid nicht in der Lage, mir zu helfen.« Sie huschte auf die Stelle zu, an der sich etwas regte. Als sie ihre Hand hob, wurde eine Frau aus dem Dickicht geschleudert und rollte vor ihre Füße.

Sie hatte fast ganz weißes Haar, das ihr übers Gesicht fiel. Ihre Arme und Beine waren von festen Wurzeln umschlungen und fesselten sie.

»Ich wusste, dass ihr magisch seid«, hörte Lanee die Frau murmeln. Dann trat Nancy ihr ins Gesicht und die Frau sank in den Blättern zusammen und rührte sich nicht mehr.

»Sie ist nicht magisch«, stellte Jackson nach einer kurzen Stille fest.

»Nein.« Nancy blickte sich misstrauisch um.»Aber warum weiß sie von uns?«

KAPITEL 69
fneep

4. Oktober

Der Junge saß auf dem eisernen Stuhl. Er konnte nicht älter als zehn sein. Seine blonden Haare fielen ihm in die rot unterlaufenen Augen.

Er weinte nicht. Er hatte noch gar nicht geweint.

Trish saß gelangweilt am Boden.

Fillgert sah Al ernst an.

»Das kannst du nicht von mir verlangen«, sagte Al.

»Ich habe ihn erwischt, wie er noch mehr Informationen von mir stehlen wollte. Er ist Teil von Earls abscheulichem Plan, mich zu stürzen.«

»Warum soll *ich* es tun?«

»Weil du versagt hast.« Der Schlag traf Al unerwartet. Fillgert kochte vor Wut, er hatte ihn noch nie so außer sich gesehen.

»Ich habe nicht versagt«, fauchte Al. »Ich habe immer getan, was du gesagt hast.«

»Deine einzige Aufgabe war ihn zu töten. Und du konntest es nicht!«, schrie Fillgert. »Du hast mich verraten! Jetzt töte den Jungen!«

»Alles, was ich tat, geschah, um es dir recht zu machen. Ich habe jeden deiner Wünsche erfüllt. Ich habe sogar Faldor geküsst, damit du es nicht tun musstest!«

Fillgert schleuderte Al von sich. Er schlitterte über den Boden und wurde von einer der gewaltigen Marmorsäulen gebremst, die die Decken des Runden Raumes stützten.

»Du beleidigst mich.«

»Du enttäuschst mich.«

Sie funkelten sich an. Fillgert versuchte sich zu beruhigen, versuchte sich zu beherrschen. Er musste ihn töten. Er hatte keine andere Wahl. Al wusste zu viel. Es schmerzte ihn zwar, seinen langen Partner zu vernichten, aber er konnte nicht dulden, dass Al sich ihm widersetzte.

»Walsaga«, flüsterte Fillgert und dunkelrote Flammen schossen auf Al zu, doch Al war vorbereitet. Er wollte nicht gegen Fillgert kämpfen, er wusste, dass er gegen ihn nicht ankommen würde. Er fischte den Trank aus seiner Tasche und schluckte ihn.

Die Flammen erreichten ihn, verbrannten seine Kleidung und seine Haut, er schrie aus Leibeskräften und atmete erleichtert auf, als die Schmerzen aufhörten und er in der Dunkelheit versank.

Er hörte lautes Hupen, als sich die Dunkelheit um ihn herum in grelles Licht verwandelte. Es regnete, Bremsen quietschten. Ehe seine Augen sich an die Helligkeit gewöhnt hatten, rammte ihn etwas, er flog und überschlug sich, seine Rippen knackten. Auf den nassen Boden prallend, spuckte er Blut in sein eigenes Gesicht.

Für einen Moment war nur das Regenprasseln zu hören, die kalten Tropfen trafen wie Nadeln auf ihn. Dann wurde er weitergeschleift.

»Er erschien aus dem Nichts!«, schrie eine Männerstimme.

»Scheiße, verdammte. Rufen Sie einen Krankenwagen. Hilfe. Hilfe!«

»O Gott!«, rief eine Frauenstimme.

Al zuckte und spuckte erneut Blut. Seine Arme waren verdreht. Der Versuch, sich zu bewegen, schlug fehl. Jede kleinste Bewegung rief eine Protestwelle aus Schmerz in seinem ganzen Körper hervor.

Er wusste nicht, wo er war, oder was passiert war. Sein Körper brannte, er konnte keine einzelne Wunde ausmachen, die er hätte heilen können.

In seinen Gliedern stach es wie Feuer.

»Er ist direkt unter meinen Truck gerutscht. O Gott, o Gott!« Jemand weinte.

Würde er jetzt sterben, weil er von einem Truck überrollt worden war? Er musste lachen und bereute es sofort. Ein wimmerndes Geräusch drang über seine Lippen.

»Jetzt komm ich in den Knast. Ich werde sicher angezeigt. Scheiße.«

Al hörte Sirenen, doch er hatte nicht vor, jemanden anzuzeigen. Er wollte nur sein Messer finden.

KAPITEL 70
APERFECTPLACETODIE

Cliff sah in den dunklen Himmel hinauf. Es war kalt hier unten. Blut lief über sein Gesicht. Er fühlte seinen Körper nicht mehr. Es war alles kalt und dunkel, kein Licht, keine Farben. *Vielleicht ...*, dachte Cliff. *Vielleicht ist das ja genau richtig so, vielleicht ist das ja der perfekte Platz zum Sterben.*

Es gab nichts Schönes, nichts, was ihn an die Schönheit des Lebens erinnerte, nichts, was ihn mit Glück oder Freude erfüllte.

Und doch. Seltsam, genau durch diese Trostlosigkeit und Verlorenheit fühlte er sich an sein Leben erinnert.

An sein gutes Leben, bevor er verbannt worden war, bevor seine Schwester gestorben war.

Er erinnerte sich daran, wie er mit ihr durch die Wälder rannte, als sie Kinder waren. Ihre Haare wehten wild im Wind umher, ihr Lachen hallte laut in seinen Ohren wider.

Jetzt waren sie älter, sie saßen auf einem Baumstamm, er zeigte Mel sein erstes Tattoo. Die Erinnerungen durchströmten seinen Kopf, rissen ihn immer tiefer in eine Welt, die nicht mehr da war, und ließen ihn darin versinken.

Sein Atem war schwer. Der Schmerz war vorüber.

Das musste also sterben sein: Wie die Leute sagten, sein Leben zog an ihm vorbei, jede glückliche Erinnerung, die noch in seinem Kopf zu finden war. An Fäden zog er sie heraus und packte sie nacheinander. Verschlang sie, als wären sie ein Festmahl.

Es war schön, es war perfekt.

Seine erste Zigarette, die ersten Drogen.

Partys, die er schon vergessen hatte, tauchten wieder auf.

Sein erster Freund. Süße Küsse in der Nacht, verstohlen und geheim. Stunden in Betten, die nicht seine waren, mit vielen, vielen Männern, die er nicht mehr aufzählen konnte, selbst wenn er es versucht hätte.

Und dann war Mel tot und er starb.

Er erinnerte sich, wie er sie hielt, wie sie starb, wie ihre Wunden verheilten, nachdem das Leben aus ihr hinausgekrochen war, und wie er ihn gesucht hatte.

Wieder und wieder erlebte er seine dunkelsten Stunden, er tötete den Mörder seiner Schwester immer und immer wieder. Wie in einem Film, in dem die Szene hängt und sich wiederholt von vorne abspielt, zerriss der Körper des Mannes aufs Neue und sein warmes Blut spritzte auf Cliffs Gesicht.

Jetzt lag er auf der harten Pritsche in seiner kleinen Zelle. Seine Kleider waren fort, in seine Ohren drang das schwere Atmen des Mannes. Ihm war kalt, der Mann erhob sich von ihm und steckte ihm ein kleines Papiertütchen zu.

Cliff stöhnte auf, als er einen Finger befeuchtete und in das Tütchen steckte. Er leckte seinen Finger ab und die Schmerzen in seinem Körper waren vergessen.

Blut spritzte aus seinem Mund, als er versuchte zu atmen.

Der nächste Mann betrat die Zelle. Er grinste den anderen an, der ihn abklatschte und sich auszog.

Cliff war fort, er grinste den Mann an und lehnte den Kopf nach hinten, als der ihn zu küssen begann. Jetzt fühlte er gar nichts mehr, er hörte das Stöhnen des Mannes über ihm, doch er starrte nur auf das Tütchen in seiner kalten Hand und schüttete es sich ganz in den Mund.

Das Pulver brannte auf seiner Zunge. Er lachte laut auf und mehrere Personen hinter ihm lachten ebenfalls.

Körper wanderten um ihn herum. Sie küssten ihn, berührten ihn.

Er war tot, er wollte tot sein.

Weitere Tütchen wurden ihm in die Hand gedrückt, sie schütteten das wertvolle Pulver auf seinen Körper und leckten ihn ab.

Wie Tiere, dachte Cliff. *Wie Tiere.*

Und er nahm mehr, immer mehr und mehr und mehr und mehr, mehr, mehr, mehr, mehr.

Er öffnete die Augen. Sein Körper existierte kaum noch. Er hoffte, er würde sterben.

Hände packten ihn und zerrten ihn über kalten Boden. Er fror. Umklammerte das Tütchen, so fest er nur konnte. Sein Körper klebte. Seine Haare hingen in seinen Augen.

Fillgerts Gesicht tauchte über ihm auf. Kalte Flüssigkeit wurde in seinen Mund geträufelt und verätzte ihn. Er schrie, hörte Menschen johlen, dann wurde alles dunkel, bis es wieder hell wurde. Viel zu hell.

Er übergab sich.

Seine Kehle brannte. Geräusche, viel zu laut, hämmerten auf ihn ein. Er rannte, doch da war kein Weg, auf dem er lief.

Die Brücke. Er sah sie nach wie vor klar vor seinen Augen. Seine nackte Haut glänzte in den tausenden Lichtern, die um ihn herumwirbelten. Er fiel hinab.

Kaltes Wasser schlug über ihm zusammen und er ertrank, wie oft war er schon gestorben.

Aber er starb nicht, es war, als wäre er an das Leben gebunden, als wollte eine höhere Macht ihn nicht gehen lassen.

***

»Sieh mal da«, sagte Dave. Er deutete auf eine unförmige Gestalt, die im Wasser trieb. »Da schwimmt jemand.«

Sean kicherte. »Der schwimmt schon lange net mehr.«

»Hilf mir ihn rauszuholen.«

»Einen Normalen müssen wir nicht retten, Dave.«

»Er ist nicht normal.« Dave schüttelte den Kopf, während er ins eiskalte Wasser watete. »Das kann ich fühlen.«

»Ich wünschte, wir hätten uns zuhause kennengelernt«, sagte Cliff und zog den Rauch der Zigarette tief ein. Dave lag neben ihm auf einer Wiese. Blumen wuchsen um sie herum, Vögel zwitscherten und Insekten surrten. »Ich bin ein furchtbarer Mensch. Ich wünschte, ich wäre tot.«

»Ich lass dich aber nicht sterben«, sagte Dave. »Damals nicht und heute genauso wenig. Hör auf das zu sagen. Wir kommen zurück nach Hause, dort werden wir erneut leben. Vergiss, was war. Die Vergangenheit existiert nicht mehr, die Zukunft ist das, was jetzt zählt.«

»Ich liebe dich.« Cliff ergriff seine Hand. »Du darfst mich niemals verlassen.«

»Ich liebe dich doch noch viel mehr.« Dave sah ihm in die Augen. »Ich werde dich nie verlassen. Wir sind eins. Ich lasse nicht zu, dass dir wieder etwas passiert.«

Und jetzt starb Cliff und seine heißen Tränen rannen ihm über die Wangen, während alles um ihn herum verschwand.

Er wollte, dass Dave wusste, dass es okay war. Er hatte alles für ihn getan, jetzt konnte er ihn nicht mehr retten, und es war okay. Cliff würde gehen und er hoffte, Dave würde sich nicht dafür hassen, dass er ihn nicht hatte retten können. Sie hatten sich nie verlassen, sie wurden nur voneinander getrennt.

Und bald, dachte Cliff, *bald schon werden wir uns wiedersehen.* Er sah riesige braune Augen und ein warmes Lächeln hüllte ihn ein.

KAPITEL 71
DeadSpy

5. Oktober

Illn sah den Kopf des Jungen an, den William als Spitzel eingesetzt hatte. Natürlich hatte Fillgert ihn gesehen, er hatte ihn gefoltert und getötet. Wie hatte William das nicht bedenken können.

Mikaela schluchzte.

»Das ist deine Schuld«, hörte er eine verletzte Stimme sagen, sie war William gewidmet.

Er würde niemals Präsident werden, nicht wenn seine Macht jetzt schon schwand. Earl würde es ohnehin nicht zulassen und gleichzeitig mit diesem Gedanken drang ein ungutes Gefühl durch Illns Adern, das ihm sagte, dass Earl und William zu gleich waren und Earl nicht der beste Anwärter für das Amt des Präsidenten war.

Earl hätte den Jungen, dessen Namen Illn nicht einmal kannte, ebenso schnell geopfert. Da war er sich sicher.

Aus dem F, das Fillgert in die Stirn des Jungen geritzt hatte, drang immer noch dickflüssiges Blut hervor. Er wollte ihn nicht mehr ansehen.

»Was ist dein Plan?«, fragte Tibor William.

William hatte sein Gesicht in den Händen vergraben und dachte nach.

»Es ist ein guter Plan«, sagte Illn.

»Keiner hat mit dir geredet«, fauchte Tibor ihn an. »Die Gaviee zu wecken wäre dumm. Sie sind seit Jahren verbannt,
sie werden uns nicht helfen wollen.«

»Für die Aufhebung der Verbannung schon.«

»Und wie willst du es ihnen garantieren?« Tibor war sicht-
lich aufgebracht. Der Anblick des Kopfes hatte ihn verstört.
Er war noch jung, zu jung.

»Der Präsident kann die Verbannung aufheben, und wen
haben wir hier?« Illn deutete auf William. »Den zukünftigen
Präsidenten von Ratrou.« Er wusste, dass diese Worte Macht
haben würden.

William sah ihn an, ein Blitz schoss durch seine Augen.

»Illn wird es tun«, sagte er dann entschieden. »Wir müssen
nun schnell handeln. Er wird die Gaviee fragen. Jede Minute,
die wir länger warten, ist vergeudete Zeit. Fillgert wird jeden
Tag stärker. Mehr und mehr Leute folgen ihm. Der Krieg hat
begonnen und er hat schon seine ersten Opfer gefordert.«
Er deutete auf den Kopf, doch Illn bekam davon nichts mehr
mit. Er huschte schon aus der Tür und in den Wald hinein.

Er kannte den Weg.

Er hoffte, sie würden ihn nicht töten.

KAPITEL 72
Salt

5. Oktober

Gaven schlief. Kara fühlte sich so allein wie noch nie. Sie sah durch ein Meer aus Tränen hindurch. Wut glühte in ihr auf und die Glut sollte zu einem Feuer werden, das jeden niederbrannte, der sich ihr in den Weg stellte. Fillgert musste sterben – und es sollte ihre Hand sein, die den entscheidenden Schlag tat.

Sie richtete sich auf. Gaven würde schon ohne sie zurechtkommen. Fal war nicht da, er hatte sie wieder einmal alleingelassen. In diesem Moment hasste sie auch ihn.

Ihre Beine waren schwach, als sie aufstand. Blut klebte immer noch an ihren Händen, ihre Haare wollte sie gar nicht berühren. Sie wankte zur Tür und wäre beinahe die kleine Treppe vor dem Eingang runtergefallen. Still lag das Dorf im Morgengrauen vor ihr. Bald würde alles ein Ende haben, vielleicht würde sie selbst bald tot sein.

Ihr war kalt, als sie durch die Straßen lief, ihre Schritte hallten auf den Steinen wider, und laut war das Klopfen an Ians Tür zu hören.

Er öffnete fast sofort. »Kara!«, keuchte er, sah nach hinten, dann fiel er ihr um den Hals. »Komm schnell rein.«

Er zog sie in seine kleine Hütte und schlug die Tür hinter ihr zu. Ian war nicht allein. Auf einem kleinen Sofa saß ein

Mädchen. Es war nicht viel jünger als sie, vielleicht ein, zwei Jahre. Ihre langen braunen Haare fielen in Locken über ihre Schultern. Sie hatte Sommersprossen und trug alte Jeans und einen zu großen Pullover. Sie lächelte, wirkte jedoch bedrückt und niedergeschlagen.

»Du bist hier«, sagte Ian und umarmte Kara noch einmal.

»Wer bist du?« Kara musterte das Mädchen, während sie sich aus Ians Umarmung löste.

Ian wandte sich dem Mädchen zu.

»Das ist Hallie«, sagte er und lächelte. »Sie ist die Tochter von William Greene. Er will ...«

»... Fillgert stürzen und Präsident werden. Ich weiß, davon habe ich schon gehört.«

Hallie hielt Kara die Hand hin. »Freut mich dich kennenzulernen.«

Kara streckte ihre Hand aus, zog sie wegen der Blutflecken jedoch schnell wieder zurück. »Ich wollte mich duschen gehen.« Wieder konnte sie die Tränen nicht zurückhalten.

»Kara«, sagte Ian sanft. »Was ist passiert? Wo sind Fal, Stan und Lanee? Sind sie auch hier? Hallie hat mir gesagt, dass es einen Krieg geben wird. Sie hat Enna und Niall schon Bescheid gegeben, wir haben versucht herauszufinden, warum Fillgert euch verstoßen hat ...« Kara blinzelte irritiert. Enna und Niall? Ian sah Hallie betroffen an. »Darum wurde Hallies Mutter ermordet.«

Hallie sah zu Boden, sie schüttelte den Kopf.

»Ich bin nur hier, um euch zu warnen. Es wird nie wieder so sein, wie es war.«

»Das ist es schon«, sagte Kara und lachte kurz auf. Sie rieb sich über die Augen. »Mein Vater wurde auch getötet. Wir wären fast gestorben da draußen. Ihr könnt euch nicht vorstellen, wie das ist.«

Hallie biss auf ihre Fingernägel. Ian raufte sich die Haare.

»Kann ich ein paar frische Sachen haben? Ich kann das Blut nicht mehr sehen.«

»Klar, ich hole dir was. Das Bad ist da drüben.« Ian deutete auf eine schmale Tür und Kara verschwand im Badezimmer. Ihr Spiegelbild, das sie von der anderen Seite des Raumes anstarrte, erschreckte sie.

Ihre Haare waren zerzaust, Blut bedeckte ihr Gesicht. Ihre Augen waren geschwollen. Sie zog ihre Kleidung aus. Alles davon wollte sie verbrennen. Sie wollte sich nicht mehr ansehen.

Das Wasser aus dem Duschkopf war warm. Es färbte sich rot. Es dauerte lange, bis das Wasser in der Dusche wieder klar war.

Kara band sich die Haare zu einem Zopf und trocknete sich ab, bevor sie sich in Ians Bademantel hüllte und sich von ihm Anziehsachen abholte. Nachdem sie sich angezogen hatte, blickte sie erneut in den Spiegel. Sie sah immer noch nicht gut aus. Sie fühlte sich nicht wohl in ihrer Haut.

Ian wusste noch nicht, dass Stan tot war. Sie hatte nicht auf seine Fragen geantwortet. Sie schuldete ihm keine Antworten. Kara fragte sich, warum sie überhaupt zu ihm gegangen war.

Hallie war noch da, als sie das Badezimmer endgültig verließ. Sie setzte sich zu ihr auf das Sofa, Ian hatte auf einem Sessel Platz genommen.

Kara wusste, dass sie von ihr erwarteten, alles zu erzählen, doch sie konnte die Worte nicht über die Lippen bringen – sie flogen davon wie Vögel, die einen Schuss gehört hatten.

»Fal ist noch einmal zurück. Mit einem neuen Freund, sie wollen den anderen Verbannten sagen, dass es ein Treffen mit Williams Gruppe geben wird. Demnächst, denke ich. Und dann werden wir Fillgert töten.« Sie lächelte.

»Was ist mit Stan und Lanee?«

Kara spürte, wie ihr Kinn zitterte. »Stan ist tot.« Ihre Stimme brach. »Lanee ist verschwunden, sie ist wahrscheinlich auch tot. Slonks haben uns angegriffen.«

»Slonks?«, keuchte Ian.

»Das tut mir alles so leid«, sagte Hallie und ergriff Karas Hand.

»Mir auch.«

»Wie ist Stan gestorben?«, fragte Ian betroffen.

Kara sah ihn an. »Ich möchte nicht darüber reden. Es bedeutet nichts. Er ist tot, er hat sich nicht heldenhaft geopfert oder irgendwas dergleichen. Er wurde einfach ermordet. Aus dem Nichts. Es war alles so unbedeutend.«

Sie hatte nicht bemerkt, dass sie aufgestanden war, und ließ sich jetzt wieder auf das Sofa fallen. Es klopfte.

»Versteck dich«, hauchte Ian und Kara sprang hinter das Sofa, wo sie sich zusammenkauerte und durch den Spalt spähte, der das Sofa vom Boden trennte.

Ians Füße bewegten sich langsam auf die Tür zu. Er öffnete und Kara hörte ein erleichtertes Aufatmen.

»Du kannst rauskommen, Kara«, hörte sie Ians Stimme, nachdem er die Tür wieder geschlossen hatte.

Sie richtete sich auf und sah in ein vertrautes Gesicht.

»Mina!« Schnell kletterte sie über das Sofa und umarmte Lanees Schwester. Sie sah anders aus, als sie sie in Erinnerung hatte. Glücklicher.

»Hallo, Kara ...«

»Sein Name ist jetzt Lee«, sagte Ian.

Kara sah Lee in die Augen. »Entschuldige bitte.« Sie trat einen Schritt zurück. »Du siehst gut aus.«

Lee strahlte sie an. »Danke dir, Kara. Ist Lanee auch hier?« Sein Blick suchte Ians Wohnzimmer ab.

Lees Turnschuhe waren alt. Wahrscheinlich waren es gar nicht seine.

Es freute Kara, ihn so glücklich zu sehen, es schien, als wäre all die Trauer und all der Schmerz aus seinen Augen gewichen, seine Haltung wirkte aufrechter.

Sein Blick war zwar gerade auch ernst, als er vergeblich nach Lanee Ausschau hielt, doch er hatte sich eine schwere Last abgenommen, die auf seinen Schultern gelegen hatte.

»Lanee ist nicht hier.« Karas Stimme war heiser.

»Wir wurden angegriffen und haben sie verloren, aber … wir werden sie wiederfinden.« Sie drückte seine Hand.

»Ja.« Lee nickte langsam. »Wir finden sie.«

KAPITEL 73
Where The Fuck Is My Comb?

5. Oktober

Illn schob einen Ast beiseite. Schon seit mehreren Minuten schlug er sich durchs Unterholz. Zu den Gaviee gab es keinen Weg oder Trampelpfad.

Allmählich wurde es kälter. Er schlang sich seinen Mantel enger um den Körper.

Sein Herz raste, bestimmt wurde er beobachtet. Entweder von Fillgert oder schon von den Gaviee, deren Territorium er längst betreten hatte. In der Mitte des Weges standen zwei Bäume außergewöhnlich frei. Illn beschleunigte seine Schritte und lief geradewegs darauf zu, doch plötzlich wurde sein Handgelenk gepackt.

»Nicht so hastig«, murmelte eine Stimme und Illn verlor augenblicklich das Bewusstsein.

So eine Scheiße, dachte Illn, als er die Augen langsam wieder öffnete. So eine verfickte Scheiße. Er könnte kotzen, wie oft wollte er eigentlich noch das Bewusstsein verlieren? Bestimmt hatte er schon einige Gehirnschäden davongetragen, durch all das, was ihm passiert war. Er konnte gut auf Ohnmacht verzichten.

»Was suchst du hier, Illn Feyn?«, fragte eine Stimme nahe an seinem Ohr. Sie hatte sich verändert, seit er sie das letzte Mal gehört hatte.

Sein Blick wurde klarer. Eine Frau erschien vor seinem Gesicht. Sie war groß und dünn, ihr Gesicht schmal, spitze Wangenknochen traten hervor. Ihre Augen leuchteten grün und waren zu Schlitzen verengt.

»Hallo.« Illn rieb sich über die Augen.

Sie hatten ihn nicht gefesselt, nur gegen einen Baum gelehnt. Also sahen sie ihn nicht als Bedrohung an, obwohl seine Magie die ihre bei Weitem überstieg.

»Ich komme mit einem Angebot, oder vielmehr mit einer Bitte. Mit beidem.« Illn richtete sich auf und sah Galanda in die Augen. Sie war schön, allerdings hatte die Zeit auch sie nicht verschont, dunkle Ringe lagen unter ihren Augen und ihre Hände waren knochig. Sie trug viele Ketten, um ihren Hals zu verdecken, der sie nicht mehr streckte, sondern nach unten zu ziehen schien.

»Sprich«, sagte sie und trat einen Schritt zurück.

Jetzt konnte Illn sich umsehen. Zwischen den Bäumen, in einem undurchdringbaren Kreis, standen die Gaviee. Ihre weißen und grünen Gewänder verschwammen im Dickicht um sie herum. Am Rande der Lichtung, zu der sie ihn gebracht hatten, standen zwei Throne. Auf dem kleineren, der mehr wie der Stuhl eines Assistenten aussah, kauerte ein Junge von etwa elf Jahren. Er starrte auf seine Hände, in denen er kleine Stöckchen hielt, die er langsam zählte. Seine Haut war blass, fast weiß, und ebenso helle, dünne Haare, die ihm ins Gesicht fielen und seine Augen verdeckten.

Galanda wandte sich um und setzte sich auf den Thron neben dem Jungen. Illn stand auf und folgte ihr ein paar Schritte. »Rede!«, sagte sie erneut.

»Earl kehrt zurück.« Illn versuchte so viel Bedeutung in seine Stimme zu legen, wie er nur konnte.

Galandas Augen blitzten auf. »Was soll das bedeuten?«, flüsterte sie. »Ist es wahr?«

Ihre Hand legte sich auf die Schulter des Jungen, er sah nicht auf, sondern zählte weiter seine Stöckchen.

War das ihr Sohn? Hatte sie einen neuen Mann? Wo war er?

»Es ist wahr«, sagte Illn. »Sie wurden angegriffen. Fillgert hat einen Deal mit den Slonks, er wird alle Verbannten vernichten, wenn sie hierherkommen. Es wird schon bald so weit sein, doch es gibt noch Hoffnung.« Er sah ihr direkt in die Augen. »Wenn ihr mit uns kämpft.«

Galanda erwiderte seinen Blick eisern. »Warum sollte ich das tun?«

»Earl …«

»Ja, Earl kommt wieder. Ich weiß es, ich habe gesehen, dass er wiederkommt, habe gespürt, dass er zu mir kommt. Er wird nicht sterben, Illn. Er wird zu mir zurückkehren. So oder so werde ich bekommen, was ich will.«

Sie richtete sich auf ihrem Thron auf, trotz der Spuren, die das Alter hinterlassen hatte, war sie immer noch eine erhabene Königin.

»Warum sollte ich das Leben meiner Leute riskieren, nur für einige andere Verbannte, die mir nichts bedeuten? Warum sollte ich das Leben meines Sohnes, Earls Sohnes, aufs Spiel setzen?« Sie strich dem Jungen über den Kopf.

Illn blinzelte. Das konnte nicht Earls Sohn sein, er war viel zu jung, hätte Earl ein Kind mit ihr bekommen, müsste es mindestens 24 Jahre sein.

»Das kann nicht …«, begann Illn, da hob der Junge endlich den Kopf und sah ihn an. Sein linkes Auge war rot erfüllt, als würde Blut hindurchfließen. Das andere leuchtete grün, so wie die seiner Mutter. Sein Blick war ausdruckslos.

»Es ist sein Sohn«, hauchte Galanda. »Siehst du die Ähnlichkeit nicht?«

Illn öffnete den Mund und schloss ihn wieder. Sie musste verrückt geworden sein. »Wie kann das …«

»Ich wartete lange, bis ich ihn gebar. So viele Monate voller Schmerz, in der Hoffnung, Earl würde zu mir zurückkehren. Ich hoffte, er würde seinen Sohn in den Armen halten. Aber er kam nicht. Also gebar ich ihn und legte ihn in einen Baum, eine Brinde, die ihn ernährte. Langsam, aber stetig. Und so verlangsamte sich sein Wachstumsprozess und er blieb ein Kind, um auf seinen Vater zu warten. Bis vor elf Jahren, als die Brinde urplötzlich Feuer fing und Icari sich nur mit größter Not retten konnte. So wurde er erneut geboren, mein tapferer, tapferer Junge.« Stolz lächelte sie Icari an, streichelte sein zartes Gesicht. Illn war sprachlos.

Galandas Blick wandte sich wieder ihm zu.

»Wir haben ein Abkommen mit den Slonks, sie sind nicht unsere Freunde, aber von Feinden sind sie weit entfernt. Sag mir, warum sollte ich sie hintergehen?«

Illn räusperte sich. »Earl wird Präsident werden, er wird euch befreien und euch von eurem Fluch lösen. Ist es nicht das, was du willst? Willst du deine Leute nicht retten?«

Galanda sah ihn an.

»Er wartet auf dich«, sagte Illn. »Willst du ihm wirklich verwehren, seinen Sohn kennenzulernen? Nach all dem, was ihr durchgemacht habt. Willst du nicht, dass euer Sohn ein Leben außerhalb dieses Waldes, mit seinem Vater verbringen kann? Willst du nicht zurück zu ihm?«

Die Gaviee um ihn herum tuschelten. Galanda beugte sich zu ihrem Sohn hinunter. »Was meinst du, Icari? Sollen wir deinem Vater helfen?«

Icari nickte langsam und begann zu grinsen. »Ja«, hauchte er mit rauer Stimme. »Ich will sie alle töten.«

Galanda strahlte Illn an. »Er ist so ein guter Junge.«

Sie stand auf und breitete die Arme aus. »Auf ein neues Leben! Lasst uns das holen, was uns vor so langer Zeit genommen wurde!« Die Gaviee jubelten.

KAPITEL 74
Running From Stairs

6. Oktober

Octamian Trawitt strich sich über seinen pinken Fellmantel und sah starr in die Runde.

Sein Gesicht glitzerte im grellen Licht der Lampe, die über dem Tisch hing, an dem sie alle saßen. Seine Augen waren schwarz umrandet, doch natürlich hatte er ein kleines bisschen pink in das Schwarz gemischt, damit alles zu seinem momentanen Outfit passte. Und sein momentanes Outfit war besagter pinker Fellmantel. Er selbst wusste in diesem Moment nicht, ob er noch irgendetwas anderes trug.

Die anderen Präsidenten musterten ihn missbilligend. Salsie Lagnet hatte sogar die Nase gerümpft, als er an ihr vorbeigelaufen war.

Sie trug wie immer ihr enges Kleid und ihre hohen Schuhe, Octamian hatte sie noch nie in einem anderen Outfit gesehen. Wie langweilig sie doch war.

Gartch Madlig dagegen verstand, wie es sich gehörte sich zu kleiden. Er trug zwar nur Anzüge, was Octamian schon langweilig genug fand, jedoch war er stets gepflegt und nur ein einziges Mal hatte er einen Anzug doppelt getragen.

Nicht nur deswegen war Octamian sehr von Gartch angetan. Die anderen Präsidenten interessierten ihn nicht. Er sah sich die Gesichter der Regierungsmitglieder, die an ihrem runden Tisch saßen, an. Sie starrten ins Leere, als wären sie versteinert worden.

»Was haben Sie mit ihnen gemacht?«, fragte Octamian. Noch nie hatte er einen solchen Zauber gesehen. Und das wollte etwas heißen, denn als Präsident von Flavous hatte er schon manchen Zauber gesehen, der ihn in seinen Träumen erzittern ließ.

»Nur ein kleiner Zauber zu ihrem Schutz«, sagte Fillgert, der hinter einem der Stühle stand.

Salsies Gesicht war fast ebenso steinern wie das der Regierungsmitglieder. »Und weshalb genau haben Sie uns hierhergerufen?«, fragte sie angespannt.

»Der Tod erwartet mich.« Fillgert grinste sie an.

Gartch wechselte einen Blick mit Octamian, bevor er fragte: »Soll das heißen, Sie sterben?«

Fillgert lachte laut. »O nein, ich meine nur: Der Tod, er kommt. Die Verbannten fanden einen Weg zurück. Sie werden Ratrou angreifen. Sie wollen mich stürzen. Unsere Regierung vernichten.« Er deutete auf die reglosen Gesichter um sich herum. »Ich erbitte Ihre Unterstützung. Die Verbannten sind voller Zorn, sie haben die Gaviee auf ihre Seite gezogen.« Fillgerts Hände zitterten wie in Furcht.

Innerlich grinste er. Das Spiel zu spielen war schöner als je zuvor. Er war genial. »Sie meinen also, es wird Krieg geben?«

»O ja.« Fillgert nickte traurig. »Wir müssen unsere Leute, unsere Kinder retten. Wir dürfen nicht zulassen, dass diese Wilden alles nehmen, was uns wichtig ist. Alles, wofür wir so hart gekämpft haben. Es schmerzt mich, dass der Frieden vergeht.«

Die drei Präsidenten sahen sich an. »Stimmt es?« Gartchs Stimme war streng. »Haben Sie die Slonks auf Ihrer Seite?«

Fillgert sah ihn an und nickte dann langsam. Salsie keuchte leise auf. »Das ist Hochverrat«, flüsterte sie.

»Nein«, sagte Fillgert. »Stellen Sie sich doch nur vor, was dieses Bündnis bewirken kann. Endlich Frieden zwischen all den magischen Wesen.«

»Das haben wir schon einmal probiert.«

»Diesmal ist es anders. Wenn wir schlau sind, können wir die Slonks für uns gewinnen. Sie waren treue Gefährten bis zu diesem Teil der Reise.«

»Das ist …«

»Ich erwarte nicht viel«, sagte Fillgert. »Ich weiß, Sie haben ausgebildete Krieger. Wenn wir uns vereinen, können wir alles so halten, wie es ist. Sie werden reichlich belohnt werden.«

Octamian sah Fillgert an. Er hatte bemerkt, dass er wirklich nur den Mantel trug, und wollte dieses Gespräch so schnell wie möglich hinter sich bringen.

»Flavous hat sich seit hunderten von Jahren aus allen Kriegen herausgehalten. Ich möchte, dass es so bleibt. Ich kann nicht zulassen, dass das Vermächtnis meiner Vorfahren beschmutzt wird, nur weil ein paar geschwächte Verbannte sich dazu entschieden haben, nach Hause zurückzukehren. Flavous bleibt die kriegsfreie Zone, die sie schon immer war. Ich hoffe, Sie verstehen das.«

Er richtete sich auf und Salsie keuchte erneut und drehte den Kopf rasch weg.

Fillgert sah ihm steinern in die Augen und Gartch wandte den Blick nicht ab.

»Verzeihen Sie mir.« Octamian schlang den Mantel eng um sich und verließ den Raum.

Fillgert sah die anderen beiden an.

»Gratrou wird eine Truppe bereit stellen«, sagte Salsie, verschluckte sich und hustete. »Als Partnerdorf von Ratrou waren wir seit jeher seinem Wohlergehen verpflichtet und wollen es auch weiterhin so halten. Ich wünsche alles Gute.«

Sie stand auf, ihr Blick flatterte über die leeren Gesichter der Regierungsmitglieder, und als wollte sie die heutige Sitzung vergessen, floh sie geradezu aus dem Raum.

Fillgert hob eine Augenbraue, als Gartch sich erhob.

»Ich weiß, was Sie vorhaben.«

»Das glaube ich kaum.«

»Ich werde Ihnen meine Leute schicken. Nore steht weiterhin hinter Ihnen.«

»Das will ich hoffen.«

Auch Gartch verließ hastig den Raum, sein Herz pochte wie wild. Es gab Krieg und das schon viel länger, als er es je für möglich gehalten hatte. Er könnte sich die Haare raufen, wie hatte er nur so blind sein können?

Er stieß die Tür des Badezimmers auf und war nicht überrascht, Octamian darin vorzufinden.

Das weiche Fell des Mantels streichelte seine Haut, als Octamian ihn küsste.

»Tam«, sagte er und sah ihm in die Augen. »Du musst ihm auch Leute schicken. Er wird dich töten, wenn du es nicht tust.«

Octamian legte den Kopf schief. »Vor Fillgert habe ich keine Angst. Er wird sterben. Vertrau mir. Du solltest ihm deine Leute nicht schicken, komm zu mir nach Flavous, da sind wir sicher. Du weißt es genau so gut wie ich.« Wieder küsste er Gartch.

»Es wird Krieg geben, Tam.«

»Na und? Den gibt es schon so lange. Wir müssen nur leben, Garty. Dann schaffen wir es auch. Wir sind nicht so verloren, wie du vielleicht glaubst.« Er lächelte ihn sanft an.

»Wir müssen nur leben.«

Und er knöpfte Gartchs Hemd auf.

KAPITEL 75
A

7. Oktober, Mitternacht

Lanee schwitzte und zugleich zitterte sie vor Kälte. Irgendetwas stimmte nicht. Sie strich sich den Pony aus der Stirn. Er war länger geworden in der kurzen Zeit, in der sie hier waren. Vielleicht würde sie ihn sich nicht wieder schneiden lassen. Irgendetwas stimmte nicht mit ihr. Sie fühlte sich grauenvoll. Ihre Sicht war trüb. Angst spürte sie kaum, doch etwas stach in ihr. Ein ungutes Gefühl, etwas, das ihre Kräfte aus ihr herauszusaugen schien.

Sie wandte den Blick zu der Frau, die von Nancy betäubt worden war und die jetzt an einen Baum gefesselt bewusstlos dalag. Sie wartete darauf, dass sie aufwachte. Lanee wollte wissen, was sie im Schilde führte.

War sie Teil von Fillgerts Leuten? Wollte sie die Verbannten auch töten?

Lanee hätte niemals gedacht, dass ihr Leben eine solch gravierende Wendung nehmen würde.

Vielleicht starb sie gerade.

Sie wusste es nicht, vielleicht fühlte sich so sterben an.

Wenn es so war, war es nicht so schlimm, wie sie es sich vorgestellt hatte.

Sie hatte keine Angst. Sie dachte, die Angst allein würde sie umbringen.

Irgendwo waren Nancy und Jackson zu hören. Dave war im Wald verschwunden, sie konnte ihn irgendwo durch die Blätter gehen hören.

»Du wirst sterben«, sagte eine feste Stimme. Lanee zuckte zusammen. Die Frau mit den fast weißen Haaren hatte den Kopf gehoben.

»Was?«

»Du wirst sterben. Du wurdest gebissen, das Virus breitet sich aus.«

»Ich verstehe nicht.« In Lanees Stimme lag Panik. Angst durchflutete ihren Körper wie heißes Gift.

Als würde die Frau eine zweite Haut abstreifen, wand sie sich aus den Wurzeln, mit denen Nancy sie an den Baum gefesselt hatte. Lanee war zu gelähmt, um irgendetwas zu tun. Die Frau sprang nach vorne, packte Lanee und zog sie am Hals nach oben, vor Schmerzen schrie sie auf. Die kalte Klinge eines Messers lag an ihrem Hals.

Nur wenige Sekunden später sprinteten Nancy, Jackson und Dave heran.

»Lass sie los«, forderte Nancy und hob die Hand, auch Jackson streckte seine Finger aus.

»Wartet«, sagte die Frau. »Ich kann euch helfen.«

Sie pustete sich die Haare aus dem Gesicht, dann stieß sie Lanee von sich.

Mit einem leisen Stöhnen landete Lanee auf dem Laub.

»Sie wird sterben, wenn ihre Wunde nicht verarztet wird. Sie wurde vergiftet.«

»Wer bist du?«, fragte Nancy feindselig.

»Ich war einst wie ihr. Ich war mächtig, ich hatte Ziele. Alles wurde mir genommen.« Sie strich ihre Haare nach hinten und entblößte ihren Hals.

Eine Narbe in der Form eines Bisses kam zum Vorschein. Tief hatten sich spitze Zähne in ihr Fleisch gebohrt und einiges davon mitgerissen.

»Was ist passiert?«

»Ich wurde ebenfalls gebissen.« Sie deutete auf Lanee.

Dave hatte sie nach oben gezogen und stützte sie.

Jackson sah sie verwirrt an. »Was ist passiert?«

»Alles, was ich hatte, wurde mir genommen. Ich kann euch helfen, dass ihr nicht dasselbe passiert. Ihre Magie wird schwinden.«

Lanee riss entsetzt die Augen auf. Jedes Grauen, das sie sich in langweiligen Unterrichtsstunden überlegt hatte, konnte dieses hier nicht übertreffen.

Sie war gefangen in einer Welt der Menschen, der Nichtmagie – und nun würde sie auch noch ihre Kräfte verlieren. Das konnte sie nicht zulassen. Lieber würde sie sterben.

»Hilf mir«, schluchzte sie auf.

Nancy sah kurz besorgt zu Lanee, senkte ihre Hände jedoch nicht, das Misstrauen gegenüber der Frau stand ihr ins Gesicht geschrieben.

»Mein Name ist A«, sagte die Frau. »Auch dieser Teil von mir ist mir genommen worden.«

Nancy schob das Kinn vor. »Warum sollten wir dir trauen?«

»Ich bin eine der Krankenschwestern von Doktor Karpent.« A stellte den Kragen ihrer Jacke wieder auf, um die Narbe zu verdecken. »Ihr habt bestimmt von den Geschichten gehört. Es tut mir leid, euch zu enttäuschen, aber all diese Geschichten sind wahr.«

Langsam ließ Nancy die Hände nun doch sinken. »Ich ...«

»Folgt mir einfach, sonst werdet ihr alle sterben.« A drehte sich um und lief los.

Dave stützte Lanee und sie stolperten hinter ihr her. Nach kurzem Zögern folgten Nancy und Jackson ihnen.

A hielt vor einem großen Baum, der keinerlei Blätter mehr besaß, und sagte über die Schulter:»Einfach fallen lassen.«

Sie klappte die Rinde etwas nach vorne, trat durch den Baumstamm hindurch und war verschwunden.

Lanee klappte der Mund auf. Sie und Dave sahen sich an. Seine Augen waren feucht. Er seufzte, dann stieg er mit Lanee in den Baumstamm hinein.

KAPITEL 76
Die Zwei Dunklen

»Die zwei Dunklen werden sich erheben«, sagte die Kapuzengestalt, als sie eine der langen, gebogenen Kerzen anzündete. Tarin fuhr sich nervös mit der Zunge über die Lippen.
»Was soll das alles bedeuten? Ich verstehe es nicht.«
»Du bist dumm.« Die Flamme loderte größer auf, als sie es gesollt hätte. »Deswegen verstehst du nichts. Dumm, so dumm.« Die Kapuzengestalt wandte ihm den Kopf zu. Im Schatten der Mütze blitzten tiefschwarze Augen auf, ansonsten blieb das Gesicht des Letzten verborgen.

Wie jedes Mal, wenn Tarin bei ihm war, fühlte er sich klein, schwach und dumm. Und das war er auch. *Dumm, dumm, dumm.*
»Hör auf über deine Dummheit nachzudenken. Es wird dich nicht schlauer machen.«
»Dann erklärt es mir.«
Der Raum, gebaut aus dicken, schwarzen Steinen, war kalt, selbst im heißesten Sommer. Jetzt war es Winter.
So kalt war Tarin noch nie gewesen.
»Es ist das Blut, das ihn erweckt. Die Dunklen, sie lauern, tief verborgen. Sie werden es ihm geben. Aber im Schatten werden sie wandeln. Die Dunkelheit ein Teil, verwoben mit der Nacht und tief im Boden, verankert mit ihren Seelen, die auf ewig verbunden sein werden. Vergebens all ihre

Versuche. Doch gibt es nicht nur die zwei. Es sind die Diebe, die Verlogenen, die Seelendiebe. Und die zwei Dunklen werden kommen und sie sich holen. Verborgen, wie eh und je. Sie werden sie holen kommen. Ihr Schicksal, besiegelt seit dem entscheidenden Tag, als der neue Wunsch erhört wurde.«

Tarin beobachtete den Letzten, wie er die weiteren Kerzen anzündete. Es war sein tägliches Ritual. Kaum waren alle angezündet, würde Tarin sie wieder löschen müssen.

»Also sind es Diebe. Die zwei Dunklen?«

»Die zwei Dunklen sind nicht die zwei Dunklen. Verstehst du es nicht? Sie kommen wieder. Sie kommen wieder!«

Angst durchflutete Tarin. »Es ist gelogen. Sie wurden betrogen!« Stolz über seine Erkenntnis sah er den Letzten an und meinte unter der Kapuze ein schmales Lächeln zu erkennen.

»O ja.« Und plötzlich gingen die Kerzen aus. Ohne eine Vorwarnung wurde es dunkel im Raum.

War das Tarins Schuld? Hatte er die Türen nicht richtig verschlossen und somit dafür gesorgt, dass die Kerzen ausgingen? Er hielt den Atem an und flehte, dass seine Augen sich schnell an die Dunkelheit gewöhnten.

Aber seine umherzuckenden Blicke konnten nichts als Finsternis ausmachen. Er war so schwach.

Tarin hörte ein Stöhnen, erinnerte sich an die Magie und ließ ein Licht in seiner Hand erscheinen. Der Letzte lag zuckend auf dem Boden. Tarin erschrak und wich zurück, als der Letzte aus Leibeskräften schrie.

Das Ende war nahe, das konnte Tarin spüren, und er hatte nicht die Macht und das Wissen, es zu stoppen. Es war seine einzige Aufgabe gewesen, er hatte es nicht in der vorgegebenen Zeit geschafft. Jetzt war es zu spät, er würde nicht einer von ihnen werden.

Eine Kerze flammte auf. Tränen brannten in Tarins trockenen Augen, als er sich neben den Letzten fallen ließ. Dieser keuchte schwach und regte sich kaum noch.

Es tut mir leid, Meister. Es tut mir leid. Dann leuchteten die Augen des Letzten weiß auf und ein Licht so grell und warm, dass es Tarins Tränen trocknete, erfüllte den Raum.

Der Letzte packte Tarins Hand und drückte sie fest.

»Er kommt, er kommt und er wird sie sich holen. Sie, die er immer begehrte. Er wird sie töten wollen, doch es wird ihr beider Ende sein. Und sie wird ihn lieben. Es ist vorherbestimmt. Seit langer, ewig langer Zeit.«

Und der Letzte schrie erneut, als sein Körper sich verbog und seine Knochen brachen, er hielt Tarins Hand so fest, dass seine Knochen brachen, und Tarin schrie auf, als die Türen aufsprangen, die Steine barsten und Staub und Brocken auf sie herabregneten.

Wind peitschte durch den Raum und riss die Kerzen und Regale um. Tarin schrie auf vor Schmerz und Trauer. Dann erfüllte Dunkelheit den Raum und Tarin und der Letzte waren verschwunden.

KAPITEL 77
BIG EYES

Cliff stöhnte. Offenbar war er noch nicht tot. Er fragte sich, wie das sein konnte. Er hatte ein Messer in den Schädel gerammt bekommen, er hatte gehört, wie sein Scheißknochen gespalten wurde, als das Messer sein linkes Auge durchbohrt hatte, vielleicht hatte es sogar sein Gehirn erreicht.

Aber konnte er dann überhaupt noch denken?

Oder war es seine Seele, die noch dachte, in seinem eigentlich schon toten Körper gefangen zu sein?

Nein, das konnte nicht sein, denn er spürte seinen Körper, und zwar jeden einzelnen beschissenen Millimeter davon.

Die Schlucht war nicht klein gewesen, er war mehrere hundert Meter in die Tiefe gestürzt und sein gesamter Körper war gebrochen. Er spürte, dass sein rechter Arm unter seinem Körper lag, irgendetwas Spitzes bohrte sich durch seine Jacke. Er konnte sich nicht bewegen. Es würde Zeit brauchen. Wenn er sich heilen wollte, dann musste er warten.

Cliff versuchte seinen Arm unter seinem Rücken hervorzuziehen, doch er war zu schwach und die Schmerzen betäubten seine Sinne. Fast verlor er erneut das Bewusstsein. Ein wimmernder Laut kam über seine Lippen.

Dave würde ihn sicherlich suchen. Auch wenn er glaubte, dass Cliff tot war, würde er seinen Leichnam nicht hier zurücklassen. Oder?

Dann wurde der Schmerz zu betäubend und er verschwand in einem Meer von Erinnerungen.

Wieder lag er auf der Blumenwiese, Dave neben ihm.

Er verzehrte sich nach diesem Moment. Nach dem Duft der süßen Blumen, nach Dave, der ihn küsste und ihn mit seinen Haaren kitzelte, als er ...

»Wach auf«, sagte eine sanfte, aber feste Stimme.

Cliff öffnete das rechte Auge.

Er lag nicht mehr im Freien, jemand musste ihn in eine kleine Höhle geschleppt haben.

Um ihn herum war alles grau.

Die Sicht seines gesunden Auges war verschwommen. Sein Körper brannte immer noch wie Feuer, doch es war sanfter als zuvor.

»Adonny, schau!«

Er hörte Schritte und ein Keuchen, aber er konnte die Person, der die Stimme gehörte, nicht finden. Sie musste außerhalb seines Sichtfeldes stehen.

»Was fällt dir ein?!«, rief eine weitere Stimme. Sie war voller Angst und hallte ein wenig länger in der Höhle nach. »Du hast die Tür geöffnet?!«

Ein freudiges Lachen erklang.

»Ja, sieh doch. Er wäre fast gestorben. Ich habe sein Leben gerettet. Ihre Anatomie ist fast wie unsere. Es ist beeindruckend. Sieh dich doch mal um, wo wir hier sind.«

»Du spinnst doch! Was, wenn die Tür sich nicht mehr öffnen lässt, wenn du hier bist? Du weißt nicht, ob er gut ist.«

»Ich weiß, dass er gut ist.«

»Du kannst es überhaupt nicht wissen. Ich finde das nicht richtig. Du könntest verbannt werden.«

»Ich könnte auch die Paril sein, die uns zum Glück führt, wie es schon lange prophezeit wurde. Ich könnte die Formerin der Welten sein.«

»Das ist eine schon längst vergessene Legende. Ich kann nicht glauben, dass du immer noch daran hängst wie ein Junges, das zum ersten Mal eine Geschichte gehört hat.«

»Es kann trotzdem die Wahrheit sein.«

»Ich möchte nicht, dass du noch einmal hierherkommst!«

Cliff hörte Schritte auf dem kalten Boden, sie gingen wieder, doch er wollte nicht allein sein.

Also rührte er seinen Körper ein Stück und versuchte etwas zu sagen, sie zum Hierbleiben zu bewegen, aber er hörte nur einen Schrei und dann das Schlagen einer hölzernen Tür. Wie konnte hier draußen eine Tür sein, war er doch in einem Haus? Sein Verstand war verwirrt.

Was war nur los mit ihm? Panik breitete sich in ihm aus, es war nicht Dave, der ihn gerettet hatte.

Dann war ein Gesicht über ihn gebeugt. Es war von grüner Haut mit großen braunen Augen. Rot-braune Haare wehten um den Kopf herum, als würde die Person unter Wasser schwimmen. Das Wesen, das Cliff noch nie zuvor gesehen hatte, lächelte ihn an. »Du wirst leben.«

Cliff verlor abermals das Bewusstsein und trieb durch Dunkelheit. Und doch fühlte er sich geborgen.

KAPITEL 78
Cut Me Open, Rip Me Apart, Drink My Blood, Eat My Flesh, Break My Bones And Do It Slowly

Gartch hatte recht gehabt. Fillgert würde ihn töten.

Oder Schlimmeres.

Octamian saß auf einem Stuhl, an Händen und Beinen gefesselt, mitten in einem weißen Raum. Es gab zwei Türen und keine Fenster. Die Tür, die sich hinter ihm befand, war weiß. Doch die Tür, die vor ihm, mitten im Raum stand, war aus dunklem Holz und moosüberwachsen. Sie passte nicht hierher, sie war zu dreckig, zu alt und zu seltsam. Als wäre sie aus einem anderen Teil des Landes hier eingefügt worden.

Zwischen dem Moos konnte er versteckt unter Dreck ein eingeschnitztes A erkennen, darunter noch einige Striche.

Was war hier los? Warum starrte er schon seit Stunden diese Tür an, es war, als würde sie ihn in einen Bann ziehen, er wollte aufstehen und sie öffnen.

Und gerade, als er versuchte sich zu befreien, die mit Blauwurzel präparierten Seile von sich zu streifen, um diese Tür zu öffnen, wurde die weiße Tür hinter ihm aufgestoßen und Fillgert betrat den Raum.

»Was soll das alles?«, fragte Octamian wütend. »Meinetwegen können Sie meine Armee haben. Es interessiert mich nicht mehr.«

Fillgert lachte leise. »Ihre Armee hat mich noch nie interessiert. Der Krieg ist schon längst entschieden. Sie werden nur nicht Teil davon sein. Jedenfalls nicht von diesem Krieg.«

»Was meinen Sie?«

»Es gibt so viel mehr, als wir uns vorstellen können. Glauben Sie mir.« Fillgert lächelte wie ein kleiner Junge. »Haben Sie schon mal von der Kunst der Seelenspaltung gehört?«

Octamian schnaubte. »Natürlich. Nur ein Narr würde seine Seele spalten oder trennen. Es gibt nur wenige magische Praktiken, die so schlecht erforscht und so verpfuscht wurden wie das Seelenspalten. Es ergibt keinen Sinn und hat kein glückliches Ergebnis. Niemals.«

»Das habe ich auch schon gehört. Und doch ... Es interessiert mich, was wohl passieren würde, wenn man seine Seele spalten würde. Wie würde es aussehen, was kann man mit der abgetrennten Hälfte alles machen? Ich habe gehört, es soll dann möglich sein, sich anderer Körper zu bemächtigen.«

Octamian lachte. »Dafür sollte wohl mehr als nur starke Magie vorhanden sein. Ich glaube kaum, dass es möglich ist. Sich Körper zu bemächtigen ist schon für eine ganze Seele schwer genug, eine halbe würde wahrscheinlich gefangen werden und der Besitzer würde unmenschliche Schmerzen empfinden, das ist, soweit ich weiß, sogar schon häufiger vorgekommen. Viele Versuche endeten in Selbstmord.«

»Ich weiß«, Fillgert zuckte die Schultern, »aber haben Sie schon einmal von der Multiplizierung einer Seele und der Erschaffung eines neuen Körpers gehört?«

»Das wäre unmenschlich. Es wäre Wahnsinn.«

»Das stimmt. Deswegen habe ich Sie zu mir geholt. Ich kann mich unmöglich in größere Gefahr begeben. Ich muss die Seelentrennung erst an jemand anderem ausprobieren.«

Octamian wollte lachen, weil Fillgert so selbstverständlich

von etwas sprach, das so absurd war. Aber das Lachen blieb ihm in der Kehle stecken, als Fillgert nahe an ihn herantrat.

»Sie können nicht …«

»Es tut mir wirklich leid, dass ich Ihren Kopf zerstören muss. Na ja, vielleicht bleibt ja ein wenig von Ihnen übrig.«

»NEIN!«, schrie Octamian, Fillgert jedoch hatte bereits eine Hand auf seinen Kopf gelegt und Octamians Augen rollten nach hinten, während grelles Licht den Raum erfüllte.

Octamian stand in einem Wirrwarr aus Farben und roten Fäden, die sich durch eine dunkle Wüste zogen, welche sich über ihm zusammenzuwölben schien. Ein Vogel mit ledrigen Flügeln flog kreischend am ihm vorbei. Die roten Fäden, die an Blut erinnerten, schlängelten sich wild umher und zischten, wenn sie an Octamian vorbeischossen.

Fillgert kniete nicht weit von ihm entfernt. Um ihn herum leuchtete es silbern. Octamian sah an sich hinab, auch er war von einer silbrigen Hülle umschlossen.

Allmählich begriff er, wo er war.

Fillgert hatte ihn in seinen Verstand gesogen, seine Seele oder sein Gehirn, wie man es eben nennen wollte. Um ihm seine Seele zu stehlen, um sie zu teilen und was auch immer mit ihr zu machen.

Doch da er sich in Fillgerts Eigentum befand, war er im Vorteil, denn es benötigte einiges an Kraft, eine solche Verbindung aufrecht zu erhalten.

Fillgert richtete sich auf. Sein Gesicht war merkwürdig verzerrt. Die Pupillen waren Schlitze in seinem eingefallenen Gesicht. Arme und Beine waren länger als gewöhnlich und seine Finger formten sich zu spitzen Krallen.

»Du kannst meine Seele nicht haben!«, rief Octamian und ein Tosen aus Tönen brach über ihn herein, dunkle Wolken aus Weiß, Braun und Schwarz zuckten über ihm, Nebel waberte auf ihn zu und die roten Blutfäden zitterten.

Der Vogel stieß einen Schrei aus und sein Körper spaltete sich, mehrere Köpfe brachen aus seiner Brust hervor und sie alle schrien. In den Wolken erschienen Figuren. Sie erzählten Geschichten, die nicht für Octamians Augen bestimmt waren.

Ein Junge küsste ein Mädchen, das Mädchen wurde größer und verwandelte sich in einen Mann, der den Jungen auf den Boden schlug, der Kopf des Jungen verwandelte sich in den eines Vogels, schreiend versank er in einem Meer aus Blut und Tränen, die zu einem Wasserfall wurden.

Dort stand der Junge erneut; nun älter umarmte er einen Mann, der in seinem Alter sein musste, sein Gesicht zeigte ein Lächeln, das in einen gemeinsamen Kuss schmolz, doch der Mann holte aus und riss dem Jungen das Herz heraus.

Wieder schrie der Nebel um Tam herum und das Schreien formte sich zu einem Baby, das der Junge hasserfüllt ansah. Der Junge setzte sich an einen Tisch und begann das Baby zu essen.

Die Schreie wurden lauter. Tam erkannte eine Frauenstimme.»DU SOLLTEST STERBEN. DEIN LEBEN IST NICHTS WERT! DU BIST WERTLOS!« Die Worte hallten lange nach.

»NEIN!«, brüllte eine Stimme nahe an Octamians Ohr, er fuhr herum und starrte in Fillgerts Gesicht.»Genug!«

Er schlug nach ihm aus. Octamian duckte sich und stolperte, fiel zu Boden. Fillgert blickte von oben auf ihn herab. Aus der silbrigen Hülle formte er blitzschnell eine Klinge und rammte sie ihm entgegen, aber Octamian konnte ausweichen und fiel nach unten. Hart schlug er auf einer verbrannten Wiese auf.

Dort stand wieder der Junge. Die Blutfäden woben sich um ihn herum. Ein Gewitter tobte über ihren Köpfen.

Der Junge drehte sich zu ihm um.»Hilf mir. Es gibt Gutes in ihm.« Ehe Octamian reagieren konnte, verdrehte sich sein

Kopf und sein Gesicht formte sich zu dem verzerrten Gesicht des alten Fillgert.

Dieser zerriss den Körper des Jungen und ließ die Hülle achtlos auf dem Boden zurück. Blut lief aus seinen Ohren.

Erneut ging er auf ihn los, die Klinge streifte Octamian am Arm. Ein flammender Schmerz zuckte durch seinen Körper. Doch während er vorgab in sich zusammenzusinken, formte er ebenfalls eine Klinge, aus der Hülle um seinen Körper, und schlug zu. Ihre Klingen kreuzten sich. Ein metallenes Geräusch ertönte und Octamian drängte Fillgert zurück. Er stieß ihn nach hinten und seine Klinge streifte das verbrannte Gras, auf dem sie standen.

Fillgert stieß einen Schrei aus, Blut lief aus seiner Nase. Der Sturm raste auf sie zu.

»Ich sehe nur Schmerz in deinem Leben«, rief Octamian durch das Tosen hindurch.

»Du weißt nichts über mein Leben.« Fillgert näherte sich ihm langsam. Octamian rammte die Klinge in den Boden und Fillgert krümmte sich zusammen. Sein Schrei ging im Tosen des Sturms unter und er verschwand in dem Rauch aus braunen Sandkörnern.

Octamian hörte nicht auf – er rammte die Klinge immer wieder in den Boden, schnitt Stücke heraus. Er versuchte eine Flamme zu erzeugen, seine Magie funktionierte jedoch in Fillgerts Seele nicht. Dann schnitt etwas durch seine Mitte und er keuchte auf. Fillgert stand hinter ihm, sein Gesicht war zerschnitten und sein Körper merkwürdig verdreht. Er hatte seine Klinge durch Octamians Körper gebohrt. Verdeckt in den Schatten seines Seins hatte Fillgert sich an ihn herangeschlichen und riss nun die Klinge nach oben.

Octamians Körper verkrampfte sich, als Fillgert die Hälfte der silbrigen Hülle abschnitt, die Octamian so sicher umgeben hatte. Er versuchte etwas zu sagen, aber nur seine

Finger zuckten leicht. Fillgert trennte den letzten Streifen der silbrigen Hülle ab und Octamian krümmte sich auf dem Boden.

Es gab einen Knall, und sie waren in den kleinen Raum mit den zwei Türen zurückgekehrt. Die hölzerne Tür wurde aufgerissen, Fillgert pustete silbernen Nebel hinein. Dann brach er auf dem Boden zusammen. Aus dem Inneren der Tür drang ein verwesender Geruch und Schreie, die nicht menschlich waren.

Octamian war tot, er fühlte sich so. Etwas sehr Wertvolles war ihm gestohlen worden.

Aus Fillgerts Ohren, Mund und Nase lief Blut. Er musste zurück. Er musste sich reparieren. Sonst würden die Folgen gravierend sein. Doch es hatte funktioniert.

Er hörte das Klagen, das Octamians gespaltene Seele von sich gab, während sie verzweifelt nach etwas suchte, an das sie sich binden konnte.

Und nicht viel später fand sie einen Körper und schloss sich an ihn. War verbunden mit etwas, das wie Octamian war und doch so anders. Dann folgten die schlimmsten Schmerzen, die sie je gespürt hatte. Und sie schrie und Octamian schrie ebenfalls aus mehr als nur einem Mund.

KAPITEL 79
Something In Between

8. Oktober

Es dauerte lange, bis Illn zu uns stieß. Einige weitere Überlebende waren zu uns gelangt. Lanee war nicht unter ihnen. Genau so wenig wie Dave oder Nancy.

Sie war tot, ich konnte es spüren, es gab keine Hoffnung mehr für sie. Auch wenn ihre Leiche nicht gefunden worden war. Ich hatte sie allein gelassen, hatte nicht beachtet, worum mich ihre Mutter gebeten hatte.

Die Sonne wärmte mein Gesicht, doch es fühlte sich nicht richtig an, es würde sich nicht richtig anfühlen, bis wir wieder zurückgekehrt waren.

Mein Blick war starr auf den Wald gerichtet.

Ich stand unweit der Gräber der Gefallenen. Kein Grab für Stan, kein Grab für Lanee.

Gräber waren ohnehin unnötig.

Die Menschen vergessen trotzdem und wenn sie die Toten nicht vergessen, dann vergessen sie die Blumen, die ebenfalls sterben und zusammen mit dem Fleisch ihrer Liebsten im Dunkeln verrotten.

KAPITEL 80
The Son

Die Gasse, in der Faldor Feyn und seine Freunde gelandet waren, so wie hundert andere Verbannte vor ihnen, füllte sich mit Licht.

Earl erkannte das Gesicht seines Freundes.

Illn Feyn sah gut aus, ein bisschen dünn und sein Bart war nicht geschnitten, dennoch grinste er ebenfalls, als er Earl sah. Die Leute hinter ihm rangen nach Luft und Illn hustete, während er auf Earl zulief und ihn umarmte.

»Du hast es geschafft!«, sagte Earl und klopfte ihm auf den Rücken. Fera neben ihm machte keine Anstalten, sich Illn vorzustellen.

Eine Frau mit langen grauen Haaren trat hinter Illn aus den Schatten, sie trug ein weißes Kleid, das leicht im Wind wehte, und offen darüber einen viel zu großen braunen Mantel, der Earls Konkurrenz machte.

»Sie ist nicht bei ihnen«, flüsterte sie und packte Illns Jacke. Earl fühlte sich an Lori erinnert. Ihre Leiche hatten sie zwischen den anderen Grearts nicht finden können.

Sein Herz stach in seiner Brust, er verdrängte die Bilder seiner toten Freunde aus seinem Kopf.

»Vielleicht bei den anderen.« Fahrig strich sie sich eine Haarsträhne aus dem Gesicht.

»Schau, wer gekommen ist.« Illn deutet auf die anderen Menschen, die noch im Dunkeln verborgen waren.

Eine große Frau löste sich aus dem Schatten. Earl saugte jede ihrer Bewegungen in sich auf. Er fühlte sich, als würde er endlich wieder richtig Luft bekommen, und zugleich begann er am ganzen Körper zu zittern. Seine Liebe war zu ihm zurückgekehrt. Galanda, sie war hier.

»Geliebter.« Galanda fiel ihm um den Hals.

Earl keuchte. »Du bist hier.« Fest drückte er Galanda an sich. »Du bist endlich hier.« Er roch den grasigen Geruch ihrer Haare, ihre Stimme klang noch immer wie Vogelstimmen und in seinem Inneren breitete sich eine Wärme aus, von der er gedacht hatte sie nie wieder zu spüren.

»Ja, und schau, wer bei mir ist.« Sie drehte sich halb um und ein Junge trat aus dem Schatten.

Er ging merkwürdig geduckt, als würde etwas auf ihn eindrücken und in die Knie gehen lassen. »Dein Sohn, Icari. Das ist dein Vater, Icari. Sieh ihn dir an. Schau, wie wunderschön er doch ist. Erkennst du die Ähnlichkeit?«

Earl warf Illn einen Blick zu, dieser zeigte allerdings keine Regung, um ihm irgendetwas zu erklären.

»Er kann nicht dein Sohn sein«, sagte Fera und sah Icari fast angewidert an.

»Er ist SEIN Sohn!«, schrie Galanda. »Du bist nur zu blind, es zu sehen. Zu dumm, wie all die anderen.«

Fera packte das Messer, das an ihrem Gürtel befestigt war, und trat einen Schritt auf Galanda zu, doch Earl stieß sie zurück. »Wir werden uns nicht gegenseitig bekriegen. Er ist mein Sohn, ich kann es sehen.« Er beugte sich zu Icari hinunter, um ihn zu begrüßen. Icaris rotes Auge zuckte und ein Grinsen breitete sich auf seinem Gesicht aus.

»Genug mit dieser Gefühlsduselei«, sagte eine Stimme aus dem Schatten und ein Mann trat daraus hervor.

Er hielt sich mit zusammengekniffenen Augen den Hals und sein Blick überflog die Gasse, bevor er auf Earl zutrat.»Mein Name ist William Greene. Wir haben nicht ewig Zeit.«

* * *

Eine Blume wehte zu mir herüber und ich stoppte sie mit meinem Fuß, als sich eine Hand auf meinen Rücken legte. Ich packte das Messer, mit dem ich den Slonk getötet hatte, und wirbelte herum.

Es war Illn.

Ich umarmte ihn und schmiegte mein Gesicht an seine raue Jacke, die nach Rauch roch.

Für einen Moment schloss ich die Augen.

»Sie sind tot, Illn. Es sind so viele Leute gestorben.«

»Ich weiß.« Illn strich mir über den Rücken.»Es ist grausam. Es tut mir so leid, dass du das erleben musst.«

»Ich will nicht sterben«, sagte ich mit erstickter Stimme und ich fühlte mich schwach und ängstlich, weil ich so etwas aussprach.

Illn sah mich an.»Du wirst nicht sterben, Fal. Wir werden das überstehen.« Ich wischte mir über die Augen.

»Lass uns zu den anderen gehen, du hast dem Tod lange genug Gesellschaft geleistet.« Er drehte sich um und wir liefen über die Wiese zurück zu den anderen.»William ist hier. Es wird alles besprochen. Wenn alles gut läuft, kommt ihr schon heute zurück nach Hause.«

Ich nickte. Ich war müde. Mein Körper fühlte sich an, als könnte er mich nicht mehr tragen.

William und Earl hatten sich mit einer Gruppe von Leuten um einen Tisch herum versammelt, auf dem ausgebreitet eine Karte lag. Als Illn und ich zu ihnen traten, deutete William gerade auf einen Punkt auf der Karte.

Sein Finger bohrte fast ein Loch in das Papier.»Dort steht der Safespot. Es ist ein Keller, unterirdisch. Dort gehen alle hin, die nicht kämpfen können. Alle, die noch nicht mit ihrer Ausbildung fertig sind oder keine Kraft mehr haben und uns nur aufhalten würden, gehen in diesen Keller ...«, er zögerte,»... oder sterben vielleicht.«

Er ließ seinen Blick über die Anwesenden schweifen.»Die anderen werden mitkämpfen und alles daran setzen, mir den Weg zu Fillgert freizuhalten, und dann werde ich das alles beenden.« Er umkreiste einen Fleck auf der Karte.»Das hier ist das Präsidentengebäude. Dort wird sich Fillgert aufhalten und ...«

»Was soll das bedeuten?«, unterbrach Earl ihn.

»Er wird im Gebäude sein«, sagte William.»Mit Sicher...«

»Das meine ich nicht«, fauchte Earl.»Du wirst Fillgert nicht töten! Er ist mein Bruder, ich bin der Einzige, der ihn töten wird.« Neben mir verlagerte Illn das Gewicht von einem Fuß auf den anderen. Ich fing seinen Blick auf, der zu sagen schien: *Das habe ich befürchtet.*

William verschränkte die Arme.»Du wirst es nicht schaffen. Einen Bruder zu töten ist keine leichte Sache. Nicht einmal, wenn man ihn hasst.«

»Du wirst ihn nicht töten.«

»Vielleicht nicht. Aber du ebenso wenig und wenn du es nicht schaffst, werde ich nicht zögern die Sache zu beschleunigen.«

Earl warf ihm einen hasserfüllten Blick zu.»Ich ...«, begann er, doch Fera unterbrach ihn.»Es reicht! Es geht nicht darum, wer ihn tötet, sondern dass er getötet wird. Wir können uns nicht darüber streiten, wer die Hinrichtung durchführen wird. Es ist schlimm genug, dass wir uns darüber unterhalten und dass wir es überhaupt tun müssen. Also ... Was ist der Plan?« Sie sah in die Runde.

Die meisten aßen etwas von dem Proviant, den William mit seinen Leuten als Stärkung mitgebracht hatte. Neben Earl, an seine Schulter gelehnt, stand eine Frau komplett in grün gekleidet. War das Galanda, von der er erzählt hatte? Es musste sie sein. Sie sah genau so aus, wie ich mir eine Gaviee vorgestellt hatte.

William lächelte ihr zu.

»Wir werden uns hier versammeln.« Er deutete auf einen Punkt auf der Karte und fuhr mit dem Finger eine unsichtbare Linie entlang.

»Versucht nicht zu lange zu probieren Knochen zu brechen oder den Geist zu manipulieren. Die Krieger von Fillgert sind darauf trainiert worden, sich zu verschließen. Schützt euch selbst, euer innerer Schutzschild ist eure stärkste Waffe! Wenn sie nicht in euch eindringen können, wird es ein ebenbürtiger Kampf. Deswegen seid immer wachsam und fangt schon jetzt an euren Schutzschild aufzubauen. Jeder, der es nicht schafft, hat keine guten Chancen im Kampf.«

Ich drehte mich weg und lief davon, konnte nicht länger dabeistehen. Ich wusste nicht, wie ich meinen Geist schützen und mich vor der Magie der anderen verschließen konnte. Das lernte man in der Schule noch nicht. Aber alle, die es nicht konnten, waren früher oder später dem Tode geweiht. Spätestens, wenn sie eines schönen Abends einer Alnäjre begegneten. Und das wünschte man selbst gut geschützten Magiern nicht.

Es war gut so, wie es war. Ich würde nicht mitkämpfen, würde mich nicht in tödliche Gefahr begeben, sondern warten, bis der Kampf zu Ende war.

Der Gedanke an die Leute, die kämpfen und vielleicht ihr Leben lassen würden, schnürte mir die Kehle zu. Ich wollte nicht darüber nachdenken, was passieren würde, wenn Fillgert überlebte und den Krieg gewann. Das war keine Option.

Ich ließ mich auf der Wiese nieder und vergrub meine Hände tief in den Jackentaschen. Die Sonne kam hinter den Wolken hervor und schien auf mein Gesicht. Ich schloss die Augen und für einen Moment fühlte ich mich, als wenn ich zuhause wäre. Und doch wusste ich: Nichts würde je wieder so sein, wie es gewesen war.

»Und so starb der Vogel.« Jemand kicherte hinter mir.

Ich drehte den Kopf und sah einen Jungen mit weißen Haaren. Eines seiner Augen war rot unterlaufen. Er zwinkerte verschmitzt.

»Was?!«

»Kennst du die Geschichte nicht?«

Der Junge ließ sich schwerfällig auf den Boden fallen und begann Gras zu rupfen.

»Nein.« Woher kam dieser Junge auf einmal? War er mit Williams Gruppe mitgekommen?

»Du denkst, ich bin jung. Aber ich bin älter als du. Du kannst es nicht sehen. Nicht schmecken, riechen ebenso wenig. Ich bin nicht der Vogel, ich bin die Schlange, die den Vogel frisst. Und wenn ich doch der Vogel bin, dann fresse ich die Schlange.« Er grinste mich an. »Du bist anders als die anderen.« Er streckte die Hand nach meinem Gesicht aus, zog sie aber schnell wieder zurück. »Ich auch.«

Dann sah er zu Boden und krümmte seinen Körper ein wenig. »Meine Mutter. Sie ruft mich.« Ich hatte nichts gehört.

Eine Sekunde später hallte ein Schrei über die Wiese.

»ICARI? Wo bist du?«

Ich drehte mich um und sah, wie Galanda suchend über die Wiese lief und nach ihrem Sohn Ausschau hielt.

Icari beugte sich vor und flüsterte in mein Ohr: »Sie ist der Vogel. Aber sie ist nicht ich.«

Ungelenk sprang er auf, stakste zu seiner Mutter zurück und ich sah ihm verwirrt hinterher.

Später beobachtete ich Jessica Avell, wie sie zu den Gräbern lief. Eine Weile saß sie daneben und befühlte die Erde mit ihren Händen. Ihr Körper wippte hin und her und Tränen rannen über ihre Wangen.

Ich konnte Xane nicht finden.

Hast du den Tod gesehen?

KAPITEL 81
Safespot

9. Oktober

Die Nacht war laut. Ich verstand nicht warum. Der Tag war so still gewesen, wie konnte die Nacht nur so laut sein? Bei Morgengrauen sollten wir zurückreisen. Die Vorbereitungen wurden getroffen. Alle Leute, die nicht kämpfen konnten oder wollten, würden zu dem sicheren Keller gebracht werden, von dem William geredet hatte. Ich war unter ihnen und Illn hatte mir versichert, ich würde Kara dort treffen. Ich wollte sie sehen, wollte wissen, wie es ihr ging.

Es dauerte lange, bis der Morgen kam, und als er kam, brach Unruhe aus. Die Leute eilten hin und her und versuchten ihre Liebsten nicht aus den Augen zu verlieren. Ein paar Leute lagen sich weinend in den Armen. Ich wusste nicht, ob vor Glück oder aus Furcht vor dem, was noch kommen würde. William war schon früh zurückgereist, um einige Leute in den Keller zu bringen. Illns Anweisungen folgend, reihte ich mich in die Schlange derer ein, die als Erstes nach Hause geschickt werden würden.

Ein alter Mann vor mir, der nur noch ein Bein und viereinhalb Finger hatte, beschwerte sich lautstark bei seinem Vordermann darüber, dass er noch wunderbar kämpfen konnte, und verlor dabei ein Glasauge, das über den Boden rollte und im Gras verschwand. Er tat mir leid.

Erneut sah ich zum Wald hinüber, Lanee war nicht aufgetaucht. Jessica stand nicht weit von mir in der Schlange, Illn redete ihr aufmunternd zu. Aus irgendeinem Grund gefiel mir nicht, dass sie sich besser zu verstehen schienen. Ich bahnte mir einen Weg zu ihr hinüber.

»Fal. Wie geht es dir?« Ihre Hände strichen über ihre grauen Haare.

»Gut«, log ich. Weiter konnte ich nicht sprechen, etwas schnürte mir die Kehle zu.

»Es tut mir leid«, keuchte ich. »Ich habe sie allein gelassen. Ich konnte sie nicht mehr finden.«

Zu meiner Überraschung nahm sie mich in den Arm und drückte mich an sich. »Sorge dich nicht. Alles wird gut werden, sieh nur zu, dass du in Sicherheit bist. Lanee würde nicht wollen, dass dir etwas passiert.«

Mit diesen Worten löste sie sich aus unserer Umarmung und trat neben mich in die Reihe.

Die nächsten zwanzig Leute nahmen sich bei der Hand, einer von ihnen schüttete sich die Flüssigkeit in den Mund und kurz darauf verschwanden sie auch.

Ich drehte mich um und stellte fest, dass Jessica jetzt hinter mir stand. Der Mann vor mir nahm meine Hand und ich ergriff Jessicas. Illn war wieder verschwunden. Er hatte sich nicht von mir verabschiedet. Dann sah ich Xane, der etwas Unförmiges im Arm hatte und mir zuzwinkerte. Eine Sekunde später verlor ich ihn aus den Augen, weil ich zurück nach Hause geschleudert wurde.

***

Eine Frau namens Alear, eine von Williams Leuten, führte uns am Rande von Ratrou entlang und ungesehen in den Wald hinein. Wenn sie uns nun hätte töten wollen, wäre das der perfekte Plan von Fillgert gewesen und natürlich traute ich ihm zu, sich schon bei uns eingeschleust zu haben, doch ich durfte die Hoffnung nicht verlieren.

Trotzdem hämmerte mein Herz laut, als wir durch eine Falltür im Waldboden kletterten und durch einen unterirdischen Gang hasteten, bis wir schließlich an eine Steintür gelangten, die von Moos und blau schimmernden Blumen überwuchert war.

Alear klopfte dreimal gegen die Tür und hielt ihre Hand dagegen. Mit einem Grollen wurde die Tür geöffnet. Mehrere Augenpaare starrten uns an, als wir den Raum betraten, und wieder fielen sich Leute in die Arme und drückten sich. Ich verstand nicht, warum sie es taten, da sie nach der kurzen Reise von der Erde hierher ja nicht lange getrennt waren. Da zwängte sich Kara durch die Leute auf mich zu und drückte mich fest an sich.

Ich hätte vielleicht für immer hier stehen und sie umarmen können, aber es ging nicht und wir beide wussten das. Also ließ sie mich los und lächelte mich mit Tränen in den Augen an.

»Ich hätte dich nicht allein lassen dürfen.«

»Stell dich nicht so an«, sagte Kara. »Mir geht es wundervoll. Komm, wir sind alle da hinten.«

In diesem Moment wurde mir bewusst, dass sie niemals hierbleiben würde. Sie würde die einzige Gelegenheit, Fillgert zu töten, nicht verpassen wollen und ich hatte ihr versprochen, dass ich ihr helfen würde Fillgert zu töten. Die letzten ruhigen Stunden vor dem Mord des Präsidenten waren gezählt.

Ich dachte darüber nach, was es bedeutete, Fillgert zu töten. Der Hass, den ich auf ihn empfunden hatte, war noch da, aber er trieb mich nicht an. Die Schmerzen in meinem Körper waren das Einzige, was an seine Grausamkeit erinnerte, er wirkte fern für mich. Unerreichbar. Ich wusste nicht einmal, ob ich ihn noch töten wollte.

Allein dieser Gedanke fühlte sich wie Verrat gegenüber Kara an. In meinem Kopf herrschte ein Wirrwarr, ich wusste nicht, was ich denken und empfinden sollte. Irgendwie fühlte ich mich müde und leer.

Ich folgte Kara bis ans hintere Ende des Kellers. Aus irgendeinem Grund war ich froh, Ian zu sehen, wir nickten uns zu. Kara stellte mir Hallie vor, und Lee, der ein Strahlen in den Augen hatte, das ich vorher noch nie bei ihm gesehen hatte. Wir umarmten uns kurz.

Jessica nahm Lee zur Seite, ihr Gesicht war eisern, als sie ihm sagte, dass Lanee noch nicht aufgetaucht war. Ich war froh, dass ich es nicht übernehmen musste. Gaven lag auf einem Bett, neben dem sich die anderen versammelt hatten. Offenbar ging es ihm schon viel besser, jetzt gerade schlief er und sein Schnarchen schien einige Leute, die ohnehin schon Abstand von ihm hielten, zu verstören.

»Was ist mit den anderen Leuten?«, fragte ich. »Mit den Unschuldigen. Sie sind alle in Gefahr.«

»Wir können nicht jeden hierherbringen«, sagte Alear, die mich gehört hatte. »Bei jedem Krieg gibt es Opfer.«

Ich starrte sie an. »Das ist grausam.«

»Erzähl mir nichts von Grausamkeit.« Sie wandte sich ab. Wut breitete sich in mir aus. Ich wollte noch etwas sagen, aber Kara fasste mich am Handgelenk und schüttelte den Kopf. »Wir können die Menschen nicht einfach in einen Krieg schicken, von dem sie nichts wissen!«

»Die Leute wissen, dass etwas im Busch ist«, schaltete sich Hallie ein. »Viele sind schon gegangen.«

Ich schloss für einen Moment die Augen.

»Ich sollte zu meinen Eltern gehen«, sagte Ian. »Sie werden nicht auf andere hören. Meine Mutter ...«

»Sei still«, kam es plötzlich von Gaven, der sich aufgerichtet hatte. Seine Ohren zuckten wild. »Es hat schon angefangen. Ich kann sie über uns hören.«

»Wir sind im Wald«, sagte ich und Angst ergriff mich. »Wer soll das denn sein?«

Gaven sah mich an und flüsterte: »Kannst du dir das nicht denken, Fal? Fillgert hat sich mit den Slonks verbündet.«

»Wir müssen die anderen warnen!«, rief ich und packte Karas Hand. »Sie laufen direkt in die Falle. Sie werden von beiden Seiten angegriffen werden, sie haben keine Chance!«

Alear hielt mich auf, als ich mit Kara zusammen zur Tür lief.

»NEIN!«, sagte sie laut, doch ihre Stimme zitterte.

Ein Knallen ertönte in der Ferne. Die Menschen um mich herum wurden unruhig.

Dann wurde die Tür aus den Angeln gesprengt.

KAPITEL 82
DAYONE / Death Of A King

eine Stunde zuvor

Earl atmete die Luft tief ein, als er zuhause ankam. In seinem Körper erwachte die Magie wieder zum Leben und durchströmte seine Venen, pochte wohltuend in seinen Adern. Er stieß einen Laut aus, der eine Mischung aus Aufseufzen und Jauchzen war.

Illn legte ihm mit einem Lächeln auf den Lippen einen Arm um die Schultern. »Es wird endlich wieder gut.«

Die Gruppe brauchte nicht lange, um loszumarschieren. Sie hatten ihre Kraft zurück, sie würden sich nicht aufhalten lassen. Galanda schritt neben Earl her. Sein Sohn, den er nicht erkannte, zu dem er keine Verbindung spürte, grinste wie ein Irrer und verteilte überall das Gras, das er von der Erde mitgenommen hatte.

Galanda hatte sich geweigert, Icari bei den anderen zu lassen, die nicht kämpfen konnten. »Er ist stärker als wir alle zusammen«, hatte sie betont und Earl glaubte ihr.

Er liebte sie so sehr.

Sie war hier, sie war bei ihm.

Bald würden sie wieder glücklich sein, bald konnten sie das Leben leben, das ihnen so lange verwehrt worden war.

Er wandte sich um und sein Herz füllte sich mit Stolz, als er die Truppe sah, die ihm den Sieg sichern würde.

Fera grinste, als sich ihre Blicke trafen. Doch es war ein trauriges Grinsen. Er verstand sie nicht. Sie waren endlich wieder zuhause, all ihre Träume würden wahr werden. Sie hatte alles, was sie wollte. Was war nur los mit ihr?

Das Gras, auf dem Earl voranschritt, wuchs und Blumen erblühten und die Leute, die ihre volle Magie langsam zurückerhielten, begannen zu jubeln.

Aus den Fenstern streckten neugierige Dorfbewohner ihre Köpfe heraus und nachdem sie erkannt hatten, wer dort durch das Dorf lief, brach Panik aus. Türen wurden aufgerissen. Leute rannten davon. Magische Schutzschilde wurden um Häuser geschlungen und irgendwo hörte Earl ein Baby weinen.

Die Leute hatten Angst vor den Verbannten, Fillgert hatte ganze Arbeit geleistet. Doch da waren auch andere Leute und sie rannten auf die Verbannten zu, jedoch nicht mit Hass in den Augen und Joanne warf sich einem der Männer, die aus den Hütten auf sie zukamen, um den Hals.

Und da waren noch mehr, sie kamen zu ihnen, schlossen sich ihnen an, erweiterten ihre Gruppe, führten sie weiter und die Angst, die auf den Gesichtern an den Fenstern klebte, belustigte Earl.

Er fühlte sich siegessicher. Es interessierte ihn nicht, wer heute sterben musste, solange er das bekam, was er wollte.

Er warf einen Blick zu William hinüber. Dieser mied seinen Blick, aber Earl konnte Hass darin erkennen. Maggie ging nicht weit von ihm entfernt. Ihre Augen waren gerötet. Earl vergaß immer wieder, dass sie mit Eep zusammen gewesen war. Jetzt war er tot, vielleicht würde sie heute ebenfalls sterben. Vielleicht würde er heute sterben.

Mit plötzlicher Panik erfüllt, griff er nach Galandas Hand und drückte sie. »Versprich mir, nicht zu sterben.« Er versank in ihren grünen Augen.

Ein sanftes Lächeln umspielte ihre Lippen. »Wir werden nicht sterben.« Sie drückte ihren Mund auf seinen. »Es wird gut werden.« Dann beugte sie sich zu Icari hinunter und flüsterte etwas.

Icari nickte und flitzte davon, verschwand zwischen den Hütten und ließ Earl mit einem unwohlen Gefühl zurück.

Er war sein Sohn.

Earl hatte sich immer Kinder gewünscht, jedoch nicht so. Nicht so fremd, so ... grausam.

Während sie durch die gewundenen Gassen des Dorfes liefen, pfiff William einmal laut und aus allen Ecken und Schatten wanden sich Menschen hervor und schlossen sich ihnen an. »Lasst uns den Präsidenten töten«, sagte einer von ihnen und strich sich seine Haare nach hinten. Er hatte ein Brandmal auf der Stirn und einige seiner Finger fehlten.

Jetzt hielten sie auf das Präsidentengebäude zu.

Fillgerts Leute warteten bereits: Die Wächter standen mit ihren Masken vor dem weißen Gebäude und die Krieger hatten sich neben ihnen aufgereiht. Sie trugen ebenfalls Messer, Speere, und Earl konnte die kleinen Steinkugeln, mit denen sie sogar auf der Erde trainiert hatten, zwischen ihnen in der Luft schweben sehen. Bereit, um zu töten. Dafür waren sie ausgebildet worden.

Allerdings verfügten die meisten – im Gegensatz zu Earl – über keinerlei Erfahrung. Die meisten hatten noch keinen Krieg miterlebt. Die Jungen waren ebenso schwach wie Fal oder die anderen in seinem Alter. Sie würden leicht zu töten sein.

Earl breitete seine Hände aus und wollte etwas rufen, da hörte er eine Stimme in seinem Kopf, die all seine Gedanken übertönte und ihn beinahe in die Knie gehen ließ.

Es war sein Bruder, der dort sprach. All die anderen Verbannten hörten seine Stimme ebenfalls.

»Tötet sie alle!« Ein Gefühl wie kochendes Wasser schoss durch seinen Körper, als er die Stimme seines Bruders seit so langer Zeit wieder hörte, und wilde Freude durchströmte ihn. Er musste lachen.

Unter ihnen brach der Boden auf und sie stürzten in die Tiefe. Earl streckte die Hände über sich und die Leute, die am nächsten standen. Er sprach einen Zauberspruch und dann wurden die Kugeln von allen Seiten auf sie herabgeschossen. Blut spritzte ihm ins Gesicht, als seine Freunde von den kleinen Steinen durchbohrt wurden. Ihre Körper landeten auf ihm. Er sah Owen, der sich schmerzverzerrt die Schulter hielt.

Panisch blickte Earl sich nach Galanda um. Sie war unverletzt oder zumindest schien es so, denn sie sprang aus dem Krater, der zwischen den Hütten entstanden war. Sie stieß einen wütenden Schrei aus und einer der Krieger stürzte mit abgerissener Maske und blutverschmiertem Gesicht zu Earl herunter. Staub wirbelte auf, als der Krater sich vergrößerte. Vee stolperte über eine Leiche und hielt sich an Fera fest, die leise zu lachen begann und dann ebenfalls aus der Schlucht kletterte, dicht gefolgt von Sean.

Xane hatte einen dünnen schwarzen Stab gezogen und half der verletzten Maggie auf. Einen Schrei ausstoßend, kletterte Earl wieder an die Oberfläche.

* * *

Staub wirbelte auf und die Leute, die am dichtesten an der Tür gestanden hatten, wurden von den Füßen gerissen.

Alear stellte sich schützend vor die anderen, die Hände ausgebreitet, doch bevor sie etwas tun konnte, bohrte ein Speer sich durch ihren Körper. Sie wurde zu Boden geworfen, schlitterte noch ein paar Meter weiter und blieb reglos liegen. Dann stürmten Slonks in den Raum und schwangen ihre Schwerter. Die geschwächten Menschen hatten keine Chance, die Magie der Slonks war zu mächtig. Blut spritzte gegen die Wände.

»FICK DOCH MEIN LEBEN!«, schrie Gaven und sprang aus dem Bett. Ian wirkte wie versteinert. Lee starrte auf die Leichen und ich griff nach Karas kalter Hand im Angesicht des Slonks, der auf uns zuschnellte. Jessica warf sich zur Seite und ich verlor sie aus den Augen.

Mit der freien Hand zückte ich mein Messer, aber bevor ich es in den Slonk rammen konnte, hatte sich Gaven auf ihn geworfen und versenkte seine Zähne in dessen Kehle. Schwarzes Blut mischte sich mit rotem und nachdem Gaven dem Slonk die Kehle herausgerissen hatte, brüllte er auf und stürzte sich in das Getümmel.

»Los, raus!«, rief ich und winkte Ian, Lee und Hallie uns zu folgen. Wir liefen dicht an der Wand entlang und ich schlug eine Tür auf, hinter der von einem Gang die Schlafkammern abgingen. Es musste doch einen weiteren Weg nach draußen geben.

»Faldohr Feyn«, säuselte eine laute Stimme. »Wo bist duh? Ich kann deine Angst riechen. Duh bist ein Feigling.«

Ian schrie auf und zwängte sich an mir vorbei. Der Teil des Gangs, den wir schon hinter uns gelassen hatten, wurde aufgesprengt. Der Slonk mit der Krone aus Wurzeln und Ästen stand vor dem gesprengten Eingang. Seine schmalen Lippen verzogen sich zu einem fiesen Grinsen.

»Hab ich dich.« Blitzartig kam etwas auf uns zugeflogen. Lee wurde im Gesicht getroffen und das, was immer ihn erwischt hatte, breitete sich wie eine dunkle Masse in seinem Gesicht aus und schien seinen Körper einzunehmen. In Panik riss er daran, die dunkle Masse jedoch drang in seinen schreckgeweiteten Mund ein und er fiel auf die Knie.

»NEIN!«, schrie Kara und sank neben ihm auf die Steine. Die Decke bröckelte und die Wand neben ihnen drohte einzubrechen.

»DU hast meinen Sohn getötet. Dafür wirst du sterben, Faldor Feyn!«

Lee rührte sich nicht mehr, Kara schüttelte seinen reglosen Körper. Dann stand sie auf und stürmte auf den Slonk zu. Er wischte nur einmal durch die Luft und Kara wurde wie von einem Windstoß fortgeschleudert, prallte gegen die Reste der aufgesprengten Wand und ging zu Boden.

»Ich töte jeden, den du liebst!«, rief der Slonk und schmetterte wieder etwas in meine Richtung. Mich auf den Grund werfend, sah ich noch Ians erschrockenes Gesicht, bevor der Gang erhellt wurde und Gesteinsbrocken von oben herabregneten, ihn unter sich zu begraben drohten.

Ich streckte die Hände aus und stöhnte, als die Magie, die aus meinen Fingerspitzen brach, meine Haut zerriss. Doch sie hielt die Steine davon ab, Ian zu zerquetschen. Er hastete nach vorne und die Steine krachten herab. Hallie schoss einen dieser Steine auf den Slonk, aber er ließ ihn zu Staub zerfallen und beantwortete ihren Angriff mit einer Messerattacke. Die Klinge traf sie an der Schulter und sie keuchte auf. Ich versuchte sie aufzufangen – das war ein Fehler, denn der Slonk riss mich von den Füßen und zerrte mich durch die Luft auf ihn zu.

»Du bist ein Feigling und so wirst du auch sterben.« Das gehässige Grinsen auf seinem Gesicht wurde breiter. »Du wirst leiden.«

Er schleuderte mich auf den Boden. Steine bohrten sich in meine Wange und mein Messer rutschte mir aus den Fingern. Der Slonk zog ein aus Knochen geformtes Messer aus seinem Moosumhang und kniete sich vor mich. Ich hörte, wie Ian von einem weiteren Slonk angegriffen wurde, und streckte verzweifelt die Hand nach dem Messer aus, doch ich konnte es nicht erreichen.

Der Slonk hob die Klinge. Ein Schrei ertönte, als Kara sich voller Wut auf ihn stürzte. Irgendwie hatte sie einem der anderen Slonks ein Schwert entwendet, das sie jetzt in die Schulter des Slonkkönigs bohrte.

Seine Krone fiel ihm vom Kopf und er schrie vor Schmerzen auf. »Dummes Kind.« Er packte sie am Hals und drückte sie gegen die Wand.

»XANE, HILF MIR!«, schrie ich und schloss die Augen. Unbändige Macht strömte aus meinem Körper und erfüllte den Raum mit silbrigem Licht.

Blut strömte aus meinen Händen, als ich sie auf den König richtete. Er wurde umgerissen, sein Körper öffnete sich und sein Blut spritzte mir ins Gesicht, als ich mich über ihn beugte und über seine Kehle strich.

Meine Finger drangen hindurch wie Klingen.

Er spuckte Blut, es sprudelte schwarz über den Boden und wärmte meine Finger, die sich nun voller Panik um seinen Hals legten, um die Blutung zu stoppen.

Die Macht verebbte so schnell, wie sie gekommen war.

Das schwarze Blut des Slonks hörte nicht auf über meine Finger zu fließen. Er musste die plötzliche Panik in meinen Augen sehen, denn er lachte. Durch die halb zerrissene Kehle war es mehr ein Husten, und die Stimme, mit der er sprach, war so heiser, dass ich mich hinunterbeugen musste, um ihn zu verstehen. »Du bist ein Mörder, Faldor Feyn. Ich verfluche dich und jene, die du liebst. Immerzu wirst du ...«

Seine Augen starrten ins Leere.

Ich hatte einen weiteren Mord begangen.

Die Slonks um uns hielten mit einem Mal inne, ihre Klingen steckten noch in Körpern und Blut tropfte von ihren Mündern. Sie sahen ihren König an und dann mich.

Für einen Moment glaubte ich nun doch noch sterben zu müssen. Aber sie rührten sich nicht mehr.

Einige schienen nicht zu wissen, was sie tun sollten, und Gaven nutzte das und bohrte ein Schwert durch einen besonders kleinen Slonk.

Er stieß ein Gurgeln aus, was die anderen Slonks aus ihrer Erstarrung weckte. Sie brachen in Klageschreie aus. Einige von ihnen rannten davon, einige stürzten sich wieder auf ihre Opfer.

Und ich begriff, was los war: Ihr König war tot, sie hatten keine Befehle mehr, jetzt konnten sie tun, was immer sie wollten. Ob sie weitertöteten oder auf die Ernennung des neuen Königs warteten – sie waren Gesetzlose.

Kara ging neben mir in die Hocke und drückte mir das Messer der Mafé in die blutverschmierten Hände. Am liebsten hätte ich es wieder fallen gelassen.

»Na LOS!«, rief sie und zog mich hoch.

Ich sah auf Lee hinunter, der die merkwürdige Masse von seinem Kopf riss und sich schwer atmend neben Hallie kniete, und ihr versuchte auf die Beine zu helfen.

Ian stöhnte irgendwo im Hintergrund.

»Geehh!«, stieß Lee schwer atmend aus. »Bevor wir noch mehr verlieren.« Unsere Augen trafen sich.

»Kara!«, rief ich und eilte ihr stolpernd hinterher.

Sie hörte nicht auf mich.

Sie war fest entschlossen, Fillgert zu töten.

KAPITEL 83
»Faldor Feyn«

Wir rannten durch den Keller, in dem nur noch vereinzelte Slonks standen, entlang zurück in den Wald. Hier und da kämpften vereinzelt Menschen gegen Slonks, Schreie und Geheul zerrissen die Waldstille. Eine Frau mit einem schreienden Baby in den Armen rannte an uns vorbei. Ich wischte das Blut an meinem T-Shirt ab, derweil frisches Blut aus schmalen Wunden an meinen Händen floss.

Trotzdem packte ich das Messer noch fester und rannte hinter Kara her. »Warte«, rief ich und holte sie ein.

Keuchend hielt sie sich die Seite. »Nein!« Sie hielt nicht an. »Du wirst mich nicht aufhalten.«

»Es wird dir keinen Frieden bringen«, sagte ich, obwohl das nicht die Worte waren, die ich ihr eigentlich sagen wollte. Die Angst, sie zu verlieren, ließ meinen Blick verschwimmen, mein Körper sträubte sich dagegen, zu akzeptieren, dass sie sterben konnte. Ich musste sie davor bewahren. Ich musste mich davor bewahren.

Jetzt blieb Kara stehen und warf mir einen wütenden Blick zu. »Woher willst du das wissen?« Sie kam auf mich zu.

»Du würdest es genau so machen. Ist es nicht so? Wenn er Illn getötet hätte, du weißt es. Du weißt es genauso gut wie ich. Du hättest nicht einmal zugelassen, dass sie dich dort einsperren.«

Ich sah ihr in die Augen. Natürlich hatte sie recht. »Gut. Dann los. Und wehe, du lässt dich umbringen.«

Kara lächelte traurig. »Hab ich eigentlich nicht vor.«

Wir rannten weiter, sprangen über Wurzeln und es dauerte nicht lange, bis uns Verfolger auf den Fersen waren. Ein Pfeil schlug nicht weit von mir in einen Baum ein und der Baum stieß ein wutentbranntes Grollen aus. Seine Wurzeln hoben sich aus der Erde und schleuderten die Slonks umher. Ich riss Kara zur Seite die Wurzeln sausten über unsere Köpfe.

Wir eilten weiter.

Außerhalb des Waldes zeichnete sich ein Bild des Grauens vor uns ab. Die Dächer der Hütten brannten, aus den Türen traten Slonks mit blutverschmierten Gesichtern. Einer von ihnen warf den Körper eines Kindes ins Gras und stieß einen triumphierenden Schrei aus, wurde gleich darauf jedoch von etwas Kleinem getroffen und kippte um.

Jemand rauschte an uns vorbei.

Vee, schöner als je zuvor, feuerte weitere kleine Geschosse auf die Slonks ab. Sie schloss die Augen und ein Slonk brüllte, als sein Körper sich in zwei Hälften teilte.

Ein Wächter griff sie von hinten an und drückte sie auf den Boden. Seine Hände schlangen sich um ihren Hals.

Ich machte schon einen Schritt in ihre Richtung, da verschmolzen violette Flammen die Maske des Wächters mit seinem Gesicht. Vee stand auf, ohne noch einmal zurückzuschauen, und verschwand zwischen zwei brennenden Hütten. Ich wusste gar nicht, ob sie uns bemerkt hatte.

»Fal, Fal!«, rief eine Stimme hinter uns.

Es war Ian, der heranstolperte. »Kommt. Ich kenne einen sicheren Platz. Kommt.«

Er packte Kara am Arm und wollte sie mit sich ziehen, doch sie fauchte ihn an und Ian zog schmerzverzerrt die Hand zurück, denn Kara hatte ihn verbrannt.»ICH MUSS IHN TÖ-TEN!« Sie stürmte weiter.

Kurz sah Ian ihr verstört hinterher, ehe er ihr nachsetzte. Ich wollte ihm gerade sagen, er sollte das lassen, da wurde er von etwas am Kopf getroffen und wankte.

Blut strömte aus der Stelle, an der soeben noch sein Ohr gewesen war. Mit einem Schmerzenslaut presste er seine Hände auf die Wunde und fiel auf die Knie. Kara hielt abrupt inne und wirbelte zu uns herum.

Ein Krieger, der keine Maske mehr trug, lief auf uns zu. Er grinste, als er unsere erschrockenen Gesichter sah, und streckte die Hände aus.

»Heute sterben alle Verbannten!«

Ich spürte, wie seine Magie in meinen Körper eindrang. Ich konnte mich nicht dagegen wehren, hatte noch nicht gelernt, mich vor der Magie anderer zu schützen. Ich hätte Illn darum bitten sollen, es mir zu zeigen, nachdem William die anderen auf die Bedeutung der Schutzschilde hingewiesen hatte.

Meine Augen rollten nach hinten. Spitz wie kleine Nadeln schoss die fremde Magie durch meinen Körper und wand sich um meine Knochen, um mich zu zerquetschen. Kara stöhnte auf und Ian wimmerte. Ich konnte sie nicht sehen.

Die Nadeln erreichten mein Herz, ich schmeckte Blut. Ich wollte um Hilfe rufen, doch ich konnte mich nicht rühren. Die Kraft, die wie ein Parasit in meinen Körper eingedrungen war, zog sich zusammen und drückte mein Leben aus mir heraus.

Jäh hörte der Druck auf und ich sank auf dem Boden zusammen. Endlich drang wieder Licht an meine Augen.

Ich atmete tief die kühle Luft ein.

Der Krieger kniete im Gras. Sein Mund stand weit offen, seine Arme waren mehrmals gebrochen. Sein Kiefer wurde nach unten gerissen und brach aus dem Schädel heraus. Zähne fielen auf die Erde, Blut tropfte ins Gras. Der Mann stöhnte, die Augen vor Schmerzen weit aufgerissen.

»Feigling«, sagte eine vertraute Stimme hinter uns. Xane. Er schritt fast gemächlich über die Wiese, seine Hand auf den Mann gerichtet. Der Krieger wimmerte, dann drehte Xane seinen Kopf herum und er rührte sich nicht mehr.

»Alles gut bei euch?« Xane half mir auf die Füße.

Ich nickte. »Wir müssen zu Fillgert.«

Xane sah zu Kara hinüber, sie war wankend aufgestanden und machte sich schon auf den Weg. Sie war nicht mehr zu stoppen.

»Danke«, sagte ich.

»Ihr könnt Fillgert nicht allein besiegen.« Xane wischte sich über die Stirn und verschmierte Blut, das aus einer kleinen Wunde unter seinem Haaransatz lief.

»Ich weiß das. Aber ich habe es ihr versprochen.«

Xane lächelte schief. »Ihr seid verrückt.«

Er richtete seinen Stab auf Ian, der wimmernd am Boden lag. Er hob ihn an und legte seinen Körper unter die Treppe einer großen leerstehenden Hütte.

Danach folgten wir Kara, die sich an eine Hüttenwand gelehnt hatte und tief durchatmete.

»Du musst ihn nicht töten, weißt du«, sagte Xane. »Er wird ohnehin heute sterben. Du musst eure Leben nicht aufs Spiel setzen.« Etwas explodierte nicht weit entfernt von uns. Ich schloss für einen Moment die Augen.

Bei Xane fühlte ich mich sicher, uns würde nichts passieren. Obwohl ich Kara verstand, wünschte ich mir in diesem Augenblick, dass sie aufgab und Fillgert den anderen überließ. Ich konnte nicht mehr weitermachen. Mit jeder einzelnen Sekunde strömte meine Kraft weiter aus meinem Körper hinaus.

»Ich MUSS ihn töten. Ich muss dabei sein, wenn er stirbt. Er hat …«

»Es wird deinen Verlust nicht ungeschehen machen«, sagte Xane. »Egal was du versuchst, egal wie viele Slonks oder Präsidenten du tötest. Es wird nichts ändern.«

Xanes Traurigkeit war wie ein Hammerschlag, der meinen Körper erzittern ließ, so plötzlich und klar fühlte ich sie.

»Ich muss es dennoch versuchen.«

Und sie rannte weiter.

Xane schüttelte den Kopf, folgte ihr aber.

Aus einer Gasse liefen drei Jugendliche heraus. Es waren Enna, Georgina und Niall. Ich wollte ihnen etwas zurufen, aber sie wurden von einer Gruppe Slonks eingeschlossen und bevor ich etwas tun konnte, schwang Xane seinen Stab.

Der Druck, der davon ausging, warf mich zu Boden. Die Slonks wurden durch die Luft geschleudert und krachten in Hüttenwände.

Jemand rannte schreiend aus einer der Hütten heraus. Niall, Enna und Georgina drehten sich zu uns um, doch wir hatten keine Zeit, mit ihnen zu sprechen, denn Kara war zu schnell und verschwand schon wieder hinter einer Biegung.

Ich hörte Enna noch rufen: »Das war Fal, das war Fal! Habt ihr ihn gesehen?« Sie lachte.

Etwas schoss auf mich zu, ich warf mich zu spät auf den Boden, es streifte meine Schulter, stechende Schmerzen schossen meinen Arm hinauf.

Ich schrie auf und Xane war gleich zur Stelle, der riss das Etwas, das wie eine Pflanze aussah, von meinem Arm und zog mich auf die Beine. Ich zitterte, ich würde nicht mehr lange laufen können. Mein Körper versagte und ich wischte mir die Tränen aus den Augen, als ich weiterrannte.

»Bleib hier, du kannst nicht mehr«, sagte Xane, aber ich hielt nicht an.

»Ich kann sie nicht allein gehen lassen.« Sie brauchte mich und ich brauchte sie, ich würde mir niemals vergeben, wenn ihr etwas geschah und ich nicht bei ihr war.

Der Himmel färbte sich blutrot. Als hätte er den Schmerz, das Leid und das Blut gesehen und wollte nun seine Trauer über die Grausamkeit der Menschen zeigen. Vögel und andere fliegende Wesen schossen über den Himmel, ihre Rufe waren so voller Kummer, dass mein Herz schmerzte.

Vor uns stürzte ein Slonk von einem Dach und riss Kara zu Boden. Sie rollte sich zur Seite und richtete sich auf, die Hände bereit, um zuzuschlagen. Kleine Holzsplitter stiegen in die Luft. Aber der Slonk brauchte lange, bis er sich wieder aufgerichtet hatte. Schwarzer Schleim tropfte aus seinen Augen und lief aus seinem Mund, als er ihn öffnete und Kara anfauchte.

»Was ist denn mit dem los?« Sie machte einen Schritt nach hinten. Der Slonk streckte die Arme aus, um sie zu packen, doch Kara wich aus und der Slonk stolperte. Erneut fauchte er. Kara ließ ein Stück Holz auf ihn niedersausen. Es bohrte sich schmatzend in seinen Schädel.

Xane kniete sich neben den Slonk und betrachtete seinen leblosen Körper.

»Irgendetwas stimmt hier nicht«, sagte er und markierte den Slonk mit einem glühenden roten Kreuz.

»Na los«, sagte Kara und lief weiter.

Vor dem Präsidentengebäude kämpften die meisten Leute. In einem Graben, der sich durch die Wiese gebohrt hatte, sah ich Menschen liegen, ein Feuer breitete sich darin aus. Masken der Wächter lagen auf der Wiese verteilt, ich sah einen jungen Krieger, der von dem Getümmel wegkroch.

William stellte sich über ihn und bohrte ihm sein Messer in den Rücken. Der Junge schrie leise auf und blieb reglos liegen. Ich wandte den Blick ab.

Unwillkürlich hob ich den Kopf. Dort sah ich ihn, wenn auch nur als Umriss: Fillgert stand an seinem Fenster im Präsidentengebäude und beobachtete das Geschehen aus angenehmer Entfernung.

»DA!«, rief ich und deutete nach oben. Auf Karas Gesicht breitete sich ein siegessicheres Lächeln aus. Schneller als zuvor stürmten wir auf das Gebäude zu. Ich ignorierte meine schmerzenden Gliedmaßen. Xane dicht hinter uns. Die Kämpfenden um uns herum nahmen wir kaum noch wahr.

Nur Earl bemerkte ich, der sich aus der Masse löste und, verfolgt von mehreren Kriegern, ebenfalls auf die Tür des Präsidentengebäudes zurannte. Er streckte die Hand nach hinten aus und eine Kriegerin wurde in der Luft zerfetzt. Die anderen stürzten und blieben liegen. Wahrscheinlich aus Angst, auch getötet zu werden.

Wir sprangen über ihre Körper, und da wurde mir klar, was sie tatsächlich hatte zu Boden gehen lassen. Käfer, etwa so groß wie Daumen, krabbelten über ihre Gesichter und fraßen sich in rasender Geschwindigkeit in ihre Haut hinein. Sie strömten aus der zerrissenen Leiche der Kriegerin, entstanden aus ihren Gedärmen, formten sich aus ihren Gliedmaßen und fraßen die anderen bei lebendigem Leibe.

»Nein!« Ein Mann rannte an uns vorbei. »Ich töte ihn!!« Es war William, er holte Earl ein und riss ihn zu Boden, sprang über ihn hinüber und zog die Tür des weißen Gebäudes auf. Dann wurde er zurückgezerrt.

Fera stand nicht weit von uns, die Hände ausgestreckt und das Gesicht vor Anstrengung verzogen, als sie versuchte William zurück zu halten. Doch sie schaffte es nicht und stattdessen riss er sie nun zu Boden.

Sie rappelte sich auf und stürmte auf William zu, während Kara den Moment nutzte und im Gebäude verschwand. Earl war dicht hinter ihr und ich quetschte mich zusammen mit

William durch die Tür hindurch. Kara stürmte die Treppe hinauf, wurde allerdings von Earl überholt und William, der sich an mir vorbeidrängte, stieß sie zur Seite. Ich fing sie auf, und wir eilten weiter.

Gleich waren wir am Ziel.

Endlich würde das alles ein Ende haben.

»Fal. Bleib stehen.« Illn hastete die Stufen zu uns empor. Ein Kratzer zog sich über sein Auge, Slonkblut klebte ihm im Gesicht. Xane lief neben ihm. Ich spürte wundervolle Erleichterung, als ich ihn lebend vor mir stehen sah, und wollte ihn umarmen, ihn an mich drücken, mit ihm fortgehen von all dem hier, damit der Tod uns nicht doch noch trennen konnte. Aber Kara blieb nicht stehen und versuchte die anderen einzuholen.

»Ich muss ihr helfen«, sagte ich zu Illn gewandt, Tränen brannten in meinen Augen. Ich wollte ihm sagen, wie dankbar ich war, doch heute würde ich kein Wort mehr herausbringen.

Illn sah mich einen Moment lang an, dann nickte er und wir folgten Kara.

Das Treppenhaus war so kalt, dass wir unseren Atem sehen konnten. Die Stufen glitzerten im letzten Sonnenschein, der hin und wieder durch die kleinen Fenster an den Seiten fiel, und das Blut, das immer noch aus meinen Händen tropfte, färbte die Stufen rot.

Wir verließen das Treppenhaus und rannten nun einen mit hohen Fenstern gesäumten Gang entlang. Mein Blick fing das Bild des Krieges auf, das sich draußen abzeichnete: Einige Slonks rannten in den Wald zurück. Fillgerts Krieger ergaben sich und flehten mit verschränkten Händen um Vergebung. Flammen loderten auf und Hütten sowie liebevoll angelegte Gärten verbrannten. Jemand hielt einen reglosen Körper in den Armen und schrie, als gäbe es noch Hoffnung.

Ich wollte Kara etwas zurufen, aber sie riss die Tür am Ende des Gangs auf und verschwand hindurch. Ich beschleunigte meine Schritte und stürmte ebenfalls durch die Tür. Das Wasser sprudelte beständig in der Säule. Keiner von Fillgerts Leuten war bei ihm. Er war ganz allein. Stand dort in seinem feinen weißen Anzug und lächelte, als er die betrachtete, die gekommen waren, um ihn zu töten. Ich spürte einen Atem in meinem Nacken. Es war Illn, der dicht hinter mir stand. Es war, als wären alle, die den Raum betreten hatten, kurz in der Zeit stehen geblieben.

Nur das Plätschern des Wassers war zu hören, bis William sich als Erstes regte und das stumme Anstarren unterbrach.

»Jetzt wirst du sterben!« Mit gezogenem Dolch wollte er sich auf Fillgert stürzen, doch Earl war schneller und William nicht auf einen Angriff von hinten gefasst. Er wirbelte durch die Luft, schlug mit dem Kopf gegen das große Fenster und landete reglos auf dem Boden. Blut sickerte unter seinen Haaren hervor.

»Hallo, Bruder«, sagte Fillgert langsam, nachdem er den Blick vom bewusstlosen William abgewandt hatte. »Willst mich ganz für dich, nicht wahr?«

Irgendetwas stimmte nicht. Warum war Fillgert allein, hatte er keine Angst zu sterben? Hatte er eingesehen, dass er verloren hatte?

Ich konnte es mir kaum vorstellen und Fillgert machte nicht den Eindruck eines geschlagenen Mannes.

Kara hob die Hand, um irgendetwas zu tun. Ich wusste, es würde nichts bringen. Earl hatte gerade eben einen fremden Typ fast getötet. Ich umfasste ihre zitternde Hand. Fillgert lächelte.

»Niemand tut ihm etwas«, sagte Earl und ging einen Schritt auf Fillgert zu.

»Earl«, zischte Fera.

Weitere Leute betraten den Raum. Es waren Dorfbewohner und Verbannte. Sie alle wollten das Ende des Kampfes sehen. Den großen Moment, in dem Präsident Fillgert endlich geschlagen wurde.

Doch Earl unternahm keine Anstalten, ihn zu schlagen. Oder ihm überhaupt irgendetwas zu tun. In seinem Blick, der steinern auf Fillgert gerichtet war, schienen tausend Optionen, wie dieser Tag zu Ende gehen würde, zu entstehen.

Plötzlich wurde mir schlagartig bewusst, dass sie Brüder waren, da waren nicht nur die Jahre, die sie getrennt voneinander verbracht hatten, da mussten auch schöne Erinnerungen sein, Glück und vielleicht sogar Liebe zueinander. Mir wurde ganz schlecht, denn auf einmal konnte ich in Earls Augen sehen, dass er nicht dazu fähig war, seinen Bruder zu töten, einen Mann, von dem er immer gesagt hatte, dass er ihn hasste, und den er wohl doch irgendwo in den tiefen seines Seins liebte.

Das rötliche Licht der untergehenden Sonne blitzte in Earls Augen auf und ich sah tiefe Trauer darin, seine Mundwinkel zuckten, war das der stumme Wunsch nach Hoffnung auf ein Leben, das er sich an der Seite seines Bruders wünschte?

Meine Finger wurden taub, eine Nebelschicht breitete sich vor meinen Augen aus. Die Dummheit und die Erschöpfung hatten mich blind werden lassen, wie hatte ich nur meine Gedanken davon abbringen können, dass Fillgert sterben musste. Ich schämte mich, dass ich Kara nicht hierhergetragen hatte, schämte mich dafür, dass ich es nicht war, der sie angetrieben hatte Fillgert zu töten, er musste sterben, sonst würde es für uns keinen Frieden geben.

Sonst war unser Leben hier nicht mehr sicher.

»Nach allem, was ich getan habe, wusste ich, dass du mich nicht töten kannst«, sagte Fillgert schließlich. »Nach all dieser Zeit kannst du es trotzdem nicht. Ich wusste, dass es so sein würde. Es ist so schön, dich wiederzusehen, Earl. Obwohl ich über die Wahl deines neuen Nachnamens nicht besonders glü...«

»Sei still!« Earls Stimme peitschte durch den Raum. Feras Messer zuckte in ihrer Hand, sie sah Earl fast schon flehend an.»Du musst es beenden«, sagte sie steif. Am Fenster rührte sich William.

»Ich werde ihn nicht töten.«

»NEIN!«, schrie Kara.»Er muss bezahlen!« Ihr eiserner Blick durchbohrte Earl.

»Und das wird er«, sagte Earl laut. Er wandte seinen Blick wieder Fillgert zu.

Ich war fassungslos, zu sehen, dass Fillgert weinte. Er hob die Hand, um seine Tränen abzuwischen. Es war so bizarr, diesen Mann, der uns ungerechtfertigt verbannt und angegriffen hatte, weinen zu sehen.

»Er hat verloren.« Auf Earls Gesicht breitete sich ein triumphierendes Grinsen aus.»Das ist Strafe genug für ihn. Außerdem wird er nie wieder das Tageslicht erblicken.«

Fillgert sank auf die Knie und schluchzte in seine Hände.

Das ungute Gefühl in mir wurde nur noch stärker. Ich ließ Karas Hand los. Vielleicht war es doch besser, wenn sie es jetzt beendete.

»Er wird in eine seiner eigenen Zellen gesperrt«, fuhr Earl fort.»Ich werde zum nächsten Präsidenten ernannt werden und mich in den nächsten Tagen beraten lassen, was mit ihm geschehen wird.«

»Du hast nicht das Recht dazu«, ertönte Williams Stimme vom anderen Ende des Raums. Er stand auf wackeligen Beinen und deutete mit einem Finger auf Earl.

Ich sah zu Xane hinüber. Er schüttelte langsam den Kopf.

»Ich bin der Einzige, der ein Recht dazu hat!«, bellte Earl. Dann blaffte er Fillgert an:»Steh auf!« Er packte Fillgert an seinem akkurat gebügelten Kragen, riss ihn vom Boden hoch und stieß ihn nach vorne. Fillgert stolperte, sah uns einen Moment lang an, dann drehte er sich um und umarmte Earl. »Es tut mir leid. Es tut mir so leid.« Er wimmerte in Earls Schulter hinein.

Von den Zuschauern regte sich niemand. Alle starrten nur auf den weinenden Fillgert und seinen Bruder, von dem sich alle verraten fühlen mussten. Fera stand wie erschlafft da und betrachtete die beiden mit leerem Blick.

Dann regte sich Fillgert. Blitzschnell zog er ein Messer aus der Tasche und wollte es Earl in den Rücken rammen, aber Fera war schneller. Sie hatte ihr Messer zielsicher geworfen. Es durchbohrte Fillgerts Hals und hinterließ eine klaffende Wunde, als Fera es in ihre Hände zurückfliegen ließ. Fillgerts Blut spritzte in Earls Gesicht.

Während Fillgert röchelnd zu Boden ging, brüllte er Fera an:»WAS HAST DU GETAN?!« Und über seinen sterbenden Bruder gebeugt, flüsterte er:»Es tut mir leid. Es tut mir leid.«

Fillgert hob die Hand und wisperte etwas, dann bewegte sich sein Kopf nach hinten und sein Blick traf auf mich.

Ein blutiges Grinsen breitete sich auf seinem Gesicht aus und mit schwacher, röchelnder Stimme sprach der Präsident seine letzten Worte:»Faldor Feyn.«

Seine Hand zuckte noch ein letztes Mal, die Wassersäule brach zusammen und übergoss sich über uns alle.

Das Wasser spritzte gegen die Fenster und wusch das Blut von Earls Gesicht. Nachdem ich mir das Wasser aus den Augen gewischt hatte, sah ich zu den beiden hinüber, doch das Letzte, was von Fillgert übrig geblieben war, war ein wenig feiner Sand, der nun über den Boden geschwemmt wurde.

Earl stieß einen Schmerzensschrei aus, der von den Wänden widerhallte. Dann war es still im Raum, da das Wasser jetzt nicht mehr leise vor sich hin plätscherte.

KAPITEL 84
Blood And Smoke

13. Oktober

In den nächsten Tagen befand ich mich in einer Art Trance. Ich bemerkte kaum, was um mich herum geschah, die Leute redeten, sie schrien und fluchten viel, doch sie taten wenig und halfen mir nicht bei dem, was ich erlebt hatte. Das, was geschehen war, schien zu viel für meinen Kopf zu sein, immer wieder schreckte ich hoch, weil ich das Geschrei eines Slonks oder einer Mafé hörte. Blutige Bilder tauchten vor meinen Augen auf, mein Körper fühlte sich schwer an und am liebsten würde ich die ganze Zeit nur daliegen, doch Illns Schreie in der Nacht, die von einem anderen Grauen erzählten, das ich mir nicht ausmalen konnte, hielten mich wach.

Er ließ sich nicht helfen, verließ öfter Ratrou, als ich es für gut befand, und schickte mich am Tag aus der Hütte, damit ich mich nicht in den Erinnerungen und schrecklichen Gedanken verlor.

Jetzt stand ich mit Kara auf dem Friedhof. Wind wehte uns die Haare aus dem Gesicht.

Stans Grabstein war aus Glas gefertigt worden. Sein Name war eingraviert. Nicht besonders schön, aber einen Grabstein aus Glas sieht man auch nicht alle Tage. Da waren Kara und ich uns einig.

Lanee war noch nicht wieder aufgetaucht. Jessica war mit einigen anderen ehemaligen Verbannten losgereist auf die Erde, um sie und die anderen, die verschwunden waren, zu suchen. Kara und ich hatten uns nicht überwinden können, noch einmal zurückzureisen. Ich fühlte mich schlecht deswegen, fragte mich ständig, wo Lanee war, wo Cliff und Dave waren, ob sie schon über zwei Tage tot waren oder irgendwo auf Hilfe warteten.

Aber der Teil in mir, der gerne atmete, war froh darüber, nicht mehr fortzumüssen. Außerdem hatte ich die Geschichten gehört, von den Leuten, die zu oft zwischen den Planeten hin- und herreisten und ihre Haut oder Ähnliches verloren. Darauf hatte ich ebenfalls keine besonders große Lust.

Illn hatte mir gesagt, dass es okay sei, nicht mit ihnen zu gehen, als ich die Gruppe beobachtete, die als Suchtrupp zurück auf die Erde reiste, aber immer noch nagte das Gefühl, nicht genug zu tun, an mir.

»Er war so ein Idiot.« Kara riss mich aus meinen Gedanken.

»Was?«

»Stan.« Sie umklammerte meinen Arm.

»Er war so ein Idiot.«

»Das war er. Und irgendwie vermisse ich ihn doch.«

Kara nickte. »Ich auch. Mir fehlt das Vorher.«

Ich drückte ihre Hand. Ich wusste genau, was sie meinte. Seit wir zurück waren, starrten die Leute uns an, als wären wir Aliens, die sie noch nicht kannten. Etwas Schmutziges, das sie nicht berühren wollten.

Ich versuchte mir nicht vorzustellen, wie die Jobsuche laufen würde. Einige Läden hatten schon Zettel in ihre Schaufenster gehängt. Auf denen hieß es: *Keine Verbannten!* Oder: *Verstoßene bleiben draußen.* Das galt natürlich nicht nur für uns, doch wir waren ebenso davon betroffen wie all die anderen Verbannten, die dringend eine Wohnung und einen Job suchten. Earl hatte gesagt, er würde sich darum kümmern, aber viele hatten sich von ihm abgewandt, nachdem er Fillgert nicht hatte töten können.

Ich konnte es ihnen nicht verübeln.

Überall zwischen den zerstörten und halb aufgebauten Hütten hingen Wahlplakate, es waren weitaus mehr als bei Fillgerts Wahlkampf, in dem es nur einen Gegner gegeben hatte. Jetzt ließ sich jeder zur Wahl aufstellen.

Heute war Earl unterwegs, um die Mitglieder des Hohen Rates zu treffen. Die erste Amtshandlung eines jeden neuen Präsidenten.

Er würde mit ihnen durchgehen, was seine Rechte waren und wie sie zu ihm als neuem Präsidenten standen. Waren sie nicht einverstanden, würden sie eine Beschwerde einreichen und die Wahl vorziehen, sodass es keinen Übergangspräsidenten bräuchte. Alle waren gespannt darauf, zu erfahren, ob und wenn ja, wie Fillgert den Hohen Rat manipuliert hatte.

In den nächsten Tagen würde es dann Treffen mit den Präsidenten der anderen Städte und Länder geben. Alles ein riesiger Aufstand mit lauter politischen Themen, auf die ich absolut keine Lust hatte. Zum Glück musste ich nicht daran teilnehmen.

Ich hoffte nur, es würde kein neuer Präsident gewählt werden, der die Verbannungsstrafe unterstützte. Aber Earls erste Handlungen würden dafür sorgen, dass es diese Strafe so nicht mehr geben würde. Und bei dem, was mit uns passiert war, würde diese Strafe wohl nicht mehr genehmigt werden. Jedoch könnten uns verbanntenfeindliche Präsidenten das Leben ganz schön schwer machen.

Der Friedhof sah aus wie ein Schlachtfeld. Überall wurden Gräber ausgehoben, um die Gefallenen der Schlacht und die toten Verbannten von der Erde zu bestatten. Kara machte einen großen Bogen um ein Loch und winkte den Leuten zu, die am Friedhofstor auf uns warteten.

Enna winkte zurück, neben ihr standen Georgina und Niall. Ian war noch im Krankenhaus. Sein Ohr konnte wahrscheinlich nicht geheilt werden und um einer Infektion vorzubeugen, kam er heute nicht mit.

Lee und Hallie teilten sich ein Krankenhauszimmer, wir hatten sie besucht und Hallie hatte sich wahnsinnig darüber aufgeregt, dass ihr Vater sich nicht dazu durchgerungen hatte, Übergangspräsident zu werden. Sie sagte, dass sie dennoch glaubte, dass er früher oder später Präsident werden würde.

Ich war ihr dankbar, dass sie uns unterstützt hatte, aber wusste nicht, ob ich sie besonders gut leiden konnte. Es lag bestimmt daran, dass ich trotz allem auf Earls Seite stand.

Lee hatte durch die merkwürdige Attacke des Slonkkönigs noch ein paar Atembeschwerden und musste trotz seines Protestes noch eine weitere Woche im Krankenhaus bleiben. Ich beschloss ihn am Abend wieder zu besuchen, wenn ich schon nicht nach Lanee suchte, konnte ich wenigstens für ihn da sein.

»Die erste Führung durchs Ausbildungsgebäude fängt in einer halben Stunde an«, begrüßte Enna uns. Sie blätterte in der Broschüre, die sie von einem unserer alten Lehrer bekommen hatte.

Tatsächlich war mir das momentan ziemlich egal. Tatsächlich war mir die Ausbildung generell momentan ganz schön egal. Ich hatte etwas anderes vor. Etwas viel Wichtigeres. »Ich muss noch mal los«, sagte ich. »Treffe euch dann dort.«

Kara zog die Augenbrauen hoch. »Dein Ernst, Fal?«

Ich zuckte mit den Schultern. »Sorry, dauert nicht lange. Werde alles noch mitbekommen, versprochen.«

»Okay«, sagte Kara tonlos und drehte sich mit den anderen um. Enna winkte mir noch zu und ich schlug die entgegengesetzte Richtung ein.

Auf dem Weg kam ich an Karas Hütte vorbei, ein großes Stück des Daches fehlte und gerade waren einige Handwerker dabei, den Schaden zu reparieren. Unsere Hütte war wie durch ein Wunder unversehrt geblieben, doch auch dorthin wollte ich nicht.

Xanes Zuhause lag am Ende des Dorfes. Der Wald hatte fast schon von ihr Besitz ergriffen – sie sah aus, als würde sie aus den Wurzeln eines kräftigen Baumes wachsen. Wie er seine Hütte hatte behalten können, war mir ein Rätsel und Xane schien keinen großen Wert darauf zu legen, es zu verraten.

Die Tür knarrte, als ich anklopfte. Schnelle Schritte waren im Innern zu hören. Laut ächzend öffnete sich die Tür und Xane stand mit einem breiten Grinsen vor mir.

Wieder waren seine Augen dunkel umrandet, heute trug er keinen Schal, dafür aber luftige Kleidung, die selbst für diesen sonnigen Tag zu kalt war. Mit einer schwungvollen Armbewegung bat er mich hinein. Es kam mir vor, als hätte ich ein Buch betreten.

Die Hütte roch nach alten und neuen Büchern – und das war kein Wunder, denn sie stapelten sich links und rechts an den Wänden, auf dem Boden standen sie mannshoch und nur ein schmaler Durchgang zwischen ihnen verriet, wo man langlaufen musste. Ich sah mich um und versuchte dabei nichts umzuwerfen. Sogar an der Decke hingen die Bücher, nein, vielmehr wurden sie mit Magie festgehalten, denn auch dort waren sie gestapelt. Die Stapel bogen sich, als Xane die Tür mit einem Schwung zuschlug.

»Einfach geradeaus durch«, sagte er und ich schritt zwischen den Büchern hindurch, bis ich zwei Meter weiter in eine Küche kam. Auch hier wimmelte es nur so von Büchern, doch wenigstens gab es hier etwas mehr Platz. Ich ließ mich auf die Bank hinter einem zierlichen, schönen Tisch nieder, auf dem glücklicherweise keine Bücher lagen.

Kurz betrachtete ich die kleinen Verzierungen, die in den Tisch geschnitzt worden waren, fuhr mit den Fingerspitzen über ein Sprigneers und sah dann Xane an.

»Du liest wohl gerne.«

»Och, joa.« Xane zündete den Herd mit einem Schwenker seines Stabs an. Dann stellte er eine Kanne darauf und setzte sich zu mir. »Wie war dein Gespräch mit Earl?« Unter einem Buch zog er einen Teller mit Keksen hervor, stellte ihn zwischen uns auf den Tisch und nahm sich gleich einen Keks. Auf sein Nicken hin schnappte ich mir auch einen.

»Alles gut so weit. Er war ziemlich aufgebracht, aber er glaubt mir, dass ich keine Ahnung habe, warum mein Name das Letzte war, was Fillgert gesagt hat.«

»Sehr merkwürdig.« Xane kaute gedankenverloren auf seinem Keks herum.

Im Hintergrund schenkte die Kanne ihren Inhalt in zwei Tassen, die gleich darauf auf uns zuflogen. Die Flüssigkeit im Innern roch nach etwas, das ich noch nie vorher gerochen hatte. Süßlich und streng zugleich. Irgendetwas an dem Geruch erinnerte mich an die Farbe Rot, aber ich konnte nicht sagen, warum das so war.

Ich nahm einen Schluck von der heißen Flüssigkeit. Sie schmeckte nach fruchtigen Beeren und Gras.

»Du warst auch oft bei Earl, oder?«, fragte ich, um die Konversation am Laufen zu halten.

Xane schnippte und etwas flog raschelnd zu uns herüber. Es war ein Stapel großer Papiere, die Baupläne oder Ähnliches enthielten. »Er hat mir diese Pläne mitgegeben. Er ist im Präsidentengebäude auf eine Tür gestoßen, die sich nicht öffnen ließ. Jetzt ist diese Tür verschwunden, ich soll mir das mal anschauen. Um ehrlich zu sein, habe ich keine Ahnung, was da abgeht. Interessiert mich auch recht wenig.«

»Warum gibt dir Earl dann die Pläne?«

»Er meint wohl, er muss sich bei mir für meine Hilfe bedanken und irgendwo muss ich ja auch wieder anfangen. Also warum nicht dem Präsidenten helfen.« Er grinste.

»Stimmt«, sagte ich, aber ich wusste nicht, ob das wirklich der Grund war. »Sollen wir anfangen?« Ich wollte nicht so ungeduldig sein, doch ich konnte nicht mehr länger warten und Xane schien zu verstehen, denn seine Mundwinkel zogen sich ein klein wenig nach oben.

»Ich dachte schon, du fragst nie.« Auf einmal wurde es dunkel in der Hütte, die Fenster ließen kein Licht mehr hindurch.

Xane zog seinen Stab aus der Hosentasche und drückte ihn leicht. Eine schwarze Kerze, eine Schale und ein Messer, das eher einer sehr scharfen Stricknadel glich, schwebten auf uns zu. Sie landeten zwischen uns und Xane ließ den Stab los.

Mein Blick blieb darauf haften, nur mühsam schaffte ich es, ihn abzuwenden.

Xane sah mir jetzt direkt in die Augen. Wieder spürte ich seine Trauer, seinen Schmerz, seine Angst. Ich wollte ihn halten, ihn berühren. All seine Trauer verschwinden lassen.

»Es wird wehtun«, sagte er. »Tut mir leid.«

»Schon okay.« Es war mir egal, generell war mir momentan ziemlich viel egal. Ich musste die Führungen durch das Ausbildungsgebäude nicht machen. Ich glaubte nicht einmal, dass ich die Ausbildung machen musste. Alles, was ich wollte, war dieser Stab, der dort auf dem Tisch vor mir lag.

Meine Hände waren immer noch wund von dem Einsetzen meiner Magie, ein paar zusätzliche Schmerzen würde ich ja wohl ertragen. Ich legte meine Hand auf den Tisch.

Xane zündete die schwarze Kerze an und warf sie in die Schale. Sofort breitete sich dicker schwarzer Rauch darin aus und er hielt seine Hand über die Schale, damit der Rauch nicht ausbrechen konnte. Von Sekunde zu Sekunde wurde er dicker und schwärzer.

Der Rauch wirbelte in sich herum, formte sich und bäumte sich gegen die unsichtbare Kraft, die ihn gefangen hielt. Ich wollte fragen, was das für Rauch war, doch ich kam nicht dazu. Mein Mund war ausgetrocknet, als Xane das Messer nahm und mich fragend ansah. Langsam nickte ich.

Er nahm meine Hand und drehte sie herum, ich erschauderte bei der Berührung. Dann rammte er mir das Messer in die Handfläche.

Schmerzen, die ich so nicht erwartet hatte, durchfuhren meinen Körper. Wie Gift breitete sich ein Brennen durch meine Adern aus, ließ mich keuchend zusammenzucken.

Wie durch einen Nebel hindurch sah ich, wie Xane meine Hand über den Rauch hielt, der ausschlug und sich einen Weg ins Freie suchte. Danach zog Xane das Messer aus meiner Hand. Die Schmerzen ebbten ab. Ein dumpfes Pochen breitete sich in meiner blutenden Handfläche aus.

Mein Blut tropfte in die Schale und die Rauchfäden stiegen langsamer in die Höhe und auch mein Blut stieg auf. Es verband sich mit den dunklen Fäden, dann sank es langsam zurück auf den Boden der Schale. Dort verweilte der Rauch und rührte sich nicht mehr.

Wir starrten darauf. Kein Geräusch war zu hören. Gerade, als ich Xane fragen wollte, ob das normal war, brach der Rauch erneut aus der Schale aus.

Ein schriller Schrei zerriss die Stille, und wir wurden vom Tisch weggeschleudert.

Ich richtete mich auf. Der Rauch färbte sich blutrot. Umrisse und Gestalten waren darin zu erkennen.

Der Rauch formte sich, schlug aus und riss einige Bücher von Xanes Wänden. Xane streckte die Hand aus und sie wurde vom Rauch verschluckt. Ich konnte riesige Flügel erkennen, die in den roten Schwaden umherflatterten, einen Schnabel, der nach mir schnappte, und ein Auge, das den Blick fest auf mich gerichtet hatte, bevor es wieder versank.

Ein menschliches Gesicht, das wie von Sinnen brüllte, wirbelte durch den Rauch auf mich zu.

Ich stolperte nach hinten über einen Stapel Bücher, landete unsanft auf dem Boden. Eine rauchige Hand schoss auf mich zu. Xane schrie auf, da wurde der Rauch wieder schwarz und wirbelte nur noch leicht umher. Er wand sich um sich selbst und fiel schließlich zu Boden.

Das Licht über dem Tisch erlosch und wir befanden uns in absoluter Dunkelheit. Mein Herz klopfte wie wild, ich wollte irgendwie ein Licht entfachen, doch Xane war schneller als ich. Durch die Fenster flutete wieder Tageslicht in die nun ein wenig ramponierte Küche.

Xane fuhr sich durch die Haare und sah mich mit wildem Blick an. »Whouu.« Er lachte leise auf. »Das wär beinahe schiefgegangen.«

Ich wollte nicht genau wissen, was denn passiert wäre, wenn es schiefgegangen wäre.

Xane sah sich suchend um, während ich mich aufrappelte. Dann deutete er auf den Boden und winkte mich zu sich. Dort, unter einigen losen Buchseiten versteckt, lag er: der schmale Stab.

Er war genauso schwarz wie Xanes, allerdings nicht ganz so glatt. Einige Rauchschwaden hatten sich um ihn gewunden und erhoben sich als leichte Linien auf der glatten Oberfläche. Er war wunderschön.

Während ich die Hand ausstreckte, kribbelte das Verlangen durch meinen ganzen Körper. Als ich den Stab endlich in der Hand hielt, wusste ich, dass er nun ein Teil von mir war. Wärme durchflutete mich und eine Last fiel von meinen Schultern, die ich nie wirklich wahrgenommen hatte.

Mein Körper fühlte sich unfassbar leicht an, frische Energie floss durch meine Muskeln. Mein Kopf klärte sich und es war, als könnte ich viel besser sehen, hören, und als ich mir mit der Zunge über die Lippen leckte, schmeckte ich tausend neue Dinge.

Da war der Rauch, der jetzt mein Stab war, das Blut, das durch die Luft geflogen war – es war, als könnte ich die Sonne schmecken, deren Strahlen durch die Hütte flogen.

»Wunderschön, nicht wahr?«, sagte Xane schmunzelnd.

Ich konnte nicht anders und strahlte ihn an. »Es ist unglaublich.« Und nichts würde das ändern, das wusste ich. Es schien mir, als würde alles, was noch kommen würde, so viel leichter werden, da ich nun diesen Stab an meiner Seite hatte. Er war mehr, als ich mir immer erträumt hatte.

Doch in dem Moment, in dem meine Sinne geschärft wurden, beschlich mich das ungute Gefühl, dass ich etwas sehr, sehr Wichtiges vergessen hatte.

KAPITEL 85
Genau, wie er es sich wünschte

Weit, weit, weit entfernt von Ratrou oder überhaupt Olvaniru, in einem fremden Land, das selbst er nicht kannte, in einer Wüste, dicht neben einem Felsen, nahm Fargrim Fillgert wieder Gestalt an.

Wimmernd fasste er sich an den Hals. Die Wunde, die Fera verursacht hatte, war verschwunden, trotzdem stöhnte er vor Schmerzen.

Sein linkes Bein war nur noch bis kurz unters Knie vorhanden. Der Rest seines Beines war verschwunden und stattdessen war ein leicht blutender Stummel geblieben.

Fillgert keuchte und lachte gleichzeitig. Die Sonne brannte auf sein Gesicht und trocknete die nassen Haare und die Kleidung in nur wenigen Minuten. Er robbte näher zu dem Felsen, kauerte sich in seinen kalten Schatten und packte den Stummel, der einst sein Bein gewesen war.

Schmerzenstränen rannen ihm über die Wangen.

Er nahm sich eine Handvoll Sand und erhitzte ihn in seinen Händen, dann brannte er damit die Wunde aus und umklammerte seinen Oberschenkel, um die Schmerzen irgendwie zu lindern.

Er murmelte Worte, die er lange eingeübt hatte, rieb den Sand schmerzhaft in die Wunde, sodass kleine Äste daraus hervorwuchsen. Sie krabbelten sein Bein entlang, schlossen sich über der Wunde und fügten sich zu einem provisorischen Holzbein zusammen.

Er grinste zum Himmel hinauf und lachte laut.

Er hatte sein Bein gegeben. Sein verfluchtes Bein, nur ein Körperteil, der leicht zu ersetzen war. Dadurch hatte er die tödliche Wunde überlebt. Nur wegen dieser dummen Worte. So genial. Er war unbesiegbar. So perfekt.

Und er lachte abermals, so schallend, dass ganz Ratrou ihn gehört hätte, wäre er dort gewesen.

Oh, armer Earl. Er wusste nicht, was er ausgelöst, welche Bürde er sich aufgetan hatte. Er war so ahnungslos.

Das große Spiel hatte gerade erst begonnen.

Alles war genau so passiert, wie Fillgert es sich gewünscht hatte.

Fortsetzung folgt ...

ENDE DER ERSTEN FEYN-TRILOGIE

DANKSAGUNG

Whooooop. Es ist also soweit. Die erste FEYN-Trilogie ist beendet und ich könnte nicht zufriedener sein. Die Geschichte über Fal und seine Freunde begleitet mich schon seit so vielen Jahren und ich bin überglücklich, den ersten Abschnitt in Form von drei Büchern in den Händen zu halten. Ohne Hilfe wäre das alles jedoch nicht möglich gewesen, deswegen richtet sich mein Dank vor allem an folgende Personen:

Als Allererstes möchte ich meiner Familie danken und vor allem meiner Mutter, die mich immer unterstützt, seit den ersten Worten auf Papier an mich geglaubt und ermutigt hat. Ich liebe euch.

An meinen Freund, ohne den diese Bücher wahrscheinlich immer noch tief im Laptop sitzen würden. Danke, dass du immer für mich da bist und mich stützt. Du bist wundervoll, ich liebe dich!

Und zu guter Letzt ein riesiges Dankeschön an meine Lektorin Melina (@weltenzeilen). Für ein offenes Ohr, deine Hilfe bei egal welchem Thema und das wundervolle Lektorat, jetzt schon zum dritten Mal. Ebenfalls an meine Korrektorin Eileen (@korrektoratia), für die Anmerkungen und Verbesserungen und deine Hilfe auch bei kleineren Texten und

Extrawünschen. Und natürlich meiner Coverdesignerin und Buchsetzerin Viktoria (@covered_in_colours). Danke für die wunderschönen Cover (Band 4 wird so krass), den perfekten Buchsatz und deine Hilfe, Ratschläge und schnelle Einsätze bei kurzfristigen Anfragen.

Ich bin euch allen so dankbar und freue mich so sehr auf unsere weitere gemeinsame Reise mit vielen Geschichten, einzigartigen Charakteren und mystischen und gruseligen Wesen.

Noch einmal danke an alle, die mich unterstützt haben, und vor allem (!) an alle Leser. Jedes einzelne verkaufte Buch, ob E-Book oder Paperback. Es bedeutet mir unglaublich viel und wenn du das hier liest, wenn du das Buch gekauft hast und in den Händen hältst: Danke, du bist cool und ich hoffe, du wirst Fal und alle anderen auf ihren weiteren Abenteuern begleiten.

DANKE!

Das ist alles unbeschreiblich.

ÜBER DEN AUTOR

Konstantin Helfrich, geboren 2002, wuchs in ländlicher Idylle mit seinen drei Schwestern auf. In diesem Umfeld begann er schon früh, zu zeichnen, zu schreiben und mystische Figuren zu erfinden. So entstand auch die Grundidee für FEYN, an der er seitdem arbeitet. Jetzt wohnt er zusammen mit seinem Partner und der Hundedame Bonnie in einer Kleinstadt, wo er fleißig Mandoline spielt und weitere Geschichten kreiert. FEYN 1 – 3 sind seine ersten Bücher.

Folge ihm hier:
○ konstantinhelfrichauthor

BISHERIGE WERKE DES AUTORS

FEYN – Der Präsident I
FEYN – Der Präsident II
FEYN – Der Präsident III

PEACE. LOVE. FREEDOM.